Hannes Nygaard ist das Pseudonym von Rainer Dissars-Nygaard. Er wurde 1949 in Hamburg geboren und hat sein halbes Leben in Schleswig-Holstein verbracht. Er studierte Betriebswirtschaft und war viele Jahre als Unternehmensberater tätig. Er lebt auf der Insel Nordstrand.
www.hannes-nygaard.de

HANNES NYGAARD

Tod an der Förde

HINTERM DEICH KRIMI

emons:

Bibliografische Information der Deutschen Nationalbibliothek
Die Deutsche Nationalbibliothek verzeichnet diese Publikation in der Deutschen Nationalbibliografie; detaillierte bibliografische Daten sind im Internet über http://dnb.d-nb.de abrufbar.

Cäcilienstraße 48, 50667 Köln
info@emons-verlag.de

Umschlagzeichnung: Heribert Stragholz
Umschlaggestaltung: Tobias Doetsch, Berlin
Druck und Bindung: Books on Demand GmbH, Norderstedt
Printed in Germany
Erstausgabe 2006
ISBN 978-3-89705-468-4
Hinterm Deich Krimi
Originalausgabe

Dieser Roman wurde vermittelt durch die Agentur EDITIO DIALOG, Dr. Michael Wenzel, Lille, Frankreich (www.editio-dialog.com)

Für meine Familie

EINS

Es war ein angenehmes Gefühl, das sich über den ganzen Körper ausbreitete. Ein wohliges Prickeln lag auf der Haut und zog sich über den Nacken zum Kopf. Seine Nase nahm den feinen Duft des Parfums von der jungen Frau an seiner Seite auf. Er spürte ihre Wärme.

Ein Strahlen lag in ihrem Blick. Dann streckte sie ihren Kopf empor und spitzte den Mund. Er hauchte ihr einen Kuss auf die Lippen.

Endlich war es so weit. Annika hatte mit einem sanften Lächeln seinem vorsichtigen Drängen nachgegeben. Sein Herz schlug schneller, das Blut pulsierte durch den Körper.

Die Dämmerung war bereits hereingebrochen, und in der ruhigen Seitenstraße, die von der Kiellinie, der Promenade am Ufer der Förde, zum Parkplatz seines Autos führte, waren keine Passanten mehr unterwegs.

Lediglich ein gut gekleideter Mann mittleren Alters schien ihren Weg kreuzen zu wollen. Der Fremde war nur noch wenige Schritte entfernt. Offenbar angetrunken torkelte er ihnen entgegen. Er hatte Probleme, sich auf den Beinen zu halten und stierte die jungen Leute aus weit geöffneten, glasigen Augen an.

Jan nahm Annika fester in den Arm und drängte sie an die Seite, aber der Fremde machte einen Schlenker direkt auf die beiden zu. Er breitete die Arme aus. Es schien, als wolle er sie aufhalten.

»He, was soll der Scheiß?«, rief Jan, doch der Mann reagierte nicht darauf. Kurz bevor er Jan und seine Freundin erreicht hatte, stolperte er, fiel nach vorn und riss dabei die Arme hoch. Das junge Mädchen versuchte noch, sich mit einem Rückwärtsschritt der Berührung zu entziehen, wurde aber von Jans Arm, der sie immer noch fest um die Taille fasste, daran gehindert. Die Hände des Fremden glitten von Annikas Bauch über ihren Unterleib an der Jeans hinab und fielen dann kraftlos auf das Pflaster. Der Mannes lag jetzt ausgestreckt vor den beiden.

»Jan!« Annika entfuhr ein Entsetzensschrei. Sie klammerte sich an ihn. Ein furchtbares Zittern fuhr durch den schlanken Mädchenkörper. Auch Jan sah das Blut, das unter dem Körper des Unbekannten herauslief. Jans Blick fiel auf Annika. Mit seinen Händen hatte der Mann an der Kleidung des Mädchens eine blutige Spur hinterlassen.

»Mein Gott«, stammelte Jan. Vorsichtig löste sich der Junge aus der Umarmung seiner Freundin und zog sie ein kleines Stück fort. »Wir müssen den Rettungsdienst rufen«, jappte er und suchte in der Tasche seiner khakifarbenen Capri-Hose nach dem Handy, während Annika immer noch gebannt auf den Unbekannten starrte.

»Hallo. Ja! Hier liegt einer. In der Reventlouallee. Hausnummer?« Jan sah sich suchend um und gab dann dem Beamten in der Leitstelle der Kieler Feuerwehr die genaue Adresse durch. »Was mit ihm ist? Der blutet wie ein Schwein.«

Dann schwieg er einen Moment.

»Wo denken Sie hin. Das ist kein Märchen. Uns ist wirklich einer vor die Füße gestolpert!« Annika hatte sich an seinem Arm festgekrallt, sodass er nur mit Mühe das Mobiltelefon am Ohr halten konnte. »Natürlich warten wir hier. Nun machen Sie endlich, statt mich hier mit unnötigen Fragen zu überfallen«, gab er zornig zurück. Er umarmte Annika, nahm mit der anderen Hand ihren Kopf. Dann fuhr er sanft mit seiner Hand über die Haare der schluchzenden jungen Frau.

»Das ist ja 'nen Ding«, murmelte er.

*

Kurze Zeit später wimmelte es in der Straße von Einsatzfahrzeugen. Blaulichter rotierten und ließen ihre blauen Strahlenfinger über die Fassaden der Häuser gleiten. Neben mehreren Streifenwagen und zwei Rettungswagen der Kieler Feuerwehr trafen jetzt auch zwei VW-Variant ein, denen drei Männer und eine Frau entstiegen.

»'n Abend«, grüßte einer der uniformierten Beamten und gab den vieren den Weg zu der Stelle frei, an der sich ein Notarzt und zwei Rettungsassistenten um den Mann auf dem Gehweg kümmerten.

Der bullige Arzt sah kurz auf die Neuankömmlinge, wandte sich dann aber ohne ein Wort zu sagen wieder dem Opfer zu.

»Kripo Kiel«, stellte sich der hoch gewachsene Mann mit dem gepflegten Bart bei den Männern des Rettungsdienstes vor. »Können Sie schon etwas sagen?«

Ein böser Blick des Arztes streifte ihn. »Ich bin mit anderen Dingen beschäftigt«, belehrte ihn der Mediziner.

Hauptkommissar Thomas Vollmers wandte sich ab. Der Mann in der roten Weste hatte natürlich Recht. Vollmers sah, dass sich seine drei Kollegen professionell um die Absicherung des Tatortes kümmerten. Sie waren ein eingespieltes Team, das sich in zahlreichen Einsätzen bewährt hatte und in dem jeder ohne Anweisungen des Leiters der Mordkommission wusste, was zu tun war.

Es wurden knappe Kommandos ausgetauscht, und die Kollegen der Schutzpolizei halfen mit, die Schaulustigen zurückzudrängen.

Der Notarzt kam mit einem Ächzen in die Höhe, fasste sich dabei ins Kreuz und sah sich suchend um. Sein Blick blieb an Vollmers hängen.

»Sind Sie der Einsatzleiter?«

»Ja. Hauptkommissar Vollmers von der Mordkommission.«

Der Arzt streckte ihm versöhnlich die Hand entgegen. »Sorry, dass ich vorhin ein wenig grob war. Jürgen Bischoff«, stellte er sich vor. Dann nickte er in Richtung des Mannes auf dem Gehweg. »Da ist nichts mehr zu machen. Tot. Das Messer hat mit hoher Wahrscheinlichkeit die Bauchschlagader verletzt. Da gibt es keine Rettung. Null Chance.«

»Welches Messer?«, fragte Vollmers.

Der Arzt zeigte auf die andere Straßenseite. »Da drüben haben die Streifenbeamten ein langes Messer gefunden. Ich vermute, damit wurde er erstochen.«

»War der Mann schon tot, als Sie eintrafen?«

»Ich habe keine Lebenszeichen mehr feststellen können. Der Exitus muss aber kurz zuvor eingetreten sein.«

»Also hat er nichts mehr sagen können?«

Der Arzt hob bedauernd die Schultern und sah einen Moment versonnen seinen Rettungsassistenten zu, die ihre Notfallausrüstung zusammenpackten. »Nein! In meiner Gegenwart hat er keinen Laut von sich gegeben.«

Inzwischen war die Spurensicherung eingetroffen und begann mit der Untersuchung des Tatorts.

»Was glauben Sie, Doktor? Wie weit kommt man mit einer solchen Wunde?«

Der Arzt schob das Kinn vor. »Schwer zu sagen. Das hängt von der Art der inneren Verletzungen ab, die ich nur schwer einschätzen kann. Ich vermute aber, dass er im nahen Umkreis des Fundorts erstochen wurde. Weit ist er nicht gelaufen.«

Vollmers sah sich um. Hier, zwischen Regierungsviertel, Förde und Düsternbrooker Gehölz, befand sich eine der bevorzugten Wohngegenden der Stadt. Die Reventlouallee führte von der Hauptstraße, die parallel zum Wasser lief, fort und stieg leicht bergan. Auf der rechten Straßenseite lagen einige etwas nach hinten versetzte großbürgerliche Häuser, während die andere Seite von einem bunten Mix von Mehrfamilien- und Reihenhäusern gesäumt wurde. Es würde eine der ersten Routineaufgaben sein, die Anwohner zu befragen, nach Auffälligkeiten zu forschen und zu eruieren, ob neugierige Nachbarn etwas über missliebige Mitbewohner verlauten ließen.

Dann sah er den Kollegen der Spurensicherung zu, die mit ihren durchsichtigen Plastikoveralls ein wenig den Rentnern vergangener Tage ähnelten, die sich mit ihrem Klepperüberzug auf dem Fahrrad gegen den Regen schützten.

Vollmers überquerte die Straße. Dort hielt ein Streifenbeamter am möglichen Tatwerkzeug Wache. Es war eine ungewöhnliche Waffe, größer als herkömmliche Messer, offenkundig mit beidseitiger Schneide und einem verzierten Griff, vermutlich aus Silber. Die Spurensicherung würde sich der Waffe annehmen.

Vollmers kehrte zum Opfer zurück.

Soweit er erkennen konnte, war das Messer auf der rechten Seite unterhalb der Leber eingedrungen und musste vom Stichkanal her seitlich in die Mitte des Bauchraumes vorgestoßen sein. Auffallend war auch, dass die Schneide anscheinend waagerecht geführt wurde und nicht senkrecht, wie es bei Messerattacken sonst fast immer der Fall ist. Dadurch, dass die Waffe quer geführt worden war, hatte sie im Inneren des Opfers einen wesentlich größeren Schaden angerichtet und beim Durchtrennen der Aorta eine absolut tödliche Wirkung gehabt.

Als wenn der Arzt seine Gedanken gelesen hätte, erklärte er: »Das blasse Gesicht und die extrem harte Bauchdecke lassen auf eine Schocksymptomatik durch Volumenmangel schließen.«

»Das heißt im Klartext?«

»Dem armen Kerl ist das Blut in den Bauchraum gelaufen. Da ist die ärztliche Kunst machtlos. Es sei denn, dieses Missgeschick passiert Ihnen auf dem Operationstisch eines erfahrenen Bauchchirurgen. Dann haben Sie vielleicht noch eine Chance.« Der Arzt zuckte noch einmal mit den Schultern. Mit einem »Tschüss denn« verabschiedete er sich.

Vollmers wandte sich zu Oberkommissar Frank Horstmann um, der von hinten an ihn herangetreten war.

»Habt ihr etwas?«

Sein langjähriger Kollege schüttelte den Kopf. Horstmann ging auf Mitte vierzig zu. Das rotblonde Haar und die leichten Sommersprossen verliehen ihm das Aussehen eines nicht älter werdenden Lausbuben.

»Nein, Thomas«, erwiderte Horstmann. »Ich habe mit den jungen Leuten gesprochen, denen der Tote vor die Füße gefallen ist. Die haben nichts bemerkt. Sie haben den Mann erst wahrgenommen, als er von der anderen Straßenseite herübertorkelte und direkt vor ihnen zusammengebrochen ist. Sonst haben sie niemanden gesehen, nicht einmal einen Schatten.«

»Mist«, fluchte Vollmers. »Keine Idee, ob er eventuell aus einem der Häuser gekommen ist?«

»Nichts. Aber Ingo und Babs sind schon unterwegs und klappern die Nachbarschaft ab.«

Horstmann meinte die anderen Mitarbeiter der Mordkommission, Oberkommissar Küster und Kommissarin Scholtz.

Vollmers wusste, dass er sich auf seine Kollegen verlassen konnte. Der erste Angriff nach einer Tat, wie die ersten Aktivitäten im Polizeijargon hießen, war von entscheidender Bedeutung.

Spuren, die dabei übersehen wurden, waren später kaum noch zu rekonstruieren.

Die beiden wurden durch einen Mann abgelenkt, der erst nach einer Diskussion mit den Beamten der Schutzpolizei die Absperrung überwinden konnte und auf sie zukam.

Unter seinem offenen Blouson trug er ein weißes Poloshirt. Die dunkelblaue Jeans und die Laufschuhe unterstrichen den Eindruck, dass der hoch gewachsene Mann mit dem schütteren dunklen Haar aus dem Feierabend abberufen worden war. Der dichte Schnauzbart im schmalen Gesicht, der an ein Walross erinnerte, verlieh ihm auf den ersten Blick einen traurigen Eindruck.

»'n Abend, Herr Kremer«, begrüßte Thomas Vollmers den trotz seiner schwindenden Haarpracht jugendlich wirkenden Staatsanwalt.

Vollmers schilderte in kurzen Zügen, was sie bisher in Erfahrung gebracht hatten.

»Wissen Sie schon, wer der Tote ist?«, fragte der Staatsanwalt.

Hauptkommissar Vollmers verneinte. »Nein. Das können wir noch nicht sagen.« Er betrachtete den Toten. Der war mit einer dunklen Stoffhose bekleidet. Die Füße steckten in schwarzen Halbschuhen. Über dem karierten Hemd trug er einen leichten gelben Pullover, dessen Kragen vom vollen, fast blauschwarzen Haar bedeckt wurde. Das lag sicher auch am leicht nach hinten geneigten Kopf.

Einer der Kriminaltechniker schwenkte ein Papier. »Das ist ein argentinischer Reisepass. Der Mann heißt José Felipe Hernandez und ist achtundvierzig Jahre alt.«

»Wie kommt ein argentinischer Staatsbürger nach Kiel?«, fragte Vollmers.

»Und warum lässt er sich hier ermorden?«, ergänzte Staatsanwalt Kremer.

Die drei schwiegen einen Moment und blickten auf den Toten zu ihren Füßen. Dann gingen sie gemeinsam zum Fundort der Waffe.

»Das Messer sieht ungewöhnlich aus. Diese Form und vor allem die Größe sind in unseren Breitengraden selten. Man müsste prüfen, ob es sich um eine Waffe handelt, die auch aus Argentinien stammt«, sagte Vollmers.

Sein Kollege Horstmann stimmte ihm zu. »Du meinst, es könnte eine Auseinandersetzung unter Südamerikanern gewesen sein? Aus einem uns unerklärlichen Grund hat es einen Streit mit tödlichem Ausgang gegeben. Die Menschen dort haben ein anderes Temperament als wir kühlen Holsteiner.«

»Bei Ihrer These ist Vorsicht geboten«, bremste ihn der Staatsanwalt. »Argentinien gilt als das europäischste Land in Südamerika. Im Unterschied zu anderen Staaten der Region wurde es überwiegend von Einwanderern aus der alten Welt bevölkert. Darum finden Sie dort auch kaum Indianer oder Schwarze. Aber natürlich könnte es ein Ansatzpunkt für unsere Ermittlungen sein.«

Sie beobachteten stumm die akribische Arbeit der Spurensicherung, bis die beiden anderen Beamten der Mordkommission auftauchten.

»Es ist wie immer«, stöhnte Oberkommissar Ingo Küster. »Ein halbes Dutzend Leute ist sich sicher, dass nur einer ihrer Nachbarn als Mörder in Frage kommt. Gründe dafür gibt es massenhaft. Die hören die falsche Musik, sind zu laut – oder umgekehrt: Man nimmt sie kaum wahr. Da verkehren ständig andere Frauen – oder Männer. Das ganze Spektrum. Aber etwas Konkretes war nicht dabei.«

»Seid ihr auf Ausländer gestoßen?«, wollte Vollmers wissen.

Kommissarin Scholtz übernahm es zu antworten. »Ja, sicher. Türken, Polen, ein Schwede, ein Ami – soll ich die geografische Aufzählung fortsetzen?«

»Waren da Südamerikaner drunter?«

Küster und Scholtz sahen sich an. Dann schüttelte der Oberkommissar den Kopf.

»Nee! Die haben wir nicht angetroffen.«

»Schade«, mischte sich der Staatsanwalt ein.

»Das wäre auch zu einfach gewesen«, meinte Vollmers.

»Das einzig Bemerkenswerte, was eine weitere Untersuchung lohnen würde, ist ein privates Bordell. Dort drüben.« Küster streckte den Arm aus und wies mit dem Zeigefinger auf ein schräg gegenüberliegendes Haus, vor dessen Hecke das Tatwerkzeug gefunden worden war.

»Dann sehen wir uns das doch einmal genauer an«, beschloss Vollmers und ließ sich von einem der Kriminaltechniker ein Foto geben, das mit einer Sofortbildkamera geschossen worden war. Staatsanwalt Kremer und Oberkommissar Horstmann folgten ihm wortlos.

Das graue Haus mochte zu Beginn des vorigen Jahrhunderts gebaut worden sein. Es machte einen gepflegten Eindruck. Die hohen Fenster mit den von Säulen getragenen Stürzen sowie die umlaufenden Reliefs verliehen dem Bauwerk den Charakter, der modernen Profanbauten häufig fehlt. Neben dem Gebäude führte eine Treppe zu einem überdachten Windfang, dem Eingang zum Haus.

Ein tiefer melodischer Gong ertönte. Nach einer Weile wurde die Tür geöffnet, und eine stark geschminkte Blondine mit einem üppigen, aber makellosen Dekolletee erschien in der Türöffnung. Sie war sicher nicht mehr ganz jung, aber immer noch von einer unbestimmten Attraktivität. Sie musterte die drei Männer.

»Polizei?« Es klang eher wie eine Feststellung als eine Frage.

»Richtig«, antwortete Vollmers und wollte nach seinem Ausweis greifen.

»Lasst stecken, Jungs«, erwiderte die Blonde und zog ihre linke Augenbraue gekonnt in die Höhe. »Ihr tragt euren Ausweis doch im Gesicht. Ist das euer Lehrling?«

Sic sah Kremer an.

»Das ist der Staatsanwalt«, erklärte Vollmers.

»Oje. Die geballte Macht.« Die Blonde war nicht aus der Ruhe zu bringen. Sie machte den Eingang frei. »Kommt doch rein. Bei uns bleibt niemand draußen.« Es war ihr anzumerken, dass diese doppeldeutige Formulierung nicht unbeabsichtigt über ihre Lippen kam.

Das Foyer war mit roter Seidentapete ausgekleidet. Die manikürte Hand der Blondine wies auf eine Gruppe schwerer Sessel.

»Setzt euch so lange. Ich hol mal den Chef. Wollt ihr was trinken?« Sie machte einen Schritt auf die Bar zu.

»Nein, danke«, wehrte Vollmers ab.

»Hätte euch nichts extra gekostet.« Die Blonde zwinkerte mit einem Auge und verschwand in einem Gang. Im Hintergrund war ein leises Tuscheln zu hören.

Kurz darauf erschien ein schlanker Mann, dessen Schritte der dicke Teppich verschluckte. Sein Haar lag in Wellen um die Ohren und bündelte sich zu einem dichten Wust über dem Hemdkragen. Am freien Ohrläppchen glitzerte ein großer Brillant. Kräftige Augenbrauen markierten die braunen Augen in dem dunklen Gesicht. Der Dreitagebart verlieh dem Mann etwas Verwegenes. Die Knopfleiste seines blütenweißen Hemdes war bis kurz über den Bauchnabel geöffnet und gab den Blick auf ein großes rundes Amulett frei, das vor der behaarten Brust hing. Zwischen der hellen Seidenhose und dem Hemd bildete ein geflochtener Ledergürtel mit einer übergroßen silbernen Schnalle einen auffälligen Kontrast.

Natürlich fehlte am Unterarm der linken Hand nicht die schwere goldene Uhr. Vollmers musste schmunzeln. Der Mann war der Inbegriff eines Zuhälters. Und wenn er jetzt noch … Tatsächlich! Der Bursche machte den Mund auf und sprach unverkennbar mit österreichischem Dialekt.

»Grüß Gott, die Herren. Sie sind von der Gendarmerie?«, säuselte die erstaunlich hohe Stimme.

»Wir sind von der Polizei«, antwortete Vollmers.

»Was kann ich für die Herren tun?«

»Sie sind der Betreiber dieses Etablissements?«

Der Mann musterte die drei Ermittler intensiv.

»Ja«, hüstelte er dann gekünstelt. »Obwohl ich die praktische Leitung abgegeben habe. Meine Geschäftsführerin haben Sie ja schon kennengelernt.«

»Wie heißen Sie?«

Der Mann maß Vollmers vom Scheitel bis zur Sohle.

»Hinterbichler«, sagte er dann.

Horstmann hielt die Hand an den Mund und unterdrückte ein Glucksen. »Österreicher?«

»Haben Sie etwas gegen uns?«, erwiderte der Bordellbetreiber. »Es gibt die Gewerbefreiheit im vereinten Europa.«

»Vorname? Papiere?« Vollmers ging nicht weiter auf die kleinen Spitzen ein.

»Harry Hinterbichler.« Dann nannte er eine Adresse und sein Geburtsdatum.

»Sie sind also achtundzwanzig«, stellte Vollmers fest. »Kann ich mal Ihre Papiere sehen?«

Der Zuhälter fuhr sich theatralisch mit der Hand über die Augen.

»Ach, du Schreck. Die habe ich in meiner Wohnung gelassen. Vorsichtshalber. Ich gehe häufig ohne Papiere aus. Man weiß ja nie ... die Zeiten sind sooo unsicher.«

Horstmann zog sich in eine Ecke des Foyers zurück und griff zu seinem Handy, um die Personalangaben prüfen zu lassen. Er zog das Bild des Ermordeten hervor. Die Aufnahme mit der Sofortkamera war nur mäßig, aber man konnte das Gesicht deutlich erkennen.

»Sagt Ihnen dieser Mann etwas?«

Hinterbichler besah sich das Bild. »Nein. Wer soll das sein?«

Vollmers ließ die Frage unbeantwortet. »Kann es sein, dass der Mann Kunde in Ihrem Etablissement war und Sie es nicht mitbekommen haben?«

»Jeder Gast wird durch meine Geschäftsführerin persönlich empfangen. Die Gesellschaftsdamen, die die Herren durch den Abend begleiten, werden erst danach mit den Gästen bekanntgemacht. Es sei Ihnen versichert, dass ich den Mann erkannt hätte, wäre er Kunde bei uns.«

»Wie wollen Sie das beurteilen, wenn Sie die Kunden nicht selbst empfangen?«

Erneut fuhr er sich mit der Hand über die Augen. »Hach. Das gehört einfach zum Business.«

»Haben Sie in der letzten halben Stunde etwas von den Ereignissen auf der Straße mitbekommen?«

»Wovon sprechen Sie? Nein! Was ist denn passiert?«

»Hat jemand in dieser Zeit Ihre Räumlichkeiten verlassen oder betreten?«

Hinterbichler klapperte empört mit den Liddeckeln. »Wo denken Sie hin? Die Geschäfte laufen ja sooo schlecht. Die Konkurrenz ist übermächtig. Nein! Unser Gesellschaftsinstitut ist in dieser Zeit nicht frequentiert worden.«

Das war nicht viel, was sie in Erfahrung gebracht hatten. Vollmers überlegte kurz, ob eine Razzia im Bordell Erfolg versprechend wäre. Aber es gab keinen Anhaltspunkt dafür, dass es in Verbindung mit dem Mord stand.

Mit einem knappen Gruß verließen die drei das Haus und kehrten zum Fundort der Leiche zurück.

»Wir haben außer persönlichen Gegenständen nichts weiter bei ihm gefunden«, sagte Oberkommissar Küster.

»Wissen wir, wo er hier in Kiel wohnte? Hotel? Anschrift?«

»Nein«, erwiderte Küster. »Aber das Schlüsselbund, das er bei sich trug, sieht aus, als würde es zu einer Wohnung gehören. Außerdem hatte er einen Autoschlüssel bei sich. BMW. Kollegin Scholtz sucht gerade die Straßen ab und versucht, das passende Fahrzeug dazu zu finden. Seine Brieftasche hat nichts hergegeben. Familienbilder. Offensichtlich war Hernandez verheiratet und hatte Kinder. Merkwürdig, dass sich auch ein Bild darunter befand, dass ihn und zwei andere Männer in Uniform zeigte.«

»Was für eine Uniform?«, hakte Vollmers nach. Bevor Küster antworten konnte, hatte Horstmann ihm das Bild aus der Hand genommen.

»Sieht aus wie Karneval«, kommentierte er. »Vermutlich sind das aber argentinische Marineuniformen. Zumindest ist im Hintergrund ein Hafen mit Kriegsschiffen zu erkennen.«

»Das könnte ein Anhaltspunkt sein«, fuhr Küster fort. »Wir haben noch einen Besucherausweis für die Werft bei ihm gefunden.«

»HDW?«, fragte Vollmers erstaunt.

Küster nickte. »Richtig. Howaldtwerke – Deutsche Werft. Mit Lichtbild und Chip.«

»Donnerwetter. Ein Marineoffizier mit offenkundigen Beziehungen zur Werft. Da sollten wir die Kollegen von der Abteilung 300 informieren. Ich möchte die zwar nicht so gern mit im Boot haben, aber besser ist besser.«

»Was verbirgt sich hinter dieser Bezeichnung?«, wollte Babs Scholtz wissen.

»Das ist der polizeiliche Staatsschutz beim Landeskriminalamt, die Zentralstelle für alle Straftaten von Extremisten. Die stellen den Personenschutz. Außerdem ist es die Ermittlungsstelle für Spionage, Straftaten mit nachrichtendienstlichem Hintergrund und Brand- und Sprengstoffanschläge. Die Jungs haben einen guten Ruf, seit sie damals die Brandanschläge in Mölln und auf die Lübecker Synagoge geklärt haben. Gab's sonst noch was?«

Küster schüttelte den Kopf. »Nö. Ein Raubmord scheint es nicht gewesen zu sein. Die Uhr war noch da. Und auch das Portemonnaie mit Scheckkarte und Bargeld.«

»Wie viel?«

»Dreihundert und ein paar Zerquetschte.«

»Welche Währung?«

»Nur Euro.«

»Merkwürdig. Dann sieht es so aus, als hätte sich Hernandez hier längerfristig aufgehalten, wenn er keine andere Währung dabeihatte, nicht einmal Pesos.«

ZWEI

Der Ostwind blies in die Förde hinein und brachte kühlere Temperaturen, als es der erste Blick auf den morgendlichen Augusthimmel verhieß.

Hauptkommissar Vollmers hatte sein Team, das K1 der Bezirkskriminalinspektion Mitte mit Dienstsitz in der Landeshauptstadt, morgens zur Abstimmung der weiteren Vorgehensweise in die Dienststelle beordert.

Vollmers hatte es dem Staatsanwalt überlassen, Kontakt zum Landeskriminalamt aufzunehmen. Dort sollte über ein Mitwirken des polizeilichen Staatsschutzes entschieden werden, da es sich beim Opfer um einen Militär handelte, der möglicherweise in offizieller Mission in der Bundesrepublik weilte. Begeistert war der Hauptkommissar nicht von der Vorstellung, dass eventuell ein weiterer Beamter zu seinem Team dazustoßen könnte. Die Mannschaft arbeitete in dieser Besetzung bereits eine ganze Weile zusammen.

Mittlerweile lagen die ersten Ergebnisse der Kriminaltechnik vor.

»Bei der Tatwaffe handelt es sich um ein etwa unterarmlanges, zweischneidiges Messer. Die Spurensicherung hat jede Menge Fingerabdrücke feststellen können. Nicht einer wird in unserer daktyloskopischen Datei geführt. Es sieht aber so aus, als würden die zahlreichen Prints von Leuten stammen, die nichts mit dem Mord zu tun haben, sondern einfach dieses merkwürdige Messer in den Händen gehalten haben, um es zu betrachten. Das könnte unsere erste Spur sein. Wenn das Messer an einem Ort mit Publikumsverkehr ausgestellt oder zumindest einem größeren Personenkreis zugänglich war, erinnert sich vielleicht jemand an diese ungewöhnliche Waffe. Wir sollten deshalb eine Beschreibung sowie ein Bild über die Pressestelle weiterleiten. Vielleicht haben wir Glück, und es meldet sich jemand. Kannst du …«

»Ist okay«, unterbrach ihn Ingo Küster. »Wir kümmern uns

darum.« Dabei sah er Babs Scholtz an. »Wir klappern auch Antiquitätengeschäfte und Kuriositätenläden ab. Wenn du damit einverstanden bist, Thomas.«

Vollmers nickte. »Fein. Das wollte ich gerade vorschlagen. Der nächste Punkt ist die Weise, wie das Messer vom Täter geführt wurde. Er hat von der Seite zugestochen wie beim Ausholen zum Schmetterball im Tischtennis. Dabei stand die Klinge waagerecht. Merkwürdig ist auch der Griff, mit dem der Täter die Waffe hielt. Wenn man das Messer von oben nach unten in den Leib des Opfers sticht, zum Beispiel ins Herz oder von hinten zwischen die Schulterblätter, zeigen bei einem Rechtshänder vier Finger nach links und die Knöchel nach oben. Der Mörder hat Handschuhe getragen, die Schmierspuren hinterlassen haben. Aus denen hat die Spurensicherung ermittelt, dass der Täter es aber andersherum gehalten hat.«

»Was heißt: andersherum?«, fragte Horstmann.

»Wenn du das Messer umklammerst, wie wir es alle tun würden, zeigt in diesem Fall die Klinge auf den Täter. Der hat es aber von der rechten Seite um den Körper des Opfers herumgeführt und zugestochen.«

»Und warum stach er genau so zu?«, fragte Horstmann und schenkte sich Kaffee aus der Thermoskanne nach. Stumm reichte ihm Oberkommissar Küster seine Tasse herüber, die er ebenfalls füllte.

»Die Frage ist in der Tat interessant«, erwiderte Vollmers. »Im Menschengetümmel hätte man vermuten können, dass die seitliche Messerführung unauffälliger ist, aber die Straße war fast menschenleer. Der Täter hätte also auch auf die ›herkömmliche‹ Weise zustechen können, wenn ich sie so bezeichnen darf. Auf jeden Fall handelt es um einen Rechtshänder.«

»Gibt es weitere Anhaltspunkte?«, mischte sich Babs Scholtz ein.

»Der Rechtsmediziner hat festgestellt, dass der Stichkanal leicht von unten nach oben führt. Das ist nicht verwunderlich, weil der Arm bei der Vorwärtsbewegung einen Halbkreis beschreibt. Aus der Einstichstelle beim Opfer haben unsere Wissenschaftler errechnet, dass der Täter eher klein sein muss. So etwa um einen Meter siebzig.«

Horstmann lachte auf. »Dann ist es ja ganz einfach. Wir suchen ‘nen lütten Rechtshänder. Da sind wir aber froh, dass sich der Kreis potenzieller Mörder so rigoros einschränken lässt.«

»Okay«, schloss Vollmers die Besprechung und sah dabei Horstmann an. »Frank und ich versuchen, etwas über das Opfer in Erfahrung zu bringen. Wir wissen, dass er mit einem Leasingwagen unterwegs war. Der BMW stand in der nächsten Querstraße, dem Niemannsweg. Wir haben ihn anhand der Autoschlüssel identifizieren können.«

»Halteranfrage?«, warf Küster ein.

»Große Überraschung«, antwortete Vollmers. »Das Fahrzeug ist von der Werft geleast. Nun wird es spannend. Ich denke, nachdem wir uns mit dem argentinischen Generalkonsulat in Hamburg in Verbindung gesetzt haben, werden wir die Werft besuchen. Vielleicht erfahren wir dann auch, wo José Hernandez gewohnt hat. Das war’s. Dann treffen wir uns heute Mittag zur nächsten Abstimmung unserer Aktivitäten.«

Oberkommissar Küster und seine Kollegin nickten und verließen den Raum.

Vollmers nahm Kontakt zur Pressestelle auf.

»Gut, dass du dich meldest«, sagte Sven Kayssen, der zuständige Beamte, am anderen Ende der Leitung. »Der Mord ist der Aufhänger in den regionalen Rundfunknachrichten. Irgendwie ist es durchgesickert, dass ein argentinischer Offizier erstochen wurde. Gottlob war es für die Zeitungen schon zu spät. Lediglich für eine kleine Notiz im Lokalteil der regionalen Presse hat es noch gereicht. Die großen Blätter mit dem täglichen Blutbad auf der Titelseite laufen mir die Bude ein. Und selbst die Nachrichtenredaktion des Schleswig-Holstein-Magazins vom NDR ist schon vorstellig geworden.«

Vollmers berichtete von dem Wenigen, was sie bisher zusammengetragen hatten, und bat gleichzeitig um Unterstützung bei Hinweisen zur Tatwaffe.

»Ingo Küster kommt gerade zur Tür herein«, kam es durchs Telefon. »Ich werde alles in gewohnter Weise veranlassen.«

Die Zwischenzeit hatte Frank Horstmann genutzt, um das Konsulat zu benachrichtigen und die Daten des Opfers durchzugeben. Er notierte sich den Namen seines Gesprächspartners und bat um Rückruf, falls der argentinischen Vertretung noch weitere sachdienliche Hinweise einfallen sollten, da José Hernandez dem Mitarbeiter des Konsulats namentlich nicht bekannt war.

Danach fuhren Vollmers und Horstmann mit einem Dienst-Golf zur Werft. Über die Stadtautobahn, den Theodor-Heuss-Ring, umkurvten sie großzügig das Stadtzentrum, das westlich des »Kieler Hafens« liegt, der nichts anderes als der Wurmfortsatz der Kieler Förde ist. Hinter der Eisenbahnüberführung bogen sie in den Ostring ein, um sich dann auf nur Eingeweihten vertrauten Wegen zur Werftstraße durchzuschlängeln. Diese trennt das riesige Areal der Werft vom alten Arbeiterviertel Gaarden. Die Werft selbst nimmt große Teile des Ostufers der Innenförde ein.

Am Eingang zu HDW wurden sie vom Sicherheitsdienst angehalten. Auch ihre Dienstausweise ließen die Männer in den Uniformen unbeeindruckt. So mussten sie eine geschlagene halbe Stunde warten, bis sie von einem Herrn Böttcher abgeholt und zu einem der über das gesamte Areal verstreuten Verwaltungsgebäude geleitet wurden.

»Ich bin von der Security«, erklärte der Mann mit seiner silbernen Brille, der eher wie ein braver Buchhalter aussah. In seinem schlichten Büro ließ er sich noch einmal die Dienstausweise der beiden Beamten zeigen und studierte sie ausführlich. Danach erklärte ihm Vollmers, weshalb die Kripo hier war.

»Hernandez, sagten Sie?« Böttcher zog die Tastatur seines Rechners zu sich heran. Er ließ vier Finger über die Buchstabenreihen huschen und sah dann über den Schreibtisch seine Besucher an. »Davon haben wir mehrere.«

»José Felipe Hernandez. Aus Argentinien«, sagte Vollmers.

Erneut gab Böttcher etwas ein. »Aha! Hier haben wir ihn. Der hat einen Besucherausweis für einen Großteil unseres Geländes. Der Ausweis wurde vor knapp drei Monaten ausgestellt. Interessant«, murmelte der Mann.

»Was ist so bemerkenswert daran?«

»Commodore Hernandez ist sogar berechtigt, gewisse Sicherheitsbereiche zu betreten. Ich glaube, Sie sollten mit Dr. Vollquardsen sprechen.«

»Wer ist das?«, fragte Vollmers.

Herr Böttcher sah ihn an, als könne er so viel Unwissenheit nicht verstehen. »Das ist der Bereichsleiter für den Sonderschiffbau.«

»Was verstehen Sie unter Sonderschiffen?«

»Das sind Marineschiffe. Bei uns in Kiel sind das überwiegend U-Boote.«

Dann griff Böttcher zum Hörer, überlegte einen Moment, um sich schließlich doch noch einmal dem Computer zuzuwenden.

»Hatte ich doch Recht«, murmelte er. »Die Durchwahl stimmt.«

Es dauerte eine Weile, bis er einen Gesprächspartner an der Leitung hatte. »Ich habe hier Besuch für Dr. Vollquardsen«, sprach er in den Hörer.

Nachdem er eine Weile gelauscht hatte, deckte er die Muschel ab und sah die beiden Beamten an. »Ich höre, der hat diese Woche keine Zeit. Er ist mit Terminen eingedeckt.«

»Der wird schon Zeit für uns finden«, ereiferte sich Horstmann. »Sagen Sie, sonst bitten wir ihn in die Polizeidienststelle.«

Böttcher wiederholte seinem unsichtbaren Gesprächspartner Horstmanns Drohung. Dann wandte er sich wieder an die beiden Polizisten. »Reicht eine halbe Stunde?«

»Das hängt nicht von uns ab«, erwiderte Vollmers.

»Können Sie die Herren bei mir abholen lassen?«, fragte Böttcher in den Hörer. Offenbar wurde ihm von der anderen Seite deutlich gemacht, wie die Hierarchien auf der Werft verteilt waren. »Gut«, seufzte er. »Ich bringe sie zu Ihnen.«

Er stand auf. »Folgen Sie mir bitte.«

*

Gut versteckt zwischen einem Wohngebiet mit engen Siedlungshäusern, einem Gewerbegebiet und der hinter einer Lärmschutzmauer unsichtbaren Stadtautobahn, westlich des Zentrums, dort wo die Gemeinde Kronshagen wie ein Finger in das Stadtgebiet hineinragt und Kiel eine Art Taille verpasst, liegt das Polizeizentrum Eichhof. Auf diesem rundum bebauten Areal, das nur durch einen mehr als unauffälligen Eingang mit einem tristen Wachcontainer und den die Nachbarhäuser überragenden Antennenanlagen als Sicherheitsbereich erkennbar ist, befindet sich auch das Landeskriminalamt.

Das Büro von Jochen Nathusius war größer als die benachbarten Räume. Die Ausstattung verriet dem Eingeweihten, dass er zu den höheren Beamten des Landeskriminalamtes gehörte.

Der Kriminaldirektor war Leiter der Abteilung 300, des Polizeilichen Staatsschutzes. Auf den ersten Blick hätte niemand in dem mittelgroßen Endvierziger mit den rotblonden Haaren und dem runden Gesicht mit den zahlreichen Sommersprossen den brillanten Analytiker vermutet, der als intimer Kenner der politischen Szene galt.

Nathusius sah auf seine Frau Beatrice, die ihm, in einen silbernen Rahmen gefasst, vom Schreibtisch zulächelte. Dann wanderte sein Blick zurück zu dem großen Blonden mit dem verwuschelten, leicht ungekämmt wirkenden Haar, der ihm gegenübersaß.

Kriminalrat Lüder Lüders war einer seiner wichtigsten Mitarbeiter. Nathusius sträubte sich gegen klischeehafte Begriffe wie »mein bester Mann«, aber er wusste, dass Lüders sicher zu den Aktivposten der Abteilung gehörte, auch wenn der Umgang mit ihm nicht immer ganz einfach war.

»Mehr als diese kurze Information habe ich auch nicht«, erklärte Nathusius in seiner sehr bedächtigen Sprechweise und warf einen Blick auf seine Armbanduhr. »Der Staatsanwalt wollte schon vor einer viertel Stunde hier sein.«

In diesem Moment klopfte es, und Kremer steckte seinen Kopf zur Tür herein.

»Ich bitte um Entschuldigung, aber ich wurde noch aufgehalten.« Er steuerte den zweiten Besucherstuhl vor dem Schreibtisch des Kriminaldirektors an. Dann trug er die bisherigen Ergebnisse vor. »Nach dem derzeitigen Erkenntnisstand halte ich es für überlegenswert, Ihre Abteilung die Ermittlungen begleiten zu lassen. Noch wissen wir nicht, ob sich hinter dem Mord Motive verbergen, die im persönlichen Umfeld des Opfers zu suchen sind, oder ob es Verbindungen zu seinem offiziellen Aufenthalt in Deutschland gibt.«

»Was hat Hernandez nach Kiel geführt?«, fragte Nathusius.

An dieser Stelle musste Kremer passen. »Wir wissen bisher nur, dass er einen Besucherausweis für die Werft hatte. Details dazu eruiert derzeit die Mordkommission.«

»Das sind sehr vage Verdachtsmomente.« Der Kriminaldirektor lehnte sich in seinem Schreibtischsessel zurück. »HDW baut Kriegsschiffe für die halbe Welt. Das ist allgemein bekannt. Aus unserer Sicht gibt es wenig Anlass, bei Argentinien spontan an politische Hintergründe zu denken. Abgesehen von wirtschaftlichen Problemen und sicher noch offenen Fragen zur Aufarbeitung der Diktatur sehe ich wenige Ansatzpunkte für politisch motivierte Gewaltanwendungen. Diese beiden Probleme des Landes sind weit entfernt von Kiel. Einzig die Spannungen zwischen Argentinien und dem Iran wegen des Vorwurfs, die Iraner wären Urheber des Bombenanschlags auf die jüdische Synagoge von Buenos Aires, fallen mir im Moment ein«, meinte Nathusius und stellte damit sein fundiertes Wissen unter Beweis. »Und ich kann mir auch nicht vorstellen, dass die politischen Spannungen mit Chile und Bolivien über die Energieversorgung zum Anschlag auf einen argentinischen Militär hier bei uns geführt haben sollen.«

»Es geht uns auch darum, gegen Vorwürfe jeglicher Art gewappnet zu sein, wir hätten dem Mord an einem ausländischen Militär nicht hinreichend Aufmerksamkeit geschenkt«, hielt Kremer dagegen. »Ich würde es für sinnvoll erachten, wenn einer Ihrer Leute – zumindest vorübergehend – die Arbeit der Mordkommission unterstützen würde.«

»Wie denken Sie darüber, Lüders«, wandte sich Nathusius an seinen Mitarbeiter, der den bisherigen Ausführungen der beiden anderen schweigend gefolgt war.

Der Kriminalrat legte die Finger wie zum Gebet zusammen und spitzte den Mund.

»Als Beamter habe ich dem Staat meine Seele verkauft. Und meine Zeit.«

Der Kriminaldirektor lächelte mild. Er kannte Lüders und wusste, dass es manchmal schwierig war, dem kantigen Mann eine klare Antwort zu entlocken.

»Gut«, entschied er. »Hören Sie sich die Sache einmal an und erstatten Sie mir morgen früh Bericht, wie sich der Fall entwickelt hat.«

»Willkommen an Bord«, begrüßte Kremer das neue Mitglied im Ermittlungsteam.

»Hoffentlich bleibt das Fahrwasser ruhig, wenn ich mitfahren muss. Ich bin zwar seefest, kann es aber nicht gut leiden, wenn andere Mitsegler ständig am Spucken sind, weil sich der Törn zunehmend in raue See begibt«, kommentierte Lüder Lüders sein neues Engagement.

*

Böttcher, der Mitarbeiter des Sicherheitsdienstes, hatte die beiden Kripobeamten über das Werftgelände geführt.

Wer noch nie einen großen Schiffbaubetrieb von innen gesehen hat, ist erstaunt über das scheinbare Durcheinander. Es herrschte eine hektische Betriebsamkeit wie in einem Ameisenhaufen: Lkws, Gabelstapler mit quer stehenden Lasten, andere Flurförderfahrzeuge, dazwischen jede Menge Menschen.

Die Arbeiter, erkennbar an ihrer grauen Kluft und den gelben Schutzhelmen, traten fast immer in Rudeln auf. Sie schleppten ihre persönlichen Gegenstände, aber auch die Werkzeuge, in groben Zampelbüdel mit sich herum. Wer sich an der zentralen Materialausgabe ein Werkzeug auf seinen Namen besorgt hatte, achtete darauf, dass er es nicht aus den Augen verlor. Es war sonst unwiederbringlich verschwunden, und der Mann musste persönlich für den Verlust einstehen.

Zwischen diesem Gewimmel huschten Angestellte und Techniker über das Gelände, die es gewohnt waren, von einer entgegenkommenden Arbeiterkolonne mit Schmähungen begrüßt zu werden. Gemeinhin lachten alle über die derben Scherze. Auch die wenigen Frauen, die sich in das Gewimmel stürzten, sahen über die Verbalattacken hinweg, wussten sie doch, dass sich außer einem Bellen nichts weiter dahinter verbarg.

Vollmers staunte besonders über die Stapel von Stahlplatten, die im Freigelände lagerten und mit ihrem Rostüberzug für den Laien wie Schrott aussahen. Ein Außenstehender würde nie verstehen, wie die Fachleute in diesem Tohuwabohu jederzeit die richtige Stahlplatte in exakt den vorgegebenen Ausmaßen wiederfinden konnten.

Böttcher begleitete sie in ein Gebäude, dessen Eingang von einem uniformierten Mitarbeiter des Sicherheitsdienstes bewacht wurde. Sie mussten ihre Ausweise ein weiteres Mal vorlegen und sich eintragen lassen.

Von dem Flur ging eine Tür ab, deren Türschild auf ihren nächsten Gesprächspartner hinwies: »Dr. Ing. Sönke Vollquardsen, Bereichsleitung Marinetechnik« war dort zu lesen.

Böttcher klopfte an der Tür des benachbarten Büros und trat ein. Er wirkte fast schüchtern, als er sich an die ältere der beiden dort arbeitenden Frauen wandte.

»Ich habe eben mit Ihnen telefoniert. Hier sind zwei Herren von der Polizei, die mit Herrn Dr. Vollquardsen sprechen möchten.«

Die dezent geschminkte Mittfünfzigerin mit den brünetten Haaren und einer langen Perlenkette über der cremefarbenen Bluse sah auf.

»Ich weiß Bescheid«, sagte sie. »Nehmen Sie bitte Platz. Herr Dr. Vollquardsen ist noch im Gespräch.« Dabei wies sie auf eine kleine Sitzgruppe in der Ecke des Raumes. »Möchten Sie einen Kaffee?«

»Gern, wenn es keine Umstände bereitet«, antwortete Vollmers. Die Frau warf ihrer Kollegin, einer blassen Angestellten, die sich hinter einem Bildschirm versteckt hatte, einen Blick zu. Die Jüngere verstand auch ohne Worte, dass es ihre Aufgabe war, diese Dienstleistung zu verrichten.

Die beiden Beamten nahmen Platz. Auch Böttcher wollte sich hinsetzen, als die Brünette mit schneidender Stimme entschied: »Ich glaube, Ihre Anwesenheit ist bei diesem Gespräch nicht erforderlich.«

Der Mann vom Sicherheitsdienst verharrte für den Bruchteil einer Sekunde in der hockenden Stellung, richtete sich dann wieder auf und ging zur Tür. »Wenn Sie mich noch benötigen, können Sie mich jederzeit ansprechen.« Dann verschwand er in den Flur.

Der Kaffee war heiß und gut und wurde stilvollendet auf einem kleinen Tablett serviert. Nicht einmal der Begleitkeks fehlte.

Es dauerte noch zwanzig Minuten, bis die Brünette aufstand, ohne dass Vollmers und Horstmann mitbekommen hatten, in welcher Weise sie eine Nachricht erhalten hatte.

»Wenn Sie mir bitte folgen würden«, bat sie und ging zu einer Tür, die ins benachbarte Büro führte.

Hinter einem fast leeren Schreibtisch aus Chrom und Glas thronte der verantwortliche Manager. Dr. Vollquardsen trug einen blauen Anzug mit dezenten Nadelstreifen. Das blütenweiße Hemd mit der elegant wirkenden Krawatte, die akkurate Bügelfalte, handgenähte Schuhe und die leicht gelblich getönte randlose Brille vervollständigten das Bild des Managers, der sich allein durch seine äußere Erscheinung seiner Wirkung auf andere bewusst ist.

Er war höchstens Anfang vierzig und hatte sich eine jugendliche Ausstrahlung bewahrt. Dr. Vollquardsen stand auf, kam den beiden Polizisten entgegen und reichte ihnen die manikürte Hand. Einzig der Kaiser-Wilhelm-Bart passte nicht ganz zur Erscheinung des Mannes.

»Nehmen Sie Platz.« Er lud die beiden mit einer Handbewegung ein und zeigte auf eine tiefe Ledersitzgruppe. »Kaffee?«

»Danke, wir hatten schon«, sagte Vollmers.

»Was ist der Grund Ihres Besuchs?«, fragte der Manager und sah auf seine Armbanduhr. »Ich habe in thirty minutes das nächste Meeting. Ich hoffe, es ist time enough.«

»Wir ermitteln in einem Mordfall. Gestern Abend wurde José Felipe Hernandez erstochen.« Vollmers führte in kurzen Zügen aus, was sie bisher wussten.

»What a pity«, kommentierte Dr. Vollquardsen. »Das ist schlimm. Der Commodore ist vom Customer-Management. Er hat das Leadership der Auftraggeber und ist für uns absoluter Key-People.«

Horstmann beugte sich in seinem Ledersessel ein wenig vor.

»Sorry, aber können wir vielleicht Deutsch miteinander sprechen?«

Dr. Vollquardsen strafte den Oberkommissar mit einem bösen Blick.

»Im Zeitalter der Globalisierung sollten wir uns alle bemühen, universell zu denken.« Er brachte es fertig, in seine Stimme gleichzeitig einen leicht spöttischen und einen belehrenden Unterton zu mischen. »Also, Commodore Hernandez ist der Bevollmächtigte unseres Auftraggebers. Wir bauen derzeit vier Unterseeboote für die argentinische Marine. Zwei werden hier in Kiel gefertigt, die anderen beiden in La Plata.«

»Das ist in Argentinien?«, wollte Vollmers wissen.

Der Manager sah ihn an, als wäre er ein kleines Kind, das seine ersten dummen Fragen stellt.

»Natürlich. La Plata ist eine bedeutende Hafenstadt mit über einer halben Million Einwohnern am Rio de la Plata, dem Silberfluss. Dort befinden sich die Marineakademie und das Marinearsenal, ebenso die Werft, die die beiden anderen Boote baut.«

»Das verstehe ich nicht«, warf Horstmann ein. »Wo werden die Schiffe denn nun hergestellt?«

Vollquardsen warf dem Oberkommissar einen abschätzenden Blick zu, der besagte, dass er ihn nicht als adäquaten Gesprächspartner einstufte.

»Das ist doch ganz einfach. Wie ich schon erklärte. Vier Boote sind bestellt.« Dabei streckte er vier Finger seiner linken Hand in die Luft. »Zwei bauen wir schlüsselfertig auf unserer Werft. Für die anderen beiden liefern wir die Pläne und das Material.«

»Das bedeutet, Sie geben die Pläne aus der Hand?«

»Natürlich. Allein für die Bedienung eines so komplexen Waffensystems müssen sie dem Betreiber umfangreiche technische Instruktionen an die Hand geben. Wir haben Partnerschaften rund um den Globus, nicht nur mit der argentinischen Marine.«

»Und das Material liefern Sie auch?«

»Ja. Es ist eine außergewöhnliche Herausforderung an Planung und Logistik, das richtige Material zur rechten Zeit vor Ort zu haben. Sonst drohen uns hohe Konventionalstrafen. Zu solchen Leistungen sind nur ganz wenige Unternehmen auf der Welt in der Lage. Und wir gehören mit unserer Technologie zur absoluten Spitze.«

Der Mann zeigte jetzt deutlich Stolz auf das System, an dessen Funktionieren er entscheidend beteiligt war.

»Und welche Position hatte nun José Hernandez inne?«

Dr. Vollquardsen lehnte sich zurück und musterte die beiden Polizisten eine Weile.

»Der Commodore hat den Baufortschritt begutachtet und abgenommen, das Qualitätsmanagement beaufsichtigt und sich mit der Technik der Boote vertraut gemacht. Er ist … war ein exzellenter Marinefachmann und trägt … trug in seiner Heimat Verantwortung an maßgeblicher Stelle. Wir haben ihm zudem Kontakte zur deutschen Marine vermittelt. Was dort besprochen wurde, entzieht sich allerdings meiner Kenntnis.«

»Welche Bedeutung hat es jetzt für Sie, dass Hernandez tot ist?«, fragte Vollmers.

Dr. Vollquardsen atmete hörbar aus.

»Das Ereignis des gestrigen Abends ist ein schwerer Schlag für uns. Nur mit der Unterschrift des Commodore erhalten wir die Zahlungen für den Baufortschritt. Ich sehe da Probleme auf uns zukommen. Die Zusammenarbeit mit Hernandez war hervorragend.«

»War er denn alleine hier in Kiel?«

Der Manager schüttelte den Kopf. »Nein, natürlich nicht. Sein Vertreter ist Kapitänleutnant Heimberger. Aber der wurde vom Commodore an der kurzen Leine geführt. Heimberger hat weder das Format noch das Wissen, mit dem Hernandez seine Aufgabe erledigte. Abgesehen davon sind ihm auch nicht die Kompetenzen zugewiesen, die der Commodore hatte.«

Dr. Vollquardsen sah auf seine Uhr. »Das nächste Meeting wartet auf mich.« Dann sah er Horstmann an. »Ich muss zuvor noch zu einem Briefing. Ich bin Member eines Steering-Committees. Da kann ich nicht zu spät erscheinen.«

»Können Sie uns etwas zum privaten Umgang von Hernandez hier in Kiel sagen? Schließlich hatte der Mann bei allem Eifer auch freie Zeit.«

Vollquardsen war aufgestanden und hatte sich zu seinem Schreibtisch begeben. Er kramte in Unterlagen, die auf dem Sideboard lagen, und nahm eine lederne Mappe zur Hand. Er hob leicht den Kopf, als er antwortete: »Darüber vermag ich nichts zu sagen. Über den privaten Umgang unserer Kunden weiß ich nichts.«

Damit waren die beiden Beamten entlassen.

»Komisch«, merkte Horstmann beim Rückweg zu ihrem Auto an. »Der Bursche hat nicht eine Silbe des Bedauerns über den Tod eines Menschen geäußert, kein Zeichen von Mitgefühl für die Angehörigen. Auch hat er sich nicht nach Einzelheiten zum Mord erkundigt. Einen so auf sich selbst bezogenen Menschen sieht man selten.«

»Da magst du Recht haben. Aber nur auf diese Weise gelangt man in die Spitzenpositionen. Wenn du deine Zeit damit verschwendest, an Dritte zu denken, kannst du kaum Karriere machen.«

*

Die Bezirkskriminalinspektion war im altehrwürdigen Gebäude in der Blumenstraße untergebracht. Mit dem Türmchen und den beiden markanten Spitzgiebeln diente dieses denkmalgeschützte Haus seit Generationen der Polizei als Standort.

Es war kurz vor ein Uhr. Im Besprechungsraum hatten sich die Mitglieder des K1 zusammengefunden; kurz darauf erschien Staatsanwalt Kremer.

»Wir erhalten Verstärkung vom LKA«, erklärte er. »Kriminalrat Lüders vom Staatsschutz wird zu uns stoßen.«

»Staatsschutz?«, fragte Oberkommissar Horstmann. »Ein Schlapphut?«

»Nein«, sagte Kremer lachend. »Herr Lüders ist nicht vom Verfassungsschutz, sondern vom Polizeilichen Staatsschutz. Er soll …«

Der Staatsanwalt wurde unterbrochen, weil Lüder Lüders seinen Kopf zur Tür hereinstreckte. Er erkannte Kremer und trat ein.

»Lüders«, stellte er sich vor und gab Babs Scholtz, dann den Männern der Mordkommission die Hand.

»Kriminalrat Lüders?«, fragte Horstmann.

Lüder lachte. »Richtiger ist: Polizist Lüders. Ich glaube, ich wäre der Erste in Schleswig-Holstein, der außerhalb der Grundausbildung mit dem Dienstgrad angesprochen wird. Heute bin ich aber eher ›Zuhörer Lüders‹. Ich will einfach nur Ihren Ausführungen lauschen. Alles Weitere sehen wir dann.«

Kremer gab Vollmers ein Zeichen, damit dieser mit seinen Ausführungen beginnen konnte. Der Hauptkommissar berichtete vom Besuch auf der Werft und blickte dann Küster an.

»Kollegin Scholtz und ich haben den Vormittag damit zugebracht, etwas über die Tatwaffe in Erfahrung zu bringen.«

»Und? Wart ihr erfolgreich?«, unterbrach Horstmann.

Küster nickte. »Teilweise. Wir wissen, um was für eine Art Messer es sich handelt. Draußen wartet Dr. Robert Ahlemann von der Uni Kiel. Den haben wir heute Vormittag aufgetan und zu uns gebeten.« Er stand auf und bat den Wissenschaftler herein.

Dr. Ahlemann war ein junger, vitaler Mann mit einem heute eher unmodernen langen und dichten Haarschopf. Er stellte sich kurz vor und nahm am Kopfende Platz.

»Das Messer, das Sie mir gezeigt haben, ist ein Facón. Es ist übergroß, etwa unterarmlang, gradlinig und hat ein oder zwei Schneiden. Typisch sind die oft verzierten Griffe, wie in diesem Fall aus Silber, und die geschliffene Spitze. Der Name ist eine Ableitung von Faca und stammt aus Andalusien. Faca wiederum entstammt dem arabischen Faria. Das Mehrzweckmesser wurde von den damaligen Landarbeitern, Gauchos genannt, sowohl für ihre Arbeit als auch zur Verteidigung benutzt. Die Gauchos pflegten in ihrer Freizeit Rindleder mit dem Messer zu bearbeiten, um Gürtel, Lassos und dergleichen herzustellen. Der Griff war geschützt. Das Wort Facón wird in der Gaucholiteratur öfter erwähnt. Es gibt mehrere Varianten verschiedener Größe des Facón.«

»Habe ich Sie richtig verstanden? Das Messer könnte auch aus dem arabischen Raum stammen?«, mischte sich Lüder ein. Er übersah dabei den missbilligenden Blick von Hauptkommissar Vollmers.

»Ursprünglich stammt es von den Arabern, die es damals mit nach Spanien brachten. Von dort wanderte es weiter nach Argentinien.«

»Sie schließen damit aus, dass es von einem Araber benutzt worden sein könnte?«

»Wer kann schon grundsätzlich etwas festlegen«, sagte Dr. Ahlemann. »Ob das Facón vielleicht von einem Norweger benutzt wurde, müssen Sie herausfinden. Typisch ist es aber für Südamerika.«

»Ich dachte immer, Gauchos wären die Cowboys in der Pampa?«, fragte Horstmann.

Dr. Ahlemann lächelte. »Das ist eine schöne Geschichte. Sie ist so historienfest wie die Storys von Karl May. Natürlich haben die Landarbeiter auch Pferde für ihre Arbeit genutzt. Aber die Arbeit war und ist viel umfangreicher und vor allem mühsamer, als es der romantisierende Nordeuropäer sich vorstellen kann.«

»Wenn keiner mehr Fragen hat, danken wir Ihnen«, übernahm der Staatsanwalt die Gesprächsführung und entließ den Wissenschaftler.

Vollmers sah in die Runde. Sein Blick blieb bei Oberkommissar Küster haften. »Gibt's sonst noch etwas, Ingo?«

»Noch eine Kleinigkeit. Wir beide«, dabei nickte er Kommissarin Scholtz zu, »haben außerdem eine Reihe von Antiquitäten- und Raritätengeschäften abgeklappert und gefragt, ob jemand das Messer wiedererkennt. Fehlanzeige. Auch in Museen und Ausstellungen haben wir angerufen. Dort wird nichts vermisst.«

»Gut. Kommen wir zum nächsten Punkt. Uns liegt jetzt der Obduktionsbefund vor. Todesursache war eine Aortenruptur als Folge eines Dezelerationstraumas«, las der Staatsanwalt vor.

»Und was müssen wir darunter verstehen?«, fragte Horstmann.

»Moment bitte.« Kremer las den nächsten Absatz, bevor er aufblickte. »Eine Aortenruptur ist der fast immer tödliche Einriss der Aortenwand. Sie wurde durch das zweischneidige Facón zerstört, sodass das Blut in den Bauchraum gelaufen ist. In solchen Fällen gibt es keine Rettung, selbst bei schneller ärztlicher Hilfe.«

»War diese Art der Verletzung Zufall oder ist der Täter Profi und wusste um die Konsequenzen bei dieser Stichverletzung?«, überlegte Lüder laut.

»Ich gehe von Letzterem aus«, antwortete Vollmers. »Das war kein Zufall. Wenn jemand im Affekt erstochen wird, dann ist die übliche Methode …«

»Soso. Jemand mit einem Messer zu erdolchen ist üblicher Standard«, warf Lüder ein und lehnte sich mit einem amüsierten Lächeln zurück.

Hauptkommissar Vollmers sah den Kriminalrat irritiert an. Er brauchte einen Moment, um seinen Faden wieder aufzunehmen.

»Ich erkläre es noch einmal. Wenn jemand mit einem Messer erstochen wird, dann hält der Täter den Messergriff umfasst und schaut dabei von oben auf die vier Finger ohne Daumen. Der Handrücken steht senkrecht im Winkel von neunzig Grad zur Fläche der Finger. Aus dieser Position wird das Messer dann von oben herab in das Opfer hineingestoßen. Wir haben dann, wenn beide stehen, einen Stichkanal, der im Körper schräg von oben nach unten verläuft. In diesem Fall aber hat der Täter das Messer seitlich gestoßen. Man muss sich die Bewegung wie bei einem Schmetterball beim Tischtennis vorstellen. Der Handrücken ist hierbei waagerecht. Der Stich wird von der Seite geführt und ergibt einen Stichkanal, der von rechts zur Körpermitte führt. Und wenn die Klinge auch noch entgegen allen Erfahrungen waagerecht gehalten wird, ergeben sich daraus ganz besonders schlimme Folgen.«

Die Erklärungen des Hauptkommissars leuchteten allen ein.

»Dann hatten andere Opfer Glück, dass sie mit einer senkrecht stehenden Messerschneide ermordet wurden«, lästerte Lüder, was ihm einen bösen Blick des Staatsanwalts einbrachte. »Und was ziehen wir daraus für einen Schluss?«

»Ich würde sagen, dass wir nach einem professionellen Täter suchen, der genau wusste, wie er zustechen musste«, zog Vollmers ein Resümee.

»Also suchen wir einen vermutlich südamerikanischen Täter, der besonders brutal ist und womöglich auch im Töten unterwiesen wurde, zumindest über die Feinheiten des Mordens bestens instruiert ist.« Lüder sah Vollmers an. »Wir kennen den Ort, an dem Hernandez den beiden jungen Leuten in die Arme fiel. Aber wo ist der eigentliche Tatort? Dort, wo wir das Messer gefunden haben? Gibt es dazu gesicherte Erkenntnisse?«

»Vermutlich auf der anderen Straßenseite«, räumte Vollmers ein. »Zeugen dafür gibt es aber nicht.«

»Also ist das Opfer noch ein Stück getaumelt. Wie weit, wissen wir nicht. Nun ja, auch Störtebeker ist der Legende nach ohne Kopf an einer ganzen Reihe seiner Leute vorbeigelaufen.«

Die anderen im Raum sahen sich an. Horstmann zog die Unterlippe ein Stück hoch, und Vollmers kniff die Augen zusammen. Es war die Reaktion auf Lüders Sarkasmus, der bei den anderen Mitgliedern des Teams nicht gebräuchlich war.

Der Staatsanwaltschaft klopfte mit seinem Kugelschreiber auf die Tischplatte und mahnte zur Ernsthaftigkeit. Dann fuhr er fort: »Es gibt noch einen weiteren bemerkenswerten Laborbefund. Hernandez hatte kurz vor seinem Tod Verkehr mit einer Frau. Nicht nur das ist einwandfrei nachweisbar. Die Analyse hat auch ergeben, dass es ungeschützt war.«

Oberkommissar Küster pfiff leise, was ihm für einen kurzen Moment die Aufmerksamkeit der ganzen Runde einbrachte.

»Wie kommen die Wissenschaftler zu dieser Erkenntnis?«, fragte Vollmers.

»Weil sich am Penis des Opfers Spuren der Frau fanden«, zitierte Kremer.

»Und weil das kleine Ferkelchen sich nicht gewaschen hat, brauchen wir jetzt nur noch die passende Frau finden, der wir das Schäferstündchen mittels DNA nachweisen können. Hernandez kam direkt aus dem Bordell, und ihm wurde von seinem Mörder aufgelauert. Also wusste der Täter um den Bordellbesuch, oder er hat das Opfer dorthin verfolgt. Das war ein letzter Akt von Nächstenliebe«, sagte Lüder.

»Das verstehe ich nicht«, wandte Horstmann ein.

»Der Täter hat dem Commodore noch ein letztes Mal die sexuelle Befriedigung gegönnt und ihn erst nach dem Bordellbesuch ermordet. Hätte er ihn vorher getötet, wäre Hernandez mit einem Hormonstau dahingeschieden. Das war doch mehr als fürsorglich vom Täter.«

»Ich denke, dass wir diesen Zuhälter Hinterbichler von der anderen Straßenseite noch einmal gründlich in die Mangel nehmen sollten«, meinte Vollmers und sah die beiden Oberkommissare Horstmann und Küster an. »Holt ihr ihn ab?«

»Ich glaube, das wär's fürs Erste«, schloss Lüder die Sitzung und sah Vollmers an. »Sie trommeln uns wieder zusammen, wenn Sie Neuigkeiten haben?«

Der Hauptkommissar warf Lüder einen Blick zu, der signalisierte, dass zwischen den beiden in absehbarer Zeit keine Blutsbrüderschaft geschlossen würde.

*

Wie in vielen anderen Metropolen vergleichbarer Größe schimpfen die Einwohner Kiels über das Verkehrsaufkommen, ohne sich bewusst zu sein, dass der Halt an einem halben Dutzend Ampeln in keinem Vergleich zum täglichen Dauerstau in den Ballungszentren steht. Auch den beiden Kriminalbeamten, die mit einem Opel-Kombi unterwegs waren, ging es zu zäh voran. Es erschien ihnen eine Ewigkeit, bis sie die Reventlouallee erreicht hatten. Vorschriftswidrig parkten sie im Halteverbot direkt vor dem Haus, in dem Hinterbichlers Bordell untergebracht war.

Es dauerte lange, bis ihnen geöffnet wurde. Die markante Schönheit, die der Zuhälter am Tag zuvor als seine Geschäftsführerin vorgestellt hatte, füllte den Türrahmen aus.

»Wir möchten zu Ihrem Chef«, nannte Horstmann kurz und bündig ihr Anliegen.

»Der ist im Augenblick beschäftigt.«

»Dann holen Sie ihn. So wichtig kann seine Tätigkeit nicht sein, dass er uns dafür warten lässt.«

»Kommen Sie doch erst mal rein«, sagte die Frau und gab den Durchgang frei. »Es geht wirklich nicht. Ich kann und darf ihn nicht stören. Er ist gerade bei einem Bewerbungsgespräch.«

Horstmann machte Anstalten, in den abzweigenden Gang zu verschwinden, aus dem zuvor alle Leute, denen sie hier begegnet waren, aufgetaucht waren. »Dann suchen wir ihn eben«, meinte er lakonisch, während Oberkommissar Küster noch etwas unschlüssig im Foyer stehen blieb.

Die Frau eilte hinter Horstmann her und zupfte ihn in einer Weise am Pullover, dass es dafür auf jedem Fußballplatz die gelbe Karte gegeben hätte.

»Das können Sie nicht machen«, ereiferte sie sich, aber Horstmann hatte bereits die Tür zum ersten Raum geöffnet. Das Zimmer war lauschig eingerichtet und machte einen überraschend sauberen Eindruck. Hinterbichlers Etablissement war offenbar keine billige Absteige.

Hinter der zweiten Tür hatte der Polizist Glück. Erschrocken fuhr Hinterbichler in die Höhe, als Horstmann mit Schwung ins Zimmer trat. Der Oberkommissar konnte sich ein Lachen nicht verkneifen. Das Erste, was er in der himmelblauen Wäsche sah, war das blanke Hinterteil des Bordellbesitzers und darunter zwei strampelnde Beine.

»Ziehen Sie sich an«, herrschte Horstmann den verdutzten Mann an. »Und Sie auch«, erklärte er dem blutjungen Mädchen, das ihn mit großen Augen erschrocken ansah und die Situation nicht zuordnen konnte.

Horstmann schaffte es, ihren Schrecken noch zu steigern, indem er der jungen Frau erklärte: »Polizei. Wir nehmen Sie jetzt mit.«

Mit routiniertem Griff untersuchte er rasch die achtlos verstreuten Kleidungsgegenstände der beiden. »Sie werden uns jetzt auf die Wache folgen«, erklärte er dem Österreicher. »Sie haben uns gestern belogen und in der Mordsache Hernandez irregeführt. Wir haben den Verdacht, dass Sie möglicherweise eine Straftat decken, wenn Sie nicht sogar selbst daran beteiligt waren.«

Der Bordellbesitzer unternahm gar nicht erst den Versuch zu protestieren.

»Sind Handschellen erforderlich?«, drohte Küster.

Energisch schüttelte Hinterbichler den Kopf. »Bitte nicht. Wenn Sie mich hier mit Handfesseln herausführen, ist mein Geschäft ruiniert. Ich verspreche, mich korrekt zu verhalten.«

Diese Zusage hielt er ein, bis sie ihn in der Dienststelle ablieferten.

Die Kieler Kripo verfügt über den Luxus eines eigenen Verhörraums. Mit diesem Extra sind nicht alle Polizeidienststellen des Landes ausgestattet.

Hinterbichler saß an dem schlichten Tisch. Ihm gegenüber hatten Hauptkommissar Vollmers und Oberkommissar Horstmann Platz genommen. Lüder wollte sich selbst ein Bild vom Verdächtigen machen und hatte sich etwas abseits gesetzt. Jetzt beobachtete er den Bordellbesitzer, der auf anwaltlichen Beistand verzichtet hatte. Hinterbichler nagte nervös an seiner Unterlippe. Seine Finger waren unentwegt damit beschäftigt, sich ineinander zu verkeilen und dieses Knäuel wieder aufzulösen.

»Sie haben uns gestern die Unwahrheit gesagt, als wir Sie nach dem Mann befragten, der fast direkt vor Ihrer Haustür ermordet wurde.«

Mit unstetem Blick sah Hinterbichler zu Vollmers, wich dann zu Horstmann aus, um zum Hauptkommissar zurückzukehren.

»Ich ... ich ...«, stammelte er.

»Was ist mit *ich?*«, fuhr ihn Horstmann barsch an.

Lüder registrierte, dass die beiden Beamten der Mordkommission ein eingespieltes Team waren. Sie ergänzten sich in hervorragender Weise.

»Ich war in Sorge. Das Geschäft läuft eher schleppend. Und da ist ein guter Ruf besonders wichtig«, kam es zögernd über die Lippen des Zuhälters.

»Das ist Ihnen so wichtig, dass Sie uns in die Irre leiten? Hätten Sie uns gestern die Wahrheit gesagt, wäre nicht kostbare Zeit vergangen. Im Moment gehen wir davon aus, dass Sie am Mord direkt oder indirekt beteiligt waren.« Vollmers' Worte trafen den Mann wie Peitschenhiebe. Er zuckte zusammen und zog die Schultern ein, als wolle er sich wie eine Schnecke in sich selbst zurückziehen.

Offenbar saß Ihnen keiner der hartgesottenen Vertreter des Rotlichtmilieus gegenüber, sondern ein vielleicht sogar cleverer Bursche, der in diesem Geschäft eine Marktlücke gefunden hatte. Den Schilderungen der Beamten nach, die das Etablissement gestern und heute aufgesucht hatten, hob es sich deutlich von billigen Absteigen und der leicht anrüchigen Szene ab, die sich in Kiel schwerpunktmäßig am Wall konzentrierten.

»Glauben Sie mir, dass dieses Geschäft einfacher aussieht, als es ist. Mein Onkel hat sich damals in die Hamburger Szene eingearbeitet.«

»Das klingt harmlos für die Verdrängung der einheimischen Zuhälter durch die Ösis«, unkte Horstmann. »Vielen ist dieser Vorgang noch als St.-Pauli-Krieg ein Begriff.«

Hinterbichler zuckte mit den Schultern. »Das war vor meiner Zeit. Dafür bin ich genauso wenig verantwortlich wie Ihre Generation für den Holocaust.«

Vollmers schlug mit der Faust auf den Tisch, dass alle zusammenfuhren. Selbst Lüder schreckte auf.

»Solche Sprüche wollen wir hier nicht hören. Ist das klar?« Die Schläfen des Hauptkommissars waren vor Zorn angeschwollen.

Hinterbichler war bleich geworden. Ein feiner Schweißfilm schimmerte auf seinem Gesicht.

»Ich bitte die Herren um Entschuldigung«, wimmerte er. »Das war eine törichte Bemerkung. Ich wollte damit doch nur ausdrücken, dass sich in unserer Branche jetzt die Russen und Albaner breitgemacht haben. Sie glauben nicht, mit welchen Methoden die vorgehen.«

»Und deshalb sind Sie hierher ausgewichen. In die Provinz«, stichelte Vollmers.

Hinterbichler jappte hörbar nach Luft. »Für manche mag es anrüchig sein, das Geschäft, das ich betreibe. Aber bei mir geht es nicht nur stilvoll zu, ich beschäftige auch keine minderjährigen Unterhaltungsdamen. Alle Frauen sind freiwillig da.«

»Und gestern war der Mann, dessen Bild wir Ihnen gezeigt haben, bei Ihnen Kunde«, nutzte Horstmann den Redefluss des Mannes.

»Ja, der Commodore ...«

»Sieh an, Sie kennen ihn aber sehr gut«, fiel ihm Vollmers ins Wort.

»Natürlich. Er war öfter bei uns. Mindestens einmal wöchentlich. Sozusagen Stammkunde.«

»Was wissen Sie noch über ihn?«

Hinterbichler überlegte einen Moment und nagte dabei erneut an der Unterlippe. Wenn das eine Eigenart war, die immer dann in Erscheinung trat, wenn er unter Stress stand, führte er offensichtlich ein sorgenfreies Leben, da die Lippe unbeschädigt schien.

»Er war im Auftrag seines Landes bei der Werft tätig. Mehr weiß ich nicht. Über seinen Job hat er nie gesprochen.«

»Und sein Privatleben?«

»Unsere Kunden setzen auf Vertraulichkeit. Deshalb ist es gut, dass Sie über persönliche Dinge schweigen. Das führt niemanden in Versuchung.«

»Hat es Streit mit Hernandez gegeben? Hat er Dinge eingefordert, die das Mädchen, das ihn bedient hat, nicht geben wollte? Gab es eine Auseinandersetzung wegen des Liebeslohns?« Vollmers trommelte bei seinen Worten mit dem Zeigefinger auf die Tischplatte.

Der Bordellbesitzer schüttelte heftig den Kopf. »Nein. Ich habe nie etwas vom Commodore oder dem Mädchen gehört. Offenbar bestand Einverständnis zwischen den beiden.«

»War es immer das gleiche Mädchen?«

Hinterbichler nickte. »Ja. Der Commodore ging immer zu Mercedes.«

»Mercedes? Das klingt südamerikanisch.«

Zum ersten Mal zeigte sich ein wenig Entspannung im Gesicht des Zuhälters. »Das ist Marketing. In Wirklichkeit heißt sie Ivanna und kommt aus Tschechien.«

»Und wie war das mit der Bezahlung? Gab es darüber Streit?«

»Darüber konnte es keine Auseinandersetzung geben. Der Commodore hat nicht bezahlt.«

Lüder bemerkte das Erstaunen bei den beiden Polizisten. Deshalb mischte er sich ein.

»Soll das heißen, dass der Begriff ›Liebesdienst‹ im doppelten Sinne zu verstehen ist?«

»Nein«, dementierte Hinterbichler. »Aber der Commodore hat nie selbst bezahlt. Da kam hinterher immer jemand von der Werft.«

»Habe ich Sie richtig verstanden? Der Commodore kam zu Ihnen ins Bordell, und die Werft hat das bezahlt?«

Der Zuhälter nickte stumm.

Danach erfuhren Sie noch Namen und Anschrift von Ivanna. Sie würden das Mädchen als Nächstes verhören.

*

Das Herz der Kieler Innenstadt ist die Holstenstraße. Zwischen Alter Markt und dem Sophienhof, einer lebhaften Einkaufsgalerie, bummeln Einheimische und Touristen, vorwiegend aus Skandinavien. Die Fußgängerzone weitet sich zwischendurch immer wieder zu kleinen Plätzen, die den Blick auf die direkt im Herzen der Stadt anlegenden Fährschiffe freigeben. Und wenn diese Giganten der Ostsee, die oftmals die das Ufer säumenden Häuser überragen, gerade ausgelaufen sind, sieht man die beeindruckenden Werftanlagen auf der anderen Wasserseite. Beim Schlendern durch die Holstenstraße bietet aber auch der Blick zur Landseite interessante Perspektiven: den Rathausturm, der dem Campanile in Venedig nachempfunden ist; die Ostseehalle am Europaplatz, Heimstätte des Handballvereins, der eine der Säulen von Kiels herausragendem Ruf als Sportstadt ist. Bevor die Straße in eine überdachte Rolltreppenanlage übergeht, die zum Holstentörn und dem sich anschließenden Sophienhof führt, öffnet sie sich zu dem vor geraumer Zeit neu gestalteten Holstenplatz. Doch die Mehrheit der Passanten schenkt der Anlage keine Beachtung, sondern konzentriert sich auf das vielfältige Angebot der Geschäfte.

In dieser Menschenmenge schwamm auch die Familie Altrogge mit. Dennis' Kinn zierte ein schmaler Streifen Haar, was eher die Andeutung eines Kinnbarts blieb. Mit den hervorstehenden Wangenknochen und den etwas zu tief liegenden Augen sah er fast ein wenig grimmig aus. Der Eindruck wurde durch die muskulösen Oberarme verstärkt, die mit Tätowierungen reichlich verziert waren. Das T-Shirt trug den Aufdruck »Hardrock-Café«. Er wich durch eine Drehbewegung mit dem Kopf aus, als sein jüngerer Sohn, den er auf dem Arm trug, erneut versuchte, mit dem Ohrring des Vaters zu spielen. Seine Frau Gesa schob den Buggy mit der Jüngsten, die an einer Flasche mit Kindertee nuckelte, lebhaft mit den kleinen Füßchen wackelte und die an ihr vorbeihastende Welt der Erwachsenen mit kindlichem Lallen begrüßte.

»Vorsicht, Dominik«, mahnte die Mutter den Ältesten, der gedankenverloren eine Eistüte vor sich hertrug, den Blick aber rückwärts gewandt hielt und mit dem klebrigen Etwas in seiner Hand frontal auf einen bärtigen jungen Mann stieß, der Flugblätter verteilte.

Mit einem Satz hüpfte der zurück, sah auf den Schokoladeneisfleck auf seiner ohnehin nicht frisch gereinigten Hose und schnauzte das verblüffte Kind an: »He, du Trottel. Kannst du nicht aufpassen?«

Der Kleine sah den Bärtigen mit großen Augen an und blickte sich dann Hilfe suchend nach seinem Vater um.

»Pass du Schussel doch selbst auf. Du hättest das Kind doch sehen können. Stattdessen hältst du mit deinem Wisch den Verkehr auf«, schnauzte Dennis Altrogge zurück. »Was soll der Scheiß überhaupt?«

Ehe sich der Zettelverteiler umsah, hatte ihm Dennis ein Flugblatt aus der Hand entrissen und las die Überschrift.

»Bist du nicht ganz dicht?« Er ging auf den jungen Mann zu. »Du Arsch bist doch bestimmt Student. Hast noch nie 'ne Stunde malocht. Und kloppst solche Sprüche. Weißt du, wer dich ernährt?«

Altrogge hielt dem verblüfften Protestierer seine schwielige Hand unter die Nase. Dann fummelte er mit dem Flugblatt in der Hand dicht vor dessen Augen herum.

»Wollen wir das mal ausdiskutieren?«

Gesa Altrogge zupfte vorsichtig am T-Shirt ihres Mannes. »Komm, Dennis, lass ihn. Mach kein Ärger.«

Doch Dennis riss sich los.

»Alle Welt jammert, wir haben keine Kinder. Unsere Zukunft ist gefährdet. Hier«, er zeigte auf die drei Kleinen, »das sind meine. Und ich arbeite dafür. In Wechselschicht auf der Werft. Und das, seit ich sechzehn bin. Und dann kommen so 'ne Pfeifenköppe wie du an und faseln was von Kriegswaffen. Hau bloß ab, du Arsch.«

Um die Kontrahenten hatte sich jetzt ein kleiner Kreis Schaulustiger gebildet.

»Richtig«, mischte sich ein älterer Mann ein. »Wird Zeit, dass diesem Pack mal erzählt wird, wo's langgeht.«

Durch den Kreis drängte sich jetzt ein Mann von mittelgroßer Statur. Er mochte die fünfzig überschritten haben. In der Mitte seines massigen Schädels kräuselten sich noch ein paar einsame Haare, während sich an den Schläfen und am Hinterkopf ein dichter grauer Kranz rankte. Dort standen die Haare, als hätte der Mann gerade in eine Steckdose gefasst. Hinter der runden Nickelbrille funkelten zwei wache Augen.

»Ruhig, Leute«, mahnte er und schob seinen jüngeren Demonstrationskollegen in den Hintergrund. Er selbst positionierte sich gegenüber von Dennis Altrogge. »Ganz ruhig«, sprach er besänftigend auf den Familienvater ein. »Wenn du willst, erkläre ich es dir.«

»Hau ab mit deinem Mist«, schimpfte Altrogge. »Ihr habt noch nie richtig gearbeitet und keine Ahnung, was es heißt, wenn dir das Kreuz wehtut. Mensch, wir sind doch froh, wenn wir überhaupt Arbeit haben. Wie soll'n wir sonst die Familie ernähren?«

»Du bist sicher 'n tüchtiger Bursche«, versuchte der Ältere den aufgebrachten Werftarbeiter zu beruhigen. »Aber musst du dein Geld ausgerechnet mit Kriegsschiffen verdienen? Stell deine Fähigkeiten doch in andere Dienste.«

Altrogge lachte säuerlich auf. »Scherzkeks. Bei fünf Millionen Arbeitslose. Da kannst doch nur froh sein, wenn 'nen Job hast. Hier in Kiel kriegst du doch nix and'res.«

»Das ist doch kein Grund, am Kriegswaffenbau mitzumachen und Unglück und Verderben über andere Menschen zu bringen.«

Dennis Altrogge tippte sich heftig gegen die Stirn. »Bist du blöde? Wenn wir die nicht bauen, dann machen das die Schlitzaugen oder was weiß ich wer. Ist doch besser, wenn *wir* das Geld verdien'n und *unsere* Kinder satt werden.«

»Nun bleib mal sachlich.« Der Mann hatte Dennis die Hand auf den Oberarm gelegt und wollte ihn beruhigen. Doch der verstand diese Geste falsch und krallte sich mit der rechten Hand im Hemdkragen seines Gegenübers fest, während er auf dem linken Arm immer noch seinen Sohn hielt.

»Du bist vielleicht ein falscher Foffziger«, schimpfte Dennis dabei. »Frieden predigen und mir an die Wäsche gehn.«

Der Mann hob beschwörend beide Hände in die Höhe. »Bleib ruhig, Junge. Komm, lass uns ganz sutsche darüber schnacken.«

Sie wurden durch zwei Polizeibeamte unterbrochen, die sich einen Weg durch den Ring der Zuschauer gebahnt hatten.

»Lassen Sie den Mann los«, zischte der eine Uniformierte Dennis Altrogge an, während sein Kollege den anderen an den Schultern fasste und ein Stück abseits zog.

Widerstandslos ließ der junge Familienvater los. Bereitwillig gab er seine Personalien zu Protokoll. Der Wortführer der Demonstranten zeigte sich renitenter. Er versuchte, die beiden Polizisten über die Meinungsfreiheit und das Demonstrationsrecht aufzuklären. Darunter fiel seiner Auffassung nach auch, dieses Grundrecht unbehelligt von bürokratischen Hindernissen wie einer vorhergehenden Anmeldung ausüben zu können. Aber die Beamten blieben hartnäckig. Schließlich nannte der Mann seinen Namen: »Ich heiße David Potthoff-Melching.«

Während sich die Beamten mit Familie Altrogge und den sich nun in den Chor der Protestierer einreihenden sechs anderen Demonstranten auseinander setzten, löste sich das Knäuel der Schaulustigen langsam auf. Wie gut, dass wir uns zu diesem Problem keine eigene Meinung bilden müssen, dachten wohl manche der Passanten und ließen ihre Aufmerksamkeit wieder in Richtung der Shoppingwelt der Holstenstraße abschweifen.

*

Lüder saß an Vollmers' Schreibtisch, als Küster und Babs Scholtz zurückkehrten.

»Wir waren in der Wohnung von Hernandez«, erklärte der Oberkommissar und nahm auf der Schreibtischkante Platz. »Es ist ein möbliertes Appartement. Draußen in Schilksee. Nichts Besonderes. Standardausstattung. Außer einer zweiten Uniform und unauffälliger Zivilkleidung haben wir nur persönliche Sachen gefunden, die man bei einem Geschäftsreisenden erwarten kann. Die dienstlichen Dinge, sofern wir vermuteten, dass es sich um solche handelt, haben wir eingepackt. Die sollte jemand sichten, der etwas von der Sache versteht und des Spanischen mächtig ist. Das gilt auch für das Notebook, das wir sichergestellt haben.«

»Ich habe noch einmal mit dem Generalkonsulat in Hamburg gesprochen. Die Benachrichtigung der Angehörigen übernehmen die argentinischen Behörden. Da er Marineangehöriger in offizieller Mission war, wird sich die Botschaft in Berlin weiter um den Fall kümmern, hat man mir zu guter Letzt noch erklärt«, berichtete Vollmers im Gegenzug.

Kurz darauf erschien Horstmann in Begleitung einer zierlichen Frau.

»Frau Ivanna Krucowa«, stellte er vor. »Sie ist eine der Damen, die bei Hinterbichler tätig sind.«

Sie mochte etwas über zwanzig sein und wirkte auf den ersten Blick nicht wie eine Angestellte des horizontalen Gewerbes, sondern erweckte eher den Eindruck eines etwas zu späten Schulmädchens.

Da ist ein geschickter Maskenbildner erforderlich, um die junge Tschechin in Mercedes zu verwandeln, überlegte Lüder insgeheim.

»Frau Krucowa war sofort bereit, mit auf die Dienststelle zu kommen«, erklärte Horstmann. »Ich habe ihre Papiere bereits geprüft. Sie stammt aus Pilsen und ist volljährig.«

Vollmers bot der jungen Frau Platz an und befragte sie dann, ob Hernandez am Vorabend bei ihr gewesen sei.

»Ja, er war bei uns zu Gast«, antwortete sie. Ihre Aussprache hatte den etwas harten Klang, der vielen Menschen mit einer slawischen Muttersprache eigen ist. »Er kam so gegen acht und blieb etwa eine Stunde.«

»War gestern irgendetwas anders als sonst? Wirkte er unruhig? Hat er von Problemen erzählt oder davon, dass er verfolgt würde?«

Sie legte ihre Stirn in Falten, was in Anbetracht ihrer Jugend nicht einfach war.

»Nein. Es war wie immer. Felipe – so nannte ich ihn – kam regelmäßig seit ungefähr zwei Monaten. Er kam nur zu mir.« Ein Hauch Stolz begleitete diese Feststellung. »Auch gestern war nichts Besonderes. Wir haben Liebe gemacht wie immer. Es war immer das gleiche Programm. Muss ich jetzt Einzelheiten erzählen?«

Sie wirkte jetzt schüchtern, was zum Aussehen des Schulmädchens passte.

»Das ist nicht unser Revier«, beruhigte sie Hauptkommissar Vollmers. »Uns kommt es auf die Kontakte und Begegnungen an, die Felipe – wie Sie sagten – gestern hatte.«

Sie klimperte unschuldig mit den Wimpern. »Davon habe ich nichts mitbekommen. Er war wie immer.«

»Würden Sie einer Speichelprobe zustimmen, die wir für einen DNA-Test benötigen?«, fragte Vollmers zum Abschluss.

»Sie meinen ... wegen?«, wollte sie wissen und zeigte doch noch einen Hauch Röte auf den Wangen.

»Genau. Es ist reine Formsache. Wir stellen damit fest, ob José Hernandez, oder Felipe, wie Sie ihn nannten, bei Ihnen war.«

»Ich habe doch schon gesagt, dass wir miteinander ... Und zwar richtig. So wie – na wie Mann und Frau. Aber wenn es der Polizei hilft«, stimmte sie zu, »dann habe ich nichts dagegen.«

Während Oberkommissar Küster die Frau zur weiteren erkennungsdienstlichen Behandlung hinausführte, sah Vollmers Lüder an.

»Wie heißen Sie nun richtig? Lüders mit ›s‹ oder Lüder ohne.«

Lüder grinste. »Beides.« Dann genoss er die Verblüffung des Hauptkommissars. »Eigentlich sollte ich Peter heißen. So hatten es meine Eltern beschlossen, sofern ich ein Junge werden würde. Damals konnte man es noch nicht vorhersagen. Ich bin in Kellinghusen geboren. Mittendrin in Holstein. Drum heißt es ja auch Mittelholstein. Während meine Mutter mit mir auf der Entbindungsstation lag, hat mein Vater sich mit Freunden getroffen und kräftig einen zur Brust genommen. Dem Kind wird das Pinkeln beigebracht, so heißt dieser Brauch in der ländlichen Gegend. Im Laufe des Abends fing irgendwer aus der Runde an zu lästern, und bald sang der ganze alkoholisierte Männerchor ›Lüders Lüder‹. Und als mein Vater mit seinem dicken Kopf am nächsten Morgen zum Standesamt gekrochen ist, war er noch so fertig von der vergangenen Nacht, dass er mich in seinem Dunsche prompt als Lüder angemeldet hat. Ja, und bald nach meiner Geburt hat man das Krankenhaus in Kellinghusen für immer geschlossen, damit so was nicht noch einmal geschieht.«

»Und was hat ihre Mutter dazu gesagt?«

Jetzt lachte Lüder. »Das hat sie ihm bis heute nicht verziehen. Und bei meinen drei Geschwistern hat sie ihm vor der Geburt immer einen Zettel mit dem richtigen Vornamen in die Papiere gesteckt, damit er sich auch nicht vertue. Die Idee war wohl gut. Denn bei meinen jüngeren Brüdern hat es immer geklappt mit dem Wunschnamen.«

Vollmers stand auf. »Sie haben eine kluge Mutter. Es wäre auch kaum auszuhalten gewesen, hätte es noch mehr von Ihrer Sorte gegeben.« Der Hauptkommissar zeigte ein verschmitztes Lächeln. »Ich denke, als Nächstes sollten wir uns mit dem Vertreter des Commodore befassen.« Er schob einige Papiere auf seinem Schreibtisch hin und her, bis er einen Zettel gefunden hatte. »Hier ist die Anschrift. Kapitänleutnant Martin Alfredo Heimberger de Escudero. Der Mann hat ebenfalls ein Appartement in Schilksee.«

»Ich würde mich Ihnen gern anschließen«, sagte Lüder und erntete dafür einen bösen Blick Horstmanns, der seit langem Vollmers' Partner war.

Die Unterkunft des zweiten argentinischen Offiziers lag in einem anderen Gebäude der Appartementanlage in Schilksee, ähnelte aber ansonsten der des Commodore.

Heimberger war zu Hause. Wenn ihm der Tod seines Vorgesetzten nahegegangen war, so ließ er sich äußerlich nichts anmerken. Er machte einen ruhigen, gefassten Eindruck und bat sie in die Wohnung.

Die Einrichtung war zweckmäßig, aber steril. Auf einem kleinen Schreibtisch stand ein offenes Notebook. Im Vorbeigehen registrierte Lüder, dass Heimberger gerade in einem Mailprogramm gearbeitet hatte, als er durch die beiden Polizisten unterbrochen wurde. Vom Inhalt des Textes bekam Lüder nur mit, dass er in Spanisch abgefasst war.

Der Kapitänleutnant, der ihnen in Zivil geöffnet hatte, bemerkte Lüders Interesse und klappte den Deckel des transportablen Rechners zu. »Wir können Deutsch miteinander sprechen«, eröffnete er den Dialog.

»Ihr Name klingt – zumindest in Teilen – deutsch«, sagte Lüder.

Der Mann nickte. »Meine Vorfahren sind irgendwann einmal nach Südamerika ausgewandert.«

»Schon vor langer Zeit?«

Heimberger dachte eine Weile nach. Lüder hatte den Eindruck, er überlege, wie genau er es mit der Wahrheit nehmen müsse.

»Mitte des vorigen Jahrhunderts«, antwortete er schließlich.

»Also zum Ende des Zweiten Weltkriegs?«

»So ungefähr«, kam die ausweichende Antwort. »Der Großvater. Er ist aber schon lange tot.«

Dann berichtete Heimberger über seine Aufgabe, ohne dabei ins Detail zu gehen. Er beschränkte sich auf eine oberflächliche Schilderung, die nichts Neues gegenüber dem bot, was ihnen auf der Werft schon berichtet worden war.

»Wissen Sie, was der Commodore in seiner Freizeit gemacht hat?«, fragte Vollmers.

Der Argentinier schüttelte nach einer angemessenen Zeit des Überlegens den Kopf. »Nach Dienstschluss haben wir keinen Kontakt miteinander gehabt.«

»Finden Sie nicht, dass es ungewöhnlich ist, wenn zwei Landsleute, die zudem Kollegen sind, nicht hin und wieder einmal etwas gemeinsam unternehmen?«

»Sie waren nicht beim Militär?«, antwortete Heimberger mit einer Gegenfrage. »Der Commodore war nicht nur mein Vorgesetzter, sondern stand im Rang auch erheblich über mir. Da teilt man das Privatleben nicht miteinander.«

»Aber man spricht doch mal über die Impressionen, die man in einem Land fern der Heimat aufnimmt.«

»Nein. Ich muss Sie täuschen – oder sagt man enttäuschen? – Sorry, aber mein Deutsch holpert manchmal ein wenig. Ich war nur der zweite Offizier hinter dem Commodore und habe seine Befehle ausgeführt. Nach der Werft sind wir verschiedene Straßen gelaufen. Und wenn er mich am Abend noch sprechen wollte, dann nur, um mit mir über die Arbeit des Tages zu reden. Er hat dann nie gefragt, ob ich vielleicht schon ein anderes Interesse hatte.«

»Und? Hatten Sie?«

Heimberger verzog das Gesicht zu einem Schmunzeln. »Sicher. Deutschland ist das Land von Claudia Schiffer und Heidi Klum. Und die beiden haben viele Töchter.«

Vollmers und Lüder sahen sich an.

»Sie meinen Schwestern?«, warf Lüder ein.

Der Kapitänleutnant stutzte einen Moment, fasste sich dann an den Kopf. »Ach, richtig. Das wollte ich sagen. Die Töchter wären vielleicht zu jung für mich.«

»Hat der Commodore sich auch für Frauen interessiert?«

Heimberger protestierte heftig. »Nein. Der hatte keine Zeit dafür. Ich habe ihn nie mit einem Mädchen gesehen. Der kannte nur seine Arbeit.«

»Wissen Sie von anderen Kontakten außerhalb der Werft?«

»Da gab es nie keine«, radebrechte Heimberger. »Der Commodore hatte immer nur U-Boote im Kopf.«

»Was haben Sie gestern Abend gemacht?«

»Ich? Nach der Werft war ich hier und habe Chat gemacht mit Argentinien. Halt – vorher habe ich an Papieren gearbeitet. Ich kann Ihnen die leider nicht zeigen. Das ist Geheimnis. Sie verstehen?«

»Waren Sie den ganzen Abend allein in Ihrem Appartement?«, fragte Vollmers.

»Wenn Sie den ganzen Tag nur in Büro arbeiten, dann brauchen Sie ein wenig Luft. Wir von der Marine sind es gewohnt, die frische Brise – sagt man so? – zu atmen. Nur drinnen – da erstickt man. Ich bin also noch am Wasser spazieren gegangen. War ein schöner Abend. Ist fast so ähnlich wie bei uns im Februar, wenn wir Sommer haben.«

»Haben Sie jemanden getroffen? Hat Sie jemand gesehen?«

Heimberger schüttelte seinen Kopf, dass die dunklen Haare flogen. »Nein. Wissen Sie, ich verstehe das nicht. Deutsche sind abends immer zu Hause. Kaum jemand geht bei gutem Wetter an die Freiheit.«

»Haben Sie Kontakt zum Konsulat oder zur Botschaft Ihres Landes aufgenommen, und was hat man dort gesagt?«

Das Gesicht des Kapitänleutnants verfinsterte sich, als hätte jemand das Programm gewechselt. »Ich glaube nicht, dass Sie dies etwas angeht«, gab er in militärisch klingendem Ton zurück.

Lüder hatte den Eindruck, als wäre die Gesprächsbereitschaft abrupt erloschen. Es würde auch nichts bringen, Heimberger nach einem Verdacht zu befragen, ob er Hernandez möglicherweise für kleine Aufmerksamkeiten für empfänglich hielt. Den Begriff Korruption wollte Lüder dabei gar nicht näher in Erwägung ziehen.

Der Argentinier blieb in der Form höflich, aber er wirkte jetzt verschlossen. Frostig verabschiedete er die beiden Beamten.

Sie kehrten zu ihrem Wagen zurück, als Vollmers Lüder auf einen unauffälligen Opel Vectra aufmerksam machte, in dem ein Mann starr durch die Scheibe nach vorn blickte, als kümmere ihn das Geschehen um ihn herum in keiner Weise. Er hatte den Arm lässig auf die Tür mit der offenen Seitenscheibe gelegt und spitzte jetzt die Lippen, als würde er ein fröhliches Lied pfeifen.

»Sehen Sie nicht hin. Er beobachtet uns im Rückspiegel«, raunte Vollmers Lüder zu. »Er tut so, als wäre er gänzlich unbeteiligt. Im Eifer des Gefechts hat er aber übersehen, dass der Trageriemen seiner Kamera noch außenbords hängt. Der Bursche hat nicht nur das Haus, sondern auch uns fotografiert.«

»Dann sollten wir ihn fragen, was daran so spannend ist«, schob Lüder zwischen den Zähnen hervor.

»Ich habe mir die Nummer gemerkt«, sagte der Hauptkommissar. »Ich vermute, dass es ein Kollege von der Presse war. Ich habe den Mann nur undeutlich wahrgenommen, weil er im Schatten des Wageninneren verschwand, hatte aber den Eindruck, dass er einen südländischen Einschlag hatte.«

»Ist denn ganz Südamerika hier versammelt?«, erwiderte Lüder und ließ sich auf den Beifahrersitz fallen, nachdem Vollmers die Türen ihres Wagens per Fernbedienung entriegelt hatte.

Vollmers bat über Funk um eine Halteranfrage und gab das Kennzeichen des Vectras durch, der vor ihnen Richtung Innenstadt fuhr. Nach kurzer Wegstrecke endete die Fahrt auf dem Parkstreifen vor dem Steigenberger Conti Hansa Hotel.

Während der Hauptkommissar leise fluchend einen freien Parkplatz suchte, war Lüder ausgestiegen und dem Unbekannten gefolgt. Tatsächlich trug dieser mehrere Fotoapparate in der Hand, als er das Hotel betrat. Durch die Glasfront konnte Lüder beobachten, wie der Mann zielstrebig zur Rezeption eilte, ein paar Worte mit der Angestellten hinter dem Tresen wechselte und etwas entgegennahm. Er wandte sich zum Fahrstuhl, als er einen Augenblick verharrte und seine Aufmerksamkeit einem älteren Mann im dunklen Anzug widmete, der in Begleitung eines jüngeren einen der Lifte verlassen hatte und auf direktem Weg zum Ausgang eilte. Der Fotograf riss eine seiner Kameras hoch und schoss eine Serie von Bildern von dem durch die Automatiktür ins Freie Tretenden, der auf nur einen Schritt Distanz Lüder passierte, ohne diesem Beachtung zu schenken. Dafür musterte der Jüngere den Kriminalrat kritisch mit einem von oben bis unten abschätzenden Blick. Für Lüder war es klar, dass die Begleitung der Bodyguard des Älteren war, der ihm bekannt vorkam, ohne dass er im Moment zu sagen vermochte, um wen es sich handelte.

Das Gespann stieg in eine wartende dunkle Mercedes-Limousine.

Während Lüder dem davonfahrenden Fahrzeug nachsah, war der »Fotograf« vor die Tür des Hotels getreten und setzte seine Bilderserie mit Aufnahmen des Mercedes fort. Dabei hatte er nicht bemerkt, dass Lüder neben ihn getreten war.

Der Mann fuhr zusammen, als Lüder ihn ansprach. »Verraten Sie mir, welches interessante Motiv Ihnen dort vor die Linse gekommen ist?«

Instinktiv versuchte der Mann, seine Kamera hinter dem Rücken zu verbergen, was ihm aber nicht gelang, da an seinem Arm noch zwei andere baumelten.

»Ich bin Tourist und fotografiere gern«, antwortete er. Obwohl er gut Deutsch sprach, konnte er seinen spanischen Akzent nicht verhehlen. Auch sein Aussehen mit dem leicht olivenfarbenen Teint und dem glatten dunklen Haar verriet seine südländische Herkunft.

Dann sah er Lüder an. Dabei musste er seinen Kopf in den Nacken legen, weil er fast um Haupteslänge kleiner war.

»Und zu Ihrem Hobby gehört auch, Menschen im Hotel zu fotografieren?«

»Si, Señor. Aufnahmen von stattlichen Europäern sind beeindruckend. Bei uns ist der Durchschnitt von kleinerer Statur. Mit solchen Bildern kann man Aufmerksamkeit erregen.«

»Das ist interessant. Die Bilder würde ich mir auch gern ansehen. Und wenn wir die dazunehmen, die Sie vorhin in Schilksee aufgenommen haben, wird das ein unterhaltsamer Diaabend.«

»Ich glaube, ich verstehe Sie nicht«, sagte der Fotograf. »Wenn Sie mich jetzt entschuldigen würden.« Er drehte sich um und wollte ins Hotel zurück, aber Lüder hielt ihn am Ärmel fest.

»Augenblick. Das ist sicher auch in Südamerika unhöflich, jemanden auf der Straße stehen zu lassen.«

Der Fotograf verstärkte seine Bemühungen, aber Lüder hatte jetzt seinen Oberarm umfasst.

»Entweder Sie plaudern hier ein wenig mit mir, oder ich nehme Sie mit zum Polizeirevier. Wenn Sie möchten, können wir das mit viel Aufhebens machen. Blaulicht, Streifenwagen, wenn Sie möchten, auch mit Handschellen.«

»Policía?«, fragte der Fotograf, und das erste Erstaunen schien fast einer Erleichterung zu weichen.

Lüder nickte, griff in seine Tasche und zeigte dem Mann seinen Dienstausweis.

Der Fotograf studierte das Dokument aufmerksam und glich mehrfach das Bild mit dem Original ab.

»Das habe ich nicht gewusst«, sagte er schließlich und schlug vor, in der Hotellobby einen Kaffee zu trinken.

Sie nahmen in den tiefen weichen Ledersesseln der Empfangshalle Platz. Inzwischen war auch Vollmers dazugestoßen. »Ein Kollege«, hatte Lüder den Hauptkommissar vorgestellt, ohne dessen Namen zu nennen.

Der Fotograf identifizierte sich als Luís da Silva. Er war Chilene. Nach eigener Auskunft arbeitete er als Journalist für eine heimische Presseagentur, bot seine Berichte aber auch anderen Quellen an.

»Warum haben Sie den argentinischen Offizier beobachtet?«, fragte Lüder.

»Das ist mein Beruf«, erwiderte der Chilene.

»Galt Ihr Interesse auch dem anderen Offizier?«

»Sie meinen Hernandez, der ermordet wurde? Selbstverständlich. Ich habe versucht, etwas über das Wirken der beiden hier in Deutschland herauszufinden. Schließlich ist es für uns in Chile von Bedeutung, welche militärstrategischen Schritte Argentinien unternimmt. Die politischen Verhältnisse zu unserem Nachbarn sind eher unterkühlt. Dass sich mein Land weigert, den ehemaligen Präsidenten Menem, der sich nach Chile geflüchtet hat, auszuliefern, ist nur ein Nebenkriegsschauplatz. Viel sorgenvoller betrachten wir die Energiekrise Argentiniens. Die haben zeitweilig Strom- und Gaslieferungen an die Großindustrie rationiert. Und auf dem Weltmarkt können die Argentinier aufgrund der Wirtschaftskrise und des Stopps der Kreditrückzahlung kaum zukaufen. So besteht natürlich ein großes Konfliktpotenzial wegen der Bodenschätze, die in Patagonien, Feuerland und rund um Kap Hoorn vermutet werden. Da geht es auch um Erdöl und Erdgas. Von daher verstehen Sie vielleicht, warum mich die Aufrüstung der argentinischen Marine interessiert.«

»Woher kennen Sie die beiden Offiziere?«, fragte Vollmers.

Der Journalist lächelte nachsichtig.

»Mein Beruf ist die Recherche. Natürlich habe ich auch versucht, mit Hernandez in Kontakt zu kommen. Aber der Mann war eisern. Er hat jedes Gespräch abgelehnt.«

»Haben Sie ihn beobachtet?«

»Ich habe es versucht, aber es war unergiebig. Er ist immer nur zwischen der Werft und seinem Appartement gependelt. Darüber hinaus hat er nur allgemeine Besorgungen gemacht, war zum Essen in Restaurants oder ist am Wasser gejoggt.«

Die beiden Beamten sahen sich an. »Andere – äh – Begegnungen des Commodore sind Ihnen nicht aufgefallen?«, fragte Vollmers.

Jetzt stutzte da Silva. »Andere? War da noch etwas, was ich übersehen habe? Natürlich konnte ich Hernandez nicht lückenlos überwachen. Dafür gab es auch keinen Anlass. Ich bin Journalist und hinter einer Story her.«

»Was ist das für eine Story?«, bohrte Vollmers nach.

Da Silva lächelte. »So etwas verrät Ihnen kein Journalist. Noch fällt das unter das Pressegeheimnis.«

»Darf ich mir die Bilder ansehen, die Sie gemacht haben?«, fragte Lüder.

Bereitwillig händigte der Chilene seine drei Kameras aus und erklärte deren Funktionsweise. Vollmers war herangerückt und sah mit auf das kleine Display.

Da Silva hatte die Appartements der beiden Argentinier aufgenommen, ferner die beiden Offiziere selbst in den unterschiedlichsten Situationen. Doch kein Bild zeigte etwas Auffälliges.

Ferner fanden sich auf den Speicherchips Bilder der Werft. Mit dem Teleobjektiv hatte der Journalist versucht, vom westlichen Ufer der Binnenförde etwas auf dem HDW-Areal zu erspähen. Soweit Lüder es beurteilen konnte, gab es nichts, was nicht auch andere Quellen hergegeben hätten. Der Rumpf eines U-Bootes zeichnete sich relativ grob gezeichnet auf einigen Bildern ab.

Interessanter waren da schon die Personen, die da Silva abgelichtet hatte.

Auf mehreren Bildern erkannten die beiden Beamten Dr. Sönke Vollquardsen, den Marinebereichsleiter der Werft. Andere Fotografien zeigten einen vollschlanken Mann mit dem Ansatz eines Doppelkinns, der, mal leger gekleidet, ein anderes Mal im Business-Outfit, auf einigen Bildern in Begleitung einer attraktiven schlanken Frau zu sehen war.

»Wer sind die beiden?«, wollte Lüder wissen.

Da Silva warf einen Blick auf das Display. »Das ist Jürgen Forstheim. Er ist der Projektmanager für den U-Boot-Bau.«

»Ich denke, das ist Dr. Vollquardsen«, warf Vollmers ein.

Der Journalist schien über die Unkenntnis der beiden Beamten überrascht. »Nein. Der ist für den gesamten Marineschiffbau verantwortlich. Für das U-Boot-Projekt direkt ist Forstheim der zuständige Mann. Er ist Mitarbeiter von Vollquardsen.«

»Und wer ist die Frau?«, fragte Vollmers.

»Das kann ich nicht genau sagen. Forstheims Frau ist es nicht. Ich vermute eher, es ist seine Geliebte. Ich habe die zwei in einer Pizzeria belauscht. Zufällig saß ich am Nebentisch. Er nannte sie Sabine.«

Weitere Bilder zeigten eine Demonstration in der Holstenstraße, direkt vor dem wuchtigen Gebäude der Landwirtschaftskammer. Unaufgefordert erklärte da Silva: »Die sind ganz frisch. Ein Zufall. Heute Nachmittag haben ein paar Kriegswaffengegner gegen die Waffenfertigung allgemein und insbesondere hier in Kiel protestiert. Dabei war auch dieser Mann …«

»Den kenne ich«, erklärte Lüder. »Das ist David Potthoff-Melching. Von Beruf Lehrer. Ein harmloser, aber engagierter Friedensaktivist.« Er erwähnte nicht, dass sich seine Dienststelle routinemäßig schon einmal mit dem Mann auseinandergesetzt hatte, aber nichts Belastendes hatte feststellen können. Vielmehr war

Potthoff-Melching früher Opfer eines gewaltsamen Übergriffs Rechtsradikaler gewesen, die eine seiner im Allgemeinen ruhig verlaufenden Protestaktionen handgreiflich gestört hatten. »Und wer ist dieser junge Mann?« Lüder zeigte auf einen jüngeren Mann, der den Friedensaktivisten am Kragen hielt.

»Das ist ...«, da Silva holte ein kleines Notizbuch hervor. »Er heißt Dennis Altrogge, ist Werftarbeiter und war mit den Friedensleuten zusammengestoßen, weil er um seinen Arbeitsplatz fürchtet. Ich habe ihn und seine Familie daraufhin in ein Café eingeladen und ihnen ein paar Fragen über das Leben eines deutschen Arbeiters gestellt. Es war ein aufschlussreiches Gespräch.«

Zu guter Letzt fanden sich Lüder und Vollmers abgelichtet.

»Warum haben Sie uns fotografiert?«

Der Chilene lachte herzhaft. »Ich wusste ja nicht, wer Sie waren. Neugierde ist mein Beruf.«

»Und wem galt Ihr Interesse im Hotel? Wer war der Mann, der Ihnen in der Halle entgegenkam und mit seinem Bodyguard nach draußen verschwand?«

Da Silva öffnete den Mund und starrte Lüder mit großen Augen an. »Was? Den kennen Sie nicht? Das war Douglas Taylor.«

Lüder fiel es wie Schuppen von den Augen. Douglas Taylor – ein international bekannter Waffenhändler. Er war als Lobbyist für die großen Waffenschmieden tätig, stand im Verdacht, bei seinen Geschäften jedes Mittel bis hin zur Korruption einzusetzen, und galt als Vertrauter zahlreicher einflussreicher Persönlichkeiten. Sein Name fiel auch gelegentlich im Zusammenhang mit dubiosen Finanzierungen von Parteien. Taylor war von Geburt Australier, aber sein Wirkungsfeld war mittlerweile die ganze Welt.

»Wie lange beabsichtigen Sie noch in Kiel zu bleiben?«, fragte Lüder.

Der Journalist zuckte die Schultern. »Das kann ich noch nicht sagen. Jetzt, wo Taylor aufgetaucht ist, hat das Ganze eine andere Dimension erreicht.«

*

Vollmers hatte kurz zu Hause angerufen und Bescheid gegeben, dass er jetzt das Büro verlassen wollte. Wenn es sich einrichten ließ, pflegte er das Abendbrot gemeinsam mit der Familie einzunehmen. Seine beiden Söhne waren nicht nur Zwillinge, sondern traten auch ständig im Doppelpack auf. Mit ihrer ausgemachten Lebhaftigkeit sorgten sie auch am heimischen Herd für bunte Unterhaltung. Er freute sich trotzdem auf seine Familie, auf die nicht enden wollende Berichterstattung über die großen und kleinen Ereignisse aus Hassee, dem Kieler Stadtteil, in dem die Vollmers ein älteres Siedlungshäuschen bewohnten.

Darum weckte das Schrillen des Telefons auf seinem Schreibtisch wenig Begeisterung bei ihm.

Am anderen Ende meldete sich ein Kollege vom Kriminaldauerdienst, jener Einheit, die als Erste zu einem Tatort gerufen wurde.

»Es hat einen Überfall auf eine Ivanna Krucowa gegeben. Die Frau liegt schwerverletzt auf der chirurgischen Aufnahme des Städtischen Krankenhauses in der Chemnitzstraße.«

»Wie geht es ihr? Was ist passiert?«

»Das wissen wir noch nicht. Offenbar ist sie in ihrer Wohnung überfallen worden. Man hat sie schwer misshandelt. Sie konnte sich dann aber bis ins Treppenhaus schleppen und ist dort zusammengebrochen. Ein Nachbar hat sie gefunden und uns alarmiert.«

Vollmers versprach, sich um den Vorfall zu kümmern, und fuhr direkt ins Krankenhaus.

Auf der Station herrschte ein reges, aber routiniertes Treiben. Vollmers musste sich eine Weile gedulden, bis ein Arzt Zeit fand, mit ihm zu sprechen.

»Die Frau ist zusammengeschlagen worden«, erklärte ihm der noch sehr junge Mediziner. »Sie hat Hämatome am ganzen Körper. Mehrere Rippen sind gebrochen. Am Kopf haben wir zahlreiche Prellungen und Platzwunden festgestellt. Das Schlimmste aber ist, dass ihr der Täter mehrere Zähne ausgeschlagen und den Kiefer gebrochen hat. Der Mann muss mit brutaler Gewalt gegen sein Opfer vorgegangen sein.«

»Kann ich mit ihr sprechen?«, fragte Vollmers.

Der Arzt sah ihn an wie jemanden, der alle halbe Stunde die Frage nach dem aktuellen Wochentag wiederholt.

»Sagte ich nicht, dass der Kiefer gebrochen ist? Die Patientin kann nicht sprechen. Wo denken Sie hin?«

Vollmers ließ nicht nach. »Kann ich sie sehen? Vielleicht kann sie mir auf andere Weise ein paar Fragen beantworten.«

Der Mediziner drehte sich um.

»Gut. Ich will sehen, ob es sich ermöglichen lässt.« Dann verschwand er in einem der Krankenzimmer. Einen Augenblick später tauchte er wieder auf, blieb im Türrahmen stehen und winkte Vollmers heran.

»Ich kann das nicht billigen, aber Frau Krucowa ist bereit, Sie zu sehen. Denken Sie bitte daran, dass sie sehr geschwächt ist und unter dem Einfluss von schmerzstillenden Mitteln steht«, mahnte er. »Ich werde dabeibleiben.«

Die junge Frau lag im mittleren Bett eines Dreibettzimmers. Als Vollmers mit dem Arzt eintrat, wurde ihnen die ganze Aufmerksamkeit der beiden anderen Patientinnen zuteil.

»Kann ich mit Frau Krucowa allein sprechen?«, fragte der Hauptkommissar.

Der Arzt schüttelte entschieden den Kopf. »Wir sind ein Krankenhaus. Hier gilt ausschließlich das Wohl der Patienten. Das kommt überhaupt nicht in Frage.«

Die junge Frau lag mit verpflastertem Haupt in den Kissen. Am Kopf war ein Metallgestell befestigt, das ihren Kiefer fixierte. Neben dem Bett stand ein Gestell mit mehreren Tropfs, von denen durchsichtige Schläuche unter die Bettdecke führten und Medikamente zuführten. Als Vollmers sich vorsichtig näherte, öffnete sie die Augen. Mit einem Aufblitzen gab sie zu verstehen, dass sie ihn erkannt hatte.

»Wie geht es Ihnen?«, fragte der Hauptkommissar und war sich im gleichen Moment der Dummheit dieser Frage bewusst. Deshalb wartete er nicht die Antwort ab, sondern schob hinterher: »Wissen Sie, wer ich bin?«

Sie bewegte den Kopf zustimmend.

»Kannten Sie den Mann, der Sie so zugerichtet hat?«

Sie bewegte die Lippen, aber ließ den Kopf unbewegt. Es hieß weder »ja« noch »nein«.

Vollmers überlegte, was er aus ihrem Verhalten schließen sollte.

»Sie sind sich nicht sicher, ob Sie ihn kannten?«, formulierte er die Frage um.

Wieder bewegte sie die Lippen. Er konnte daraus aber kein Wort ableiten. Plötzlich hatte er eine Idee.

»Es war mehr als einer?«, fragte er.

Sie nickte heftig. Zu heftig, denn sogleich schloss sie mit schmerzverzerrtem Gesicht die Augen.

Vollmers beugte sich vor. »Zwei?«

Es dauerte eine Weile, bis sie sich wieder gefangen hatte. Er hatte Mühe, ihre vorsichtige Kopfbewegung als Zustimmung zu verstehen.

»Kannten Sie einen oder gar beide?«

Jetzt versuchte sie den Kopf seitlich zu bewegen.

»Sie waren Ihnen also unbekannt. Haben sie gesprochen?«

Erneut bewegten sich ihre Lippen. Er verstand. Die Frage musste anders formuliert werden.

»Hat einer gesprochen?«

Sie nickte.

»Der andere hat nichts gesagt?«

Erneutes Nicken.

»Sprach der Mann Deutsch?«

Auch das bejahte sie.

»Mit Akzent?«

Wiederum stimmte sie zu.

»Ging es um den Commodore?«

Auch das beantwortete sie mit einem leichten Nicken.

»Hat man Sie bedroht? Sie sollen schweigen? Nichts erzählen?«

Sie kniff die Augen zusammen, so, als würden ihr die Tränen kommen. Nach unendlich erscheinender Zeit nickte sie schwach.

Jetzt mischte sich der Arzt ein. Er fasste Vollmers am Ärmel und zog ihn vom Bett der Frau weg. »Das reicht. Keine weiteren Fragen«, bestimmte der Mediziner mit fester Stimme.

Vollmers nickte. Vorsichtig tastete er unter die Bettdecke, wo er die Hand der Frau vermutete. Behutsam drückte er sie.

»Ich wünsche Ihnen alles Gute. Wir werden die Täter finden. Das verspreche ich Ihnen.«

Sie schloss die Augen, ohne ihm zu antworten. Bevor er sich

abwandte, sah er noch, wie sich eine winzige Träne ihren Weg hinter den geschlossenen Augenlidern hervorstahl.

Vor der Tür des Krankenhauses rief Thomas Vollmers seinen Kollegen Horstmann an. Der war gerade mit seiner Frau und Tochter auf dem Weg zum Italiener und fluchte unbotmäßig, traf aber kurz darauf vor dem Hospital ein.

»Dann soll sich der Hinterbichler warm anziehen«, knurrte der Oberkommissar, nachdem ihm Vollmers eröffnet hatte, dass er dem Bordellbesitzer einen erneuten Besuch abstatten wollte.

An der Tür des Etablissements hatte Horstmann seinen Zorn immer noch nicht abgelegt und nahm den Finger erst wieder von der Türklingel, als ihnen ein völlig verschrecktes junges Mädchen öffnete. Horstmann stürmte an der jungen Frau vorbei.

»Wo ist Hinterbichler?«, rief er aufgebracht und wollte sich in den Flur stürzen, als ihm der Österreicher entgegenkam.

»Woas'n los? Woas soll'n das?« Seine hohe Stimme klang in der Erregung noch eine Oktave höher.

»Wer war das mit Ivanna Krucowa?«, bestürmte ihn Horstmann. »Wer ist für diese Schweinerei verantwortlich?«

Hinterbichler zuckte zurück und versuchte auszuweichen, aber hinter ihm war die Wand.

»I woas net, wos Sie woll'n?«, quetschte er hervor. »Des Madel is net do.«

»Die liegt im Krankenhaus. Und wir wollen wissen, wer das getan hat«, mischte sich Vollmers ein.

»Im Hospital? I hob mi schon gwundert, dass sie net komma is.«

Der Zuhälter schien ehrlich erschrocken. Zumindest war das der Eindruck, den beide Polizisten hatten.

»Wo waren Sie heute am späten Nachmittag?«, fragte Vollmers.

»I hab …«, setzte der Mann an, wurde aber von der Geschäftsführerin unterbrochen, die hinter ihm auftauchte.

»Harry war den ganzen Nachmittag hier. Wir haben uns um die Mittagszeit getroffen und sind Bestellungen sowie andere geschäftliche Dinge durchgegangen.«

»Natürlich bis jetzt«, ereiferte sich Horstmann.

Die Blondine sah den Oberkommissar mit einem abschätzigen Blick an.

»Nicht die ganze Zeit. Zwischendurch habe ich es ihm auch besorgt. So richtig deftig. Der Arme war danach nicht mehr in der Lage, das Haus zu verlassen.«

Hinterbichler sah bei dieser unterwartenden Unterstützung nicht glücklich aus. Er schien nicht zu wissen, ob er über die Schützenhilfe, die seine Geschäftsführerin mit ihrer rauchigen Stimme vorgebracht hatte, glücklich sein sollte, oder ob ihre Aussage, er sei völlig down gewesen, seine männliche Ehre nicht doch zu arg strapaziert hatte.

Jetzt fehlt nur noch, dass sie uns auch ein Angebot macht, überlegte Vollmers. Aber die Blondine enthielt sich jeder weiteren anzüglichen Bemerkung. Trotz der Drohung, ihre Aussage zu Protokoll zu nehmen und obwohl die Beamten sie auf die Folgen einer Falschaussage hinwiesen, blieb die Frau bei ihrer Behauptung.

»Wenn's den Kerl auftun, der des gmacht hat, dann sagn's Bscheid. Do misch i a mit«, verabschiedete der Bordellbesitzer die beiden Beamten. »So an Schisser. Wie soll i an Ersatz für die Ivanna herkriegen? Des ruiniert mir's ganze Gschäft.«

DREI

Dem roten Ziegelbau mit den griechischen Säulen an der Vorderfront am Kieler Schützenwall sah man auch ohne die in goldenen Lettern in eine Granitplatte geprägte Ausschilderung das Gericht an. Hier, am Landgericht, war auch die Staatsanwaltschaft untergebracht. Falko Kremers Büro befand sich in einem Nebenhaus, das in der Harmstraße, einer Nebenstraße, lag und durch einen Übergang mit dem zentralen Gebäude verbunden war.

Kremer war seit drei Jahren in dieser Behörde tätig. Die Aufgabe bereitete ihm immer noch Spaß, auch wenn die verschiedenen Stationen, die er als Rechtsreferendar seit dem Eintritt in die Justizverwaltung des Landes durchlaufen hatte, ihn in seinen Vorstellungen einer vorurteilsfreien und objektiven Justiz desillusioniert hatten.

Mit spitzen Fingern blätterte er die Seiten der Zeitungen um. Natürlich war dem Mord an Hernandez hinreichend Aufmerksamkeit zuteilgeworden. Erwartungsgemäß reißerisch waren die Schlagzeilen der Boulevardblätter aufgemacht:

»Marinechef im Bordell kaltblütig abgestochen!«

stand dort wahrheitswidrig. Etwas kleiner war in der Zeile darunter zu lesen:

»Er ertrank im eigenen Blut.«

Weder war Hernandez der »Marinechef«, noch hatte sich der Mord im Freudenhaus zugetragen. Ebenso falsch war das Bild, das den Artikel garnierte. Es zeigte einen ernst dreinblickenden Offizier in einer weißen Paradeuniform. Wer auch immer dieser Mann war – er hatte nicht den Hauch einer Ähnlichkeit mit dem Ermordeten.

Ebenso erlogen war die Überschrift eines weiteren Boulevardblattes:

»Juntamitglied findet grausames Ende an der Förde.«

Mit Ausnahme der Tatsache, dass Hernandez argentinischer Staatsbürger war, gab es bisher keinen Nachweis dafür, dass das Opfer in einer Beziehung zur Militärdiktatur seines Landes gestanden hätte.

Auch andere Zeitungen berichteten über den Mord, hielten sich in ihren Artikeln aber an die dürftigen Fakten und vermieden wilde Spekulationen, schon gar nicht versuchten sie, durch blutige Schlagzeilen und eine Mischung aus unbestätigter Sensationsheischerei und falschen Darstellungen die Auflage zu erhöhen. Ebenso sachlich und zurückhaltend war die Meldung in den Rundfunknachrichten und in den Regionalmeldungen des Fernsehens verbreitet worden.

Angewidert schob Kremer die Zeitungen beiseite, als sein Telefon klingelte.

»Lüders. Guten Morgen, Herr Kremer. Ich habe gerade von Hauptkommissar Vollmers erfahren, dass die Sichtung der Unterlagen aus Hernandez' Appartement nichts ergeben hat. Ebenso haben wir keine Erkenntnisse aus dem Notebook gewinnen können.«

Dann berichtete Lüder vom Gespräch mit dem chilenischen Journalisten.

»Glauben Sie, dass Douglas Taylor etwas mit unserem Fall zu tun haben könnte?«, fragte der Staatsanwalt.

»Hmh«, antwortete Lüder. »Ich stelle grundsätzlich nie Vermutungen an. Derzeit fehlt es uns an allen Ecken an Beweisen. Es ist denkbar, dass Taylor die Werft besucht. Schließlich ist das sein Metier. Aber dass der Mord an einem eher harmlosen Commodore zu seinem Geschäft gehört, ist vielleicht sehr weit hergeholt.«

»Was wollen Sie jetzt unternehmen?«

»Ich denke, wir werden noch einmal mit dem Verantwortlichen auf der Werft sprechen, diesem Dr. Vollquardsen. Haben Sie schon in die Zeitungen gesehen?«

»Ja. Grauenvoll, was manche Blätter zusammenschmieren.«

»Werfen Sie mal einen Blick in die ›Kieler Nachrichten‹. Sie finden im Lokalteil ein Bild zu einem Artikel über eine Demo von Kriegsgegnern in der Holstenstraße. Dort ist es gestern zu einem kleinen unbedeutenden Zwischenfall gekommen.«

»Moment«, unterbrach Kremer, schlug die Zeitung auf und überflog den kurzen Abschnitt. »Dem Bericht ist nichts Außergewöhnliches zu entnehmen.«

»Sehen Sie sich das dazugehörige Bild an.«

Einen kurzen Moment herrschte Schweigen in der Leitung.

»Meinen Sie das, auf dem ein junger Mann mit einem Kind auf dem Arm den anderen mit den langen zotteligen Haaren am Kragen packt?«

»Das meine ich. Der jüngere ist ein Werftarbeiter. Der ältere ist David Potthoff-Melching.« Lüder klärte den Staatsanwalt kurz über den Friedensaktivisten auf. »Viel spannender ist aber der Mann im Hintergrund.«

Kremer besah sich das Pressefoto erneut. Völlig unbeteiligt sah dort ein dunkelhaariger Mann dem Geschehen zu.

»Wer ist das?«, wollte der Staatsanwalt von Lüder wissen.

»Keine Ahnung. Aber der Mann sieht wie ein Südländer aus. Ist es nicht merkwürdig, dass wir seit kurzem immer wieder auf Südamerikaner stoßen? Und das in unserer überschaubaren Stadt.«

Kremer lachte kurz auf. »Glauben Sie nicht, dass Sie übertreiben? Könnte es nicht ein völlig Unbeteiligter sein, den das Gerangel auf der Straße angezogen hat?«

»Mag sein. Aber ich fühle mich immer besser, wenn ich die Zahl der Zufälle reduzieren kann.«

Sie verabredeten sich noch zu einem Treffen zur Abstimmung der bisherigen Ergebnisse. Kremer wollte um die Mittagszeit in die Bezirkskriminalinspektion kommen.

Natürlich war jeder Mordfall eine Herausforderung für Polizei und Staatsanwaltschaft. Aber diesem Fall haftete etwas Besonderes an. Das lag zum einen an der Art der Tatausführung, zum anderen war es auch in der besonderen Person des Opfers begründet. Die Ermittlungen lagen bei Hauptkommissar Vollmers und seinem Team in bewährten Händen. Und auch Kriminalrat Lüders hatte bisher gezeigt, dass er sein Handwerk verstand. Trotzdem verspürte Kremer Unbehagen. Er hatte das unbestimmte Gefühl, dass sie noch lange nicht den Zugang zur Lösung des Falles gefunden hatten. Zu allem Überfluss rief dann auch noch die argentinische Botschaft aus Berlin an.

»Wir sind an Sie verwiesen worden. Wir möchten den Leichnam unseres Bürgers Hernandez umgehend in die Heimat überführen«, forderte eine Männerstimme aus dem Telefonhörer.

»Das können Sie machen, wenn die sterblichen Überreste freigegeben sind«, erwiderte der Staatsanwalt.

»Und wer gibt sie frei?«

»Ich.«

»Gut. Dann werden wir den Commodore in den nächsten zwei Stunden abholen lassen.«

»Sie haben mich falsch verstanden. Ich werde die Leiche freigeben, wenn die Untersuchungen der Rechtsmedizin abgeschlossen sind. Vorher nicht.«

»Der Mord ist doch offensichtlich«, kam es hartnäckig über die Leitung. »Und die Rechtsmedizin haben wir in Argentinien.«

»Nein, so läuft das nicht. Wir bemühen uns, die Würde des Toten zu achten und unsere Arbeit so schnell wie möglich zu erledigen. Aber den Zeitpunkt, wann es so weit ist, bestimme ausschließlich ich.«

»Wenn Sie sich da nicht irren. Aber wir werden sehen«, trotzte der Anrufer und legte ohne ein weiteres Wort auf.

Merkwürdig, dachte Kremer. Warum hatten es die Argentinier so übermäßig eilig, den Toten in ihre Hände zu bekommen und außer Landes zu schaffen?

Unschlüssig nahm er die Visitenkarte zur Hand, die ihm Lüder am Vortag überreicht hatte. Er wählte die Handynummer.

»Das trifft sich gut. Ich wollte Sie auch noch einmal anrufen«, erwiderte der Kriminalrat. »Ich war auf dem Weg zur Werft und wollte Sie bitten, mich zu begleiten.«

»Sollten wir nicht auch den Kollegen Vollmers informieren?«, fragte Kremer.

»Bereits geschehen. Ich habe mich mit ihm abgestimmt. In einer halben Stunde bei Ihnen?«

Kremer willigte ein und sichtete noch einmal die bisher zusammengetragenen Fakten. Er wurde in seinem Aktenstudium erneut durch das Telefon unterbrochen. Es war ein Mitarbeiter des Bundeskriminalamtes, der von ihm Einzelheiten zum Stand der Ermittlungen im Mordfall Hernandez hören wollte.

»Wer hat Sie überhaupt von diesem Vorfall in Kenntnis gesetzt?«, fragte der Staatsanwalt.

»In einem solchen Fall wird ein Automatismus in Gang gesetzt«, erklärte der Beamte aus Wiesbaden. »Die Argentinier haben über ihre Botschaft Kontakt zum Auswärtigen Amt aufgenommen, das wiederum die Bundesanwaltschaft und somit auch uns eingeschaltet hat. Mir liegt hier nur eine Kurzinformation von Kriminaldirektor Nathusius vor, aus der nur hervorgeht, dass er einen seiner Mitarbeiter, einen Lüders, abgestellt hat. Einzelheiten würde ich gern von Ihnen erfahren.«

»Um es klarzustellen: Die Ermittlungen liegen in den Händen der Staatsanwaltschaft Kiel. Und ich leite sie. Ich sehe derzeit keinen Handlungsbedarf, gegenüber anderen Behörden Auskunft über den aktuellen Stand der Ermittlungen zu erteilen, geschweige denn unbestätigte Vermutungen anzustellen. Es ist schlimm genug, dass die Presse in der Gerüchteküche steht und ihren ungenießbaren Eintopf brutzelt.«

»Ich kann Sie nicht zur Auskunft zwingen, Sie sollten aber bedenken, dass es hinter den Kulissen einen informellen Austausch gibt, der bei mangelnder Kooperation Ihrer Behörde für Sie vor Ort nachteilig sein kann. Ich gehe ferner davon aus, dass Ihnen das Erkennen von Zusammenhängen in großem Rahmen gar nicht möglich ist«, argumentierte der BKA-Mann.

Doch Kremer blieb hartnäckig. »Dann sollten Sie uns keine Informationen vorenthalten, die für uns von Bedeutung sein könnten«, erwiderte er angesäuert.

»Ich habe Ihnen nur einen guten Rat erteilt.« Damit beendete der Wiesbadener das Gespräch.

*

Dieses Mal war die Prozedur, den Eingang zur Werft zu überwinden, einfacher. Lüder hatte dem Securitymann am Tor aufgetragen, Herrn Böttcher zu benachrichtigen. In Rekordzeit war der erschienen und eskortierte die beiden zum Büro von Dr. Vollquardsen. Der Werftangestellte wollte von unterwegs das Vorzimmer des Managers benachrichtigen, aber Lüder hatte ihn am Telefonieren gehindert.

Nach einem kurzen Pro-forma-Klopfen stürmte Lüder in das Büro. Aus Vollmers' Schilderungen erkannte er die brünette Vorzimmerhexe, die den Eintretenden einen wütenden Blick zuwarf.

»Polizei«, rauschte Lüder auf die Frau los.

Sie zuckte mit den Augenbrauen, zeigte aber keine äußerlich erkennbare Erregung. »Sie möchten zu Dr. Vollquardsen? Das ist schlecht. Der hat keine Zeit. Sie hätten einen Termin vereinbaren sollen.«

Sie musterte die drei Männer. Als ihr Blick bei Böttcher angekommen war, verfinsterte sich ihre Miene. Lüder sah ihr an, dass sie den Sicherheitsmann dafür verantwortlich machte, dass Fremde unangemeldet in dieses Heiligtum eingedrungen waren.

»Ich gehe davon aus, dass Ihr Chef Zeit für uns findet.« Lüder nickte mit dem Kopf in Kremers Richtung. »Das ist übrigens der Staatsanwalt«, stellte er seinen Begleiter vor.

»Staatsanwalt?«

Nun kam Bewegung in die Frau. Die Polizei hatte sie offenbar nicht allzu sehr beeindruckt, aber dass ein ausgewachsener Staatsanwalt hier erschien, brachte ihre Contenance doch durcheinander. Sie griff zum Telefon.

»Herrn Dr. Vollquardsen bitte«, gab sie jemandem zu verstehen. Dann hörte sie zu. »Nein. Es ist wichtig. Sonst hätte ich nicht gestört.«

Erneut erwiderte ihr Gesprächspartner etwas.

»Es ist wirklich wichtig. Sonst hätte ich doch nicht … Oh!« Sie hielt urplötzlich inne. Es schien, als würde sie selbst am Telefon eine stramme Haltung einnehmen. »Guten Tag, Herr Vanderborg. Es tut mir leid. Entschuldigen Sie bitte. Aber es ist wirklich wichtig. Könnte ich bitte Herr Dr. Vollquardsen sprechen? Es ist wichtig, sonst hätte ich ganz bestimmt nicht gestört. Ich …«

Als sie mit einem Seitenblick auf Lüder dessen leicht spöttischen Zug um die Mundwinkel bemerkte und mitbekam, dass er sich über ihr urplötzlich devotes Verhalten amüsierte, zog sogar ein leichter rötlicher Schimmer über ihre Wangen. Dann wurde sie wieder abgelenkt.

»Verzeihung, Herr Dr. Vollquardsen. Aber in Ihrem Büro steht ein Staatsanwalt, der Sie sofort sprechen möchte.« Lüder ließ sie dabei unerwähnt.

Dann legte sie den Hörer auf die Gabel zurück. »Dr. Vollquardsen kommt sofort«, sagte sie. Ihr Blick fiel auf Böttcher, der sich am liebsten hinter Lüder versteckt hätte.

»Sie können gehen. Sie werden später von uns hören.«

Es klang wie eine Drohung. Vermutlich war es auch eine. Fast lautlos zog sich der Sicherheitsmann zurück. Warum trifft es immer mich, sagte sein Augenspiel.

Es dauerte noch gute zehn Minuten, bis die Tür aufgerissen wurde und der Manager hereinschneite. Er warf den beiden Beamten einen wütenden Blick zu, unterließ es dabei, einen Gruß auszusprechen. Mit dem gleichen Schwung öffnete er die Tür zu seinem Büro und quetschte ein »Bitte« zwischen den Zähnen hervor.

Lüder sah die bequeme Sitzgruppe in der Ecke, und da der Manager keine Anstalten machte, sie zum Sitzen aufzufordern, nahm er Platz, zeigte mit dem Finger auf einen anderen Sessel und meinte zu Kremer: »Nehmen Sie Platz, Herr Staatsanwalt.«

Jetzt waren die Rollen verteilt.

»Und wer sind Sie?«, herrschte Dr. Vollquardsen Lüder an.

»Kriminalrat Lüders vom Landeskriminalamt«, stellte der sich in dem Wissen vor, dass Dienstgrad und der Zusatz LKA auch auf hartnäckige Gesprächspartner Eindruck macht.

»Sie haben mich mitten aus einer Vorstandssitzung herausgeholt. Ich hoffe, Sie haben triftige Gründe für Ihr Verhalten«, giftete der Manager Lüder an.

»Ich denke schon, sonst würde ich mich kaum selbst hierher begeben«, erwiderte stattdessen Kremer. »Es gibt neue Erkenntnisse im Mordfall Hernandez.«

»Wie schön für Sie. Aber diese Mitteilung ist doch kein Grund, hier hereinzuplatzen.«

»Doch. Denn die Spuren führen direkt in dieses Büro«, mischte sich Lüder ein.

Dr. Vollquardsen warf Lüder einen langen Blick zu, als würde er ihn mustern, um den Wahrheitsgehalt dieser Aussage abzuschätzen. Dann sah er Kremer an.

»Dazu gibt es Erklärungsbedarf.«

Der Staatsanwalt nickte nur in Lüders Richtung.

»Wir haben in Erfahrung gebracht, dass Ihr Unternehmen dem Commodore Bordellbesuche spendiert hat. Nach einer solchen Entspannungsübung wurde Hernandez ermordet. Direkt vor dem Puff.«

Dr. Vollquardsen zuckte bei dieser Vokabel zusammen, als wäre er körperlich gezüchtigt worden. Das hatte Lüder bezwecken wollen. Er wollte die selbstsichere Fassade dieses Mannes zum Wanken bringen.

Der Manager schluckte, bevor er antwortete. »Ich habe davon gehört, dass so etwas einmal vorgekommen ist. Das wurde aber sofort abgestellt. Solche Geschäftspraktiken gehören nicht zum Stil unseres Hauses.«

»Da haben wir aber andere Erkenntnisse. Diese Bordellbesuche waren eine ständige Einrichtung. Das ging sogar so weit, dass am nächsten Tag jemand von der Werft dort erschienen ist, um den Liebeslohn zu entrichten. Für mich ist das eine Spielart von Korruption.«

Dr. Vollquardsens Atem ging jetzt rascher. »Das werden wir umgehend klären. Falls es so etwas gegeben hat, werden wir den Verantwortlichen finden, und es wird Konsequenzen zeitigen.«

»Wie schön, dass wir in diesem Punkt Übereinstimmung erzielen. Lassen Sie uns gemeinsam suchen. Vielleicht geht das schneller«, schlug Lüder vor.

»Ich denke, wir werden die Angelegenheit firmenintern regeln.«

»Irrtum! In diesem Fall ist Ihnen die Spielleitung entglitten. Auf dem Regiesessel hat der Staatsanwalt Platz genommen.«

Um das zu bestätigen, nickte Kremer zu Lüders Ausführungen.

»Wir werden Ihren Betriebsablauf eine Weile nachhaltig stören müssen, bis wir das geklärt haben«, drohte Lüder.

Von diesen Aussichten schien der Manager nicht begeistert zu sein. Man sah ihm an, wie es in ihm arbeitete.

»Warten Sie«, schlug er vor. »Ich werde den zuständigen Mitarbeiter herbeirufen.« Er ging zu seinem Schreibtisch und bellte in den Telefonhörer: »Forstheim soll zu mir kommen. Aber 'n bisschen zack, zack!«

Als er in die Besprechungsecke zurückkehrte, schien er wie verwandelt. Er machte fast einen kooperationsbereiten Eindruck.

»Wir haben enorme Probleme mit dem argentinischen Auftrag«, begann er zu berichten. »Der hängt am seidenen Faden. Das Land ist pleite, und wir bangen um jede Rate. Deshalb ist uns sehr an einer guten Zusammenarbeit mit dem Auftraggeber gelegen. Vielleicht hat einer der Mitarbeiter aus falsch verstandener Loyalität zum Unternehmen die Grenze des Erlaubten überschritten und ein Arrangement getroffen, wie Sie es vorhin schilderten.«

»Wissen Sie vom Appartement und dem Leihwagen?«

Der Manager nickte. »Das entspricht unserem Standard, damit unsere Gäste sich hier wohl fühlen.«

»Ach, ich kann mir vorstellen, dass sich der Commodore im Puff auch ausgesprochen wohl gefühlt hat«, warf Lüder ein. Er erntete dafür nur einen bösen Seitenblick Vollquardsens.

»Haben Sie Ihren Gästen – wie Sie sagen – noch andere Vorteile verschafft?«, mischte sich jetzt Kremer ein.

»Sie meinen Geld?«

»Zum Beispiel. Oder sich auf andere Weise erkenntlich gezeigt.«

Der Manager schien empört. »Wir sind nicht bestechlich und haben umgekehrt niemanden bestochen. Um das ein für alle Mal klarzustellen. Und wenn wir an den richtigen Stellen nachgeholfen hätten, wie Sie es eben unterstellt haben – dann wären die Probleme, die wir haben, wohl etwas geringer.«

»Was gibt es sonst noch für Kümmernisse mit diesem Auftrag?«

Dr. Vollquardsen besah lange seine manikürten Fingerspitzen.

»Kann ich sicher sein, dass Sie alles absolut vertraulich behandeln, was wir hier besprechen?«

Die beiden Beamten sahen sich an. Dann nickte Kremer. »Das garantieren wir Ihnen. Es sei denn, wir sprechen über Straftatbestände. Da kann ich nicht bedenkenlos drüber hinwegsehen.«

»Wir haben ein internes Problem«, gestand Dr. Vollquardsen. »Unsere Arbeit wird sabotiert. Da tauchen minimal gefälschte Zeichnungen auf, die aber in der Ausführung fatale Folgen haben. Außerdem werden zwei der vier U-Boote in Argentinien gebaut. Wir liefern das Know-how und das Material. Leider kommt es immer wieder vor, dass Bauteile über den Atlantik verschifft werden, die nicht dem geplanten Baufortschritt entsprechen. So kommt es zu Verzögerungen, und wir liegen im Plan zurück.«

»Haben Sie schon einen Verdacht?«

Der Manager schüttelte den Kopf. »Nein. Das Schlimme ist, dass es sich um einen Mitarbeiter unserer Werft handeln muss, da Fremde weder auf das Gelände kommen noch Zugriff auf die Planungen haben. Gestern hat man versucht, in die Projektbüros einzubrechen. Das Vorhaben ist aber gescheitert. Ebenso konnten wir mit unserer Firewall einen Angriff auf unseren Computer abwehren. Trotzdem beunruhigt es uns im Management natürlich ganz erheblich.«

Sie wurden durch ein zaghaftes Klopfen an der Tür unterbrochen. Erst nachdem Dr. Vollquardsen mehrfach und deutlich »ja« und »herein« gerufen hatte, öffnete sich die Tür millimeterweise, und ein Mann schob sich vorsichtig in den Raum.

»Kommen Sie rein, Forstheim«, fuhr ihn der Manager an. »Da sind zwei Herren, die Ihnen ein paar Fragen stellen möchten.«

Dr. Vollquardsen unterließ es, Lüder und Kremer mit Namen und Funktion vorzustellen.

Lüder erkannte den zu leichtem Übergewicht neigenden Mann wieder. Er hatte ihn auf einer der Fotografien des chilenischen Journalisten gesehen.

Bevor einer der beiden Beamten etwas sagen konnte, schnauzte Dr. Vollquardsen seinen Mitarbeiter an.

»Ich höre, wir haben offenbar dem Commodore kontinuierlich einen Bordellbesuch finanziert. Verdammt noch mal. Als diese Schweinerei das erste Mal passiert ist, habe ich unmissverständlich erklärt, dass so etwas nicht dem Stil des Hauses entspricht. Wer hat das zu verantworten? Na los, Forstheim. Reden Sie.«

Wie unter Peitschenhieben zuckte der Mann zusammen. Er stand vor den drei Sitzenden und wagte sich kaum zu rühren. Der Manager hatte ihm keinen Platz angeboten.

Ich dachte immer, Hierarchie und Hackordnung gibt es nur im öffentlichen Dienst, überlegte Lüder. Aber hier scheint es noch schlimmer zu sein als bei uns.

»Das ist so … Herr Doktor«, stammelte Forstheim. »Wir haben seinerzeit …«

Doch er wurde rüde vom Manager unterbrochen. Der hatte alle Schärfe in seine Stimme gelegt.

»Wir haben seinerzeit gesagt, dass es ein einmaliger Ausrutscher war. Oder? Haben Sie es anders verstanden?«

Man sah Forstheim an, wie es in ihm arbeitete. Sekundenlang kämpfte er mit seiner Antwort. Sollte er sich seinem Vorgesetzten widersetzen? Dessen Auskunft in Zweifel ziehen? Lüder konnte die Gedankengänge im Mienenspiel des anderen nachvollziehen, als würde dieser mit offenem Schädeldach denken.

»Nein, Sie haben Recht.«

»Und trotzdem hat die Werft die kleinen amourösen Ausflüge von Hernandez weiter gesponsert«, warf Lüder ein.

Dr. Vollquardsen war anzumerken, dass ihm Lüders Einmischung nicht behagte. Er hatte womöglich geglaubt, allein die ihm genehmen Fragen stellen zu können.

Forstheim sah seinen Vorgesetzten an, schwieg aber.

»Bei Hinterbichler erschien pünktlich ein Repräsentant des Unternehmens und hat im Nachhinein den Liebeslohn entrichtet. Es stellt sicher kein Problem dar, durch eine Gegenüberstellung herauszufinden, wer das war.« Lüder sah dem Manager in die Augen. »Wir werden dazu eine Reihe von verantwortlichen Mitarbeitern Ihres Hauses zu uns bitten und so lange dem Bordellbetreiber vorstellen, bis er den Postillon d'Amour erkennt. Diese kleine Unannehmlichkeit im Betriebsablauf müssen Sie leider in Kauf nehmen.«

Dr. Vollquardsen schüttelte energisch den Kopf. Dies hätte Konsequenzen bis zum Vorstand gehabt, dem er manches hätte erklären müssen. Deshalb brüllte er den eingeschüchterten Forstheim an.

»Wissen Sie, wer das war? Wer hat das Geld überbracht?«

Der Mann lief feuerrot an. Dicke Schweißperlen standen auf seiner Stirn. Er wippte von einer Fußspitze auf die andere.

»Ich ... ich war das«, tröpfelte das Geständnis aus seinem Mund, den er dabei kaum öffnete.

»Mensch, Forstheim. Sind Sie von allen guten Geistern verlassen? Welcher Teufel hat Sie dabei geritten?«

»Wir hatten doch immer den Auftrag, den Gästen das Leben

so angenehm wie möglich zu gestalten«, stammelte der Unglückliche.

»Ist das nicht auch eine Form der Korruption?«, gab Lüder zu bedenken.

»Das sehe ich nicht so«, erwiderte Forstheim zaghaft. »Wer hart arbeitet, der muss auch Möglichkeiten des Ausgleichs haben. Und das Auto brauchte er, um beweglich zu sein. Wir haben lediglich mit unseren Ortskenntnissen ein wenig Hilfestellung geleistet.«

»Forstheim! Forstheim! Das ist eine böse Entgleisung. Darüber werden wir noch zu sprechen haben.«

Mit dieser Drohung des Managers war der Mann entlassen.

»Und was ist mit den Friedensaktivisten, die in der Stadt gegen die Waffenproduktion aufmarschieren? Wie wirkt sich das auf Ihre Arbeit aus? Stört es den Betriebsfrieden?«, wechselte Kremer das Thema.

»Das findet vor den Werkstoren statt. Es ist zwar ein wenig lästig für das Image, aber die Bürger der Stadt wissen, welche überragende Bedeutung wir als Arbeitgeber haben. Die paar Spinner nimmt doch niemand ernst.«

Als die beiden Beamten vom Bürogebäude auf das Freigelände traten, wussten sie, dass sie einen stark verunsicherten Dr. Vollquardsen zurückließen.

Aus dem Schatten einer Mauer trat ihnen der Sicherheitsmann Böttcher entgegen.

»Haben Sie auf uns gewartet?«

Böttcher schüttelte den Kopf. »Ich war zwischendurch in meinem Büro. Es ist einfacher, wenn ich Sie zum Ausgang begleite. Außerdem habe ich noch dieses.«

Er hielt Lüder einen Zettel vor die Augen, sodass der Kriminalrat den Text lesen konnte.

»Pas auf dein Kinde auf. Schramme in Auto ist ärgerlich. Schramme bei Kinde nicht gut.« Auf dem ersten Blick war erkennbar, dass das Papier mit einem handelsüblichen Tintenstrahldrucker erstellt worden war.

»Woher haben Sie den Wisch?«

»Ein Arbeiter unseres Betriebes war vorhin bei mir und hat

sich beschwert. Als er heute Morgen aus dem Haus kam, hat er zuerst eine Schramme an der Seite seines Autos entdeckt. Dann sah er diesen Zettel, der hinter dem Wischergummi eingeklemmt war.«

»Wer ist der Mann?«

»Dennis Altrogge.«

Lüder erinnerte sich. Den Namen hatte ihm der chilenische Journalist genannt, der zufällig die Auseinandersetzung zwischen dem jungen Familienvater und den Friedensdemonstranten fotografiert hatte.

»Wer hat den Zettel schon alles in den Händen gehalten?«, fragte Lüder den Sicherheitsmann.

Der verstand die Frage erst nach einer Weile.

»Ich«, gestand er, »Altrogge natürlich, und der hat den Wisch im Kollegenkreis rumgehen lassen. Daher stammen vermutlich auch die deutlich sichtbaren Fingerabdrücke, da die Kollegen ja nicht im klinisch reinen Labor arbeiten.«

Damit war der Versuch, mögliche Fingerabdrücke des Urhebers dieser Drohung zu erkennen, nahezu gescheitert. Trotzdem holte Lüder eine kleine Klarsichthülle aus seiner Sakkotasche und ließ das Papier dort hineingleiten.

Offenbar gab es massiven Widerstand gegen den argentinischen U-Boot-Auftrag.

VIER

Das Innenministerium lag im Umfeld des Landeshauses, dem Sitz des Ministerpräsidenten, der Staatskanzlei und des Landtags und anderer Ministerien am Düsternbrooker Weg.

Staatsanwalt Kremer war von seinem Büro benachrichtigt worden, dass ihn dort ein Dr. Pagenkämper erwarten würde. Nach dem Überwinden der Zugangssperre stieß Kremer auf Lüder und Jochen Nathusius. Der Kriminaldirektor war ebenfalls bestellt worden und hatte beschlossen, Lüder mitzunehmen.

Sie wurden von einer Angestellten abgeholt und in einen Besprechungsraum mit Blick auf die Förde begleitet. Auf jeder Tischseite waren zwei Kaffeetassen sowie Wassergläser eingedeckt. In der Mitte des Tisches überragten zwei Ständer mit der Deutschlandflagge und der Landesflagge den Pulk von in Flaschen abgefüllten Fruchtsäften und Mineralwasser.

»Sie sind einer mehr?«, fragte die Frau und kam kurz darauf mit einem weiteren Gedeck für Lüder zurück. Der zog sich zudem einen missbilligenden Blick seines Chefs zu, als er von den bereitgestellten Keksen naschte.

»Ich habe vorhin kurz mit Hauptkommissar Vollmers telefoniert. Er und sein Team haben noch keine Neuigkeiten bei ihren Ermittlungen zu den Schlägern, die Ivanna Krucowa zugerichtet haben.« Lüder nutzte die Gelegenheit, um Kremer über den neuesten Stand in Kenntnis zu setzen.

Schwungvoll wurde die Tür aufgestoßen, und ein untersetzter Mann mit straff nach hinten gekämmten Haaren hielt einem anderen die Tür auf.

»Bitte«, murmelte er dabei. Dann sah er sich im Raum um und stutzte, als er drei Gäste bemerkte.

Er ging auf Jochen Nathusius zu, gab ihm die Hand und fragte: »Sie haben einen Mitarbeiter mitgebracht?«

Der Kriminaldirektor nickte. »Herr Lüders. Der Kriminalrat ist mit der Führung der Ermittlungen betraut.«

Dr. Pagenkämper musterte Lüder.

»Ich glaube nicht, dass wir uns auf Working-Level hinabbegeben«, meinte er dann und wandte sich Kremer zu. Anschließend reichte er auch Lüder die Hand.

Während der zweite Mann dem Procedere folgte, stellte ihn Dr. Pagenkämper vor.

»Herr Bernhard von Glahn. Er ist die rechte Hand der Staatsministerin im Auswärtigen Amt. Berlin hat ein reges Interesse an den Vorkommnissen bei uns in Kiel.« Dann zeigte er auf die Stühle. »Bitte.«

Der Staatsanwalt trug die bisher bekannten Tatsachen vor, während die beiden Beamten aus den Ministerien schweigend folgten.

»Das ist noch kein erquicklicher Stand«, bemerkte Dr. Pagenkämper. »Die ganze Angelegenheit hat auf Ministerebene Befremden ausgelöst und bedarf einer besonders gründlichen Beachtung, weil hier fundamentale Interessen zwischen der Bundesrepublik und befreundeten Staaten auf dem Spiel stehen. Berlin und Kiel stehen hier im Schulterschluss. Doch Einzelheiten dazu wird Ihnen Herr von Glahn mitteilen.«

Der räusperte sich, warf einen Blick auf seine Unterlagen und begann mit einer überraschend kalt klingenden schneidenden Stimme.

»Ich vertrete hier nicht nur das Auswärtige Amt. Es besteht Übereinstimmung mit dem Innenministerium und dem Wirtschaftsminister in Berlin. Das vorweg. Man ist seitens Argentiniens entsetzt, was einem Repräsentanten des Landes in Erfüllung hoheitlicher Aufgaben widerfahren ist. Wir gehen derzeit von der These aus, dass es sich um einen Raubmord handelt.«

Lüder fiel ihm ins Wort. »Das ist nicht zutreffend. Das Opfer hat kurz zuvor ein Bordell besucht, und möglicherweise ist das Motiv in diesem Umfeld zu suchen. Aber Raubmord war es mit Sicherheit nicht.«

Sowohl von Glahn wie Dr. Pagenkämper warfen Lüder einen bösen Blick zu. Die Ministerialbeamten waren es nicht gewohnt, unterbrochen zu werden. Dr. Pagenkämper sah Jochen Nathusius an. Lüder stellte mit Belustigung fest, dass er dabei leicht den Kopf schüttelte, als würde Dr. Pagenkämper dem Kriminaldirektor vorwerfen, für das unangemessene und vorlaute Verhalten seines Mitarbeiters verantwortlich zu sein.

»Dafür gibt es keine Beweise. Wir halten deshalb vorerst am Raubmord fest. Die Unterstellung des Bordellbesuchs, der in der Presse fälschlicherweise hochgespielt wurde, beschädigt nicht nur die Ehre des Opfers, sondern fällt auch auf sein Land und somit auf die Gesamtbeziehungen zurück«, beharrte Pagenkämper.

Lüder wollte erneut zur Erwiderung ansetzen, wurde aber von Nathusius gebremst.

»Der argentinische Botschafter hat uns im Namen seines Präsidenten ersucht, dass der Mord auf höchster Ebene aufgeklärt wird. Der Minister hat dem umgehend entsprochen. Der Fall wird ab sofort von der Bundesanwaltschaft und dem BKA bearbeitet. Das kommt auch der Interessenlage der Bundesrepublik entgegen«, sagte von Glahn.

Kremer und Lüder wollten gleichzeitig aufbegehren, aber Jochen Nathusius übertönte die beiden.

»Wollen Sie damit sagen, Sie entziehen uns den Fall?« Die Frage war an Dr. Pagenkämper aus dem Landesministerium gerichtet.

Der nickte nur und wies mit der Hand auf von Glahn. Der zuckte mit keiner Wimper.

»Ich muss in diesem Punkt meinen Ausführungen nichts hinzufügen.« Dann sah er Kremer an. »Es liegt zudem eine Beschwerde der Argentinier vor, dass Sie den Leichnam zurückhalten. Man möchte ihn in seine Heimat überführen, um die Würde des toten Offiziers zu wahren.«

Lüder bemerkte das erste Mal, dass Staatsanwalt Kremer erregt war.

»Ich werde die Leiche nach Abschluss der rechtsmedizinischen Untersuchungen freigeben. Und keine Minute früher. Punkt.«

Von Glahn wandte sich zu dem neben ihm sitzenden Dr. Pagenkämper.

»Können Sie Ihren Einfluss geltend machen, dass diese – äh – Untersuchungen außerhalb der langwierigen Routine durchgeführt werden? Es sollte doch möglich sein, das Verfahren zu beschleunigen.«

Pagenkämper nickte beflissen. »Ich werde mich umgehend der Sache annehmen.«

Bernhard von Glahn stand auf. »Gut. Vielen Dank meine Herren. Das wär's dann.«

»Moment mal«, protestierte Kremer, aber von Glahn sah ihn von oben herab an.

»Tut mir leid. Keine weiteren Fragen. Auf Wiedersehen.«

Damit verließ er, Dr. Pagenkämper im Gefolge, der sich grußlos verabschiedete, den Raum.

Kremer lehnte sich zurück. Mit zittriger Hand griff er zum Wasserglas und nahm einen Schluck. »Das können die doch nicht machen«, sagte er, während seine Stimme wieder ein wenig an Festigkeit gewann. »Wir lassen uns doch nicht für dumm verkaufen. Nicht mit uns.«

Noch bevor ihm Nathusius antworten konnte, ergänzte Lüder: »Die Sache stinkt doch. Da läuft etwas hinter den Kulissen, über das man den Mantel decken möchte. Das ist eine Verschiebung von Interessen. Die Werft fürchtet um lukrative Aufträge, die jemand hintertreibt. Die Chilenen haben zwar selbst U-Boote in Kiel bestellt, würden es aber gern sehen, wenn die Argentinier keine bekämen. Die wiederum haben Probleme, in ihrer desolaten finanziellen Situation das Ganze zu bezahlen, können sich aber keine Blöße geben und wären sicher über andere vorgeschobene Gründe dankbar, die Zahlungsverpflichtung ein wenig in die Zukunft zu verschieben.«

»Sie meinen, hinter dem Mord könnte eventuell sogar Hernandez' Heimatland stecken?«, fragte Kremer.

»Nachdem wir die beiden Typen hier erlebt haben, trauen wir denen *da oben* doch alles zu.«

»Aber, meine Herren, nun mal sachte«, mahnte Kriminaldirektor Nathusius. »Lassen Sie uns zuerst Überlegungen anstellen, wie wir weiter verfahren wollen.« Dabei sah er den Staatsanwalt an.

Kremer straffte sich. Er hatte einen Entschluss gefasst.

»Wir Kieler sind doch nicht die Deppen der Nation«, empörte er sich. »Ich werde mich nicht irgendwelchen politischen Ränkespielen beugen. Wir werden in den beiden Fällen weiter ermitteln.

Im Mordfall Hernandez und beim Überfall auf die Prostituierte. Die Justiz in diesem Land ist unabhängig und lässt sich nicht vor den Karren spannen, schon gar nicht vor den Berliner.«

Lüder stieß einen Stoßseufzer aus. »Richtig. Wir sind nicht die Deppen der Nation. Es reicht schon, wenn Kiel der Arsch von Hamburg ist.«

Nathusius sah ihn mit einem fast entsetzten Blick an.

»Das Zitat stammt nicht von mir«, entschuldigte sich Lüder, »sondern von einem der bekanntesten Söhne der Stadt.«

»Und wer soll das sein?«, fragte Kremer.

»Burgschauspieler Heinz Reincke, der über jeden Zweifel erhaben ist, seine Geburtsstadt nicht zu lieben, hat diesen Satz geprägt.«

Kriminaldirektor Nathusius hüstelte, um damit wieder die Aufmerksamkeit auf sich zu ziehen.

»Sie haben es schön umschrieben, Herr Kremer. Sie wollen also auf dem Kutschbock bleiben? Selbst auf die Gefahr hin, dass der Karren nicht von Berliner Pferden, sondern von südamerikanischen Eseln gezogen wird?«

Jetzt musste der Staatsanwalt ein wenig lächeln.

»Richtig.«

»Hmmh«, brummte Nathusius. »Bei mir wird es ein wenig schwieriger. Unser oberster Dienstherr ist der Innenminister. Ich kann nicht ohne Weiteres so tun, als hätte es dieses Gespräch nicht gegeben. Sonst entzieht man mir die Verantwortung für diesen Bereich.«

Er überlegte eine Weile und suchte nach einer Lösung. Die beiden beobachteten, wie der Kriminaldirektor mit geschlossenen Augen dasaß, die Hände an den Fingerspitzen zusammengelegt und mit dem Zeigefinger den Mund berührend.

Langsam öffneten sich seine Lider.

»Gut«, sagte er, »wir werden notgedrungen und gegen meine Überzeugung die Mordkommission abziehen. Sind Sie, Lüders, bereit, auch ohne Unterstützung einer großen Mannschaft weiter in diesem Sumpf zu wühlen?«

Für Lüder war es keine Frage.

»Natürlich. Bin ich jetzt in der filmreifen Situation, dass mich keiner kennt, wenn mir etwas zustößt, und Sie leugnen, etwas von meinem Auftrag gewusst zu haben?«

Jetzt schmunzelte auch Nathusius.

»Nein. Wir wollen zwar nicht zu viel Wind machen, aber Sie können sicher sein, dass der Direktor des Landeskriminalamtes und die Polizeiführung hinter meiner Entscheidung stehen. Schleswig-Holstein hat sich in seiner langen wechselvollen Geschichte nie erpressen lassen. Und schon gar nicht von den Preußen …«, schob er etwas leiser hinterher.

*

Die Frau atmete tief durch, dann schob sie die Unterlippe etwas vor und pustete, dass die Fransen ihrer Ponyfrisur in Bewegung gerieten. »Jonas«, rief sie mit unterdrücktem Zorn in der Stimme, was aber den achtjährigen Jungen, der vor ihr aus dem Auto gesprungen war und sich sofort einem gleichaltrigen anderen Kind zugewandt hatte, nicht im Geringsten beeindruckte.

»Hallo, Frau Dreesen«, wurde sie von einer Passantin angesprochen. Sie richtete sich auf und fuhr sich dabei mit der Hand ins Kreuz.

»Ach, hallo, Frau Mönckhagen. Ich hab Sie gar nicht gesehen.«

Die andere kam näher. »Wie geht's denn so?« Neugierig sah sie auf Margit Dreesens wohlgerundeten Leib. »Wie lange noch?«

»Planmäßig noch gut drei Wochen«, erwiderte Margit und hielt sich jetzt mit beiden Händen den Bauch. Dann würde die Plackerei mit der Schwangerschaft ein Ende haben. Es war bereits ihre dritte. Thorolf, den elfjährigen Sohn, und die neunjährige Viveka hatte sie mitgebracht, Jonas war der Sohn aus Lüders geschiedener Ehe. Nun freuten sie sich auf das gemeinsame Kind. Ein Mädchen. Bunter kann eine Patchworkfamilie nicht sein, dachte sie oft. Sie hatten es zwar noch nicht bis zum Traualtar geschafft, aber das waren für Margit Nebensächlichkeiten. Hauptsache, die Harmonie in dieser lebhaften Gemeinschaft stimmte.

Sie wechselte ein paar belanglose Worte mit der Nachbarin und griff sich dann die beiden Einkaufstaschen, um sie in das Einfamilienhaus am Stadtrand der Landeshauptstadt zu tragen.

Kaum hatte sie die Tür aufgeschlossen, als Jonas an ihr vorbei ins Haus stürmte. Noch während sie damit beschäftigt war, die Einkaufstaschen wieder aufzunehmen, hörte sie, wie der Junge die Kühlschranktür aufriss. Am Klappern der Glasflaschen erkannte sie, dass er den Apfelsaft entnehmen würde. Natürlich hatte ein Wildfang wie Jonas keine Zeit, die Tür des Kühlschranks wieder zu schließen. Sie lächelte. Ihre eigenen Kinder waren nicht anders. Ihre eigenen? Die Unterschiede waren nahezu verwischt. Sie hatten sich in den letzten vier Jahren zu einer richtigen Familie zusammengerauft.

Am langen Arm schleppte sie die schweren Taschen über den Flur, als sie den Entsetzensschrei des Jungen hörte.

»Mama, komm schnell. Da ist was mit Pucky!«, rief das Kind. Jonas hatte sich von Beginn ihres Zusammenlebens angewöhnt, Margit »Mama« zu nennen. Lüder und sie hatten dagegen keine Einwände erhoben, weil der Junge gegenüber den beiden anderen Kindern sonst außen vor gestanden hätte. Mit der gleichen Selbstverständlichkeit war Jonas auch dazu übergegangen, dem Beispiel seiner beiden »Geschwister«, wie er Margits Kinder selbst nannte, zu folgen und seinen Vater kurz und bündig mit dem Vornamen zu rufen.

Margit hörte, wie ein Glas zu Boden fiel. Als sie vom Flur um die Ecke bog, sah sie den Jungen, der mit angstweiten Augen vor dem großen Vogelkäfig stand.

Cooky, einer der beiden Wellensittiche, saß stumm und in die äußerste Ecke zurückgezogen auf der Querstange, während Pucky auf dem Boden des Käfigs lag.

Die beiden gewellten Singpapageien, Melopsittacus undulatus, wie Lüder sie mit ihrem lateinischen Namen nannte, waren noch weit vom Ende ihrer bis zu zwanzigjährigen Lebenserwartung entfernt.

Wenn der Tod eines gefiederten Hausgenossen für Kinder schon allein einen großen Schock darstellt, war der Anblick, der sich Jonas und Margit bot, noch erschreckender. Rumpf und Kopf des Vogels waren voneinander getrennt. Beide Teile lagen in einer vertrockneten Blutlache inmitten des Sandes auf dem Käfigboden.

Margit schoss das Blut in den Kopf. Danach entstand eine abrupte Leere im Gehirn, sodass sie taumelte und sich im letzten Moment an der Arbeitsfläche der Küchenspüle festhalten konnte. Es dauerte eine Ewigkeit, bis sie sich gefasst hatte.

»Komm, Jonas«, sagte sie zu dem Jungen, der immer noch gebannt auf das entsetzliche Bild starrte, »komm weg davon.«

Sie zerrte das widerstrebende Kind ins benachbarte Wohnzimmer und ließ sich schwer atmend in einen der Sessel fallen. Dann umklammerte sie ihren Leib.

»Was ist mit Pucky geschehen?«, fragte der Junge, der jetzt seine Tränen nicht mehr zurückhalten konnte.

»Ich weiß es nicht«, antwortete Margit stockend, während sie das Kind in den Arm nahm und ihm vorsichtig den Kopf streichelte. »Aber wir sollten Lüder anrufen. Der ist schließlich bei der Polizei«, setzte sie mit einem gequälten Lächeln nach.

*

Lüder hatte sich nach Margits Anruf sofort auf den Heimweg gemacht, benötigte aber trotzdem eine viertel Stunde, bis er vor seinem Haus parkte.

Inzwischen waren auch die beiden anderen Kinder eingetroffen. Obwohl Margit es zu verhindern suchte, hatte der aufgeregte Jonas die beiden in die Küche zu dem Vogelkäfig getrieben. Lüder traf die verstörten Kinder und Margit im Wohnzimmer an.

Er kniete vor seiner Partnerin nieder, die sich bis jetzt beherrscht hatte. Nun aber, in seiner Gegenwart, brachen alle Dämme. Sie fiel in seine Arme und begann hemmungslos zu weinen.

Nachdem Lüder eine Weile beruhigend auf seine Familie eingeredet hatte, stahl er sich in die Küche, um Margit ein Glas Wasser zu holen. Dabei hatte er das erste Mal Gelegenheit, einen Blick auf den Vogelkäfig zu werfen.

Er rief den Kriminaldauerdienst an, damit die Beamten mit der Spurensicherung beginnen konnten. Gegen Margits Widerstand verständigte er auch den ärztlichen Notdienst.

Erst nachdem der Arzt und die Kripo eingetroffen waren und jeder mit der routinemäßigen Verrichtung seiner Aufgaben begonnen hatte, fand Lüder Zeit, sich die Ereignisse durch den Kopf gehen zu lassen.

»Da ist ein Profi eingestiegen«, erklärte der jüngere Beamte, der die Eingangstür untersuchte. »Es ist fast nichts zu sehen. Ich denke, wir werden das Türschloss ausbauen und im Labor analysieren. Aber es sieht so aus, als hätte der Einbrecher keine Spuren hinterlassen. Wissen Sie schon, was entwendet wurde?«

Lüder schüttelte den Kopf. Das hatte er noch nicht geprüft. Komisch, dachte er, es gilt immer noch die alte Weisheit, dass der Schuster die schlechtesten Schuhe hat. Natürlich war ihm als erfahrenem Kriminalbeamten klar, dass Prävention das beste Mittel gegen kriminelle Machenschaften ist. Er selbst hatte sich aber bei seinem eigenen Heim nie Gedanken darüber gemacht, wie man über den konventionellen Schutz hinaus das Haus gegen unerwünschte Eindringlinge besser hätte absichern können.

Wer tat so etwas? Wer drang bei einem Kriminalrat ein und riss einem Wellensittich den Kopf ab? Für Lüder war es klar, dass mit dieser brutalen Geste ein Zeichen gesetzt werden sollte. Wir wissen, wer du bist und wo du wohnst, wollten ihm die unsichtbaren Gegner zeigen. Wir lassen nicht mit uns spaßen. Wollte man ihn mit dieser Drohung gegen seine Familie einschüchtern?

Drohungen gegen Polizeibeamte waren Gott sei Dank sehr selten. Aber Lüder Lüders wollte sich nicht einschüchtern lassen. Einen Holsteiner kann man nicht verschrecken, dachte er grimmig. Auch nicht, wenn man Staatsanwalt Kremer den Fall entzogen hatte und die Kieler Kripo ausbooten wollte.

Der Arzt hatte derweil versucht, Margit zu überreden, vorsichtshalber das Krankenhaus aufzusuchen. Beharrlich weigerte sie sich. Erst als Lüder den Mediziner unterstützte, ließ sie sich überreden.

»Wer versorgt die Kinder?«, hatte sie angstvoll gefragt. Doch auch darum kümmerte sich Lüder. Er rief seine Eltern in Kellinghusen an, packte die Koffer und brachte die Kinder in das idyllische Mittelholstein, wo sie in Opas Garten aus der direkten Schusslinie waren.

Auf der Rückfahrt rief er Hauptkommissar Vollmers an.

»Wir sind aus dem Geschäft«, gab der zu verstehen. »Man hat uns kommentarlos den Fall entzogen. Es soll sich um eine Anweisung aus dem Ministerium handeln. Wissen Sie Näheres?«

»Ich kann das bestätigen. Aber noch ist der Kuchen nicht gegessen. Der Staatsanwalt hat noch ein Eisen im Feuer.« Es tat Lüder leid, dass er den engagierten Leiter der Mordkommission nicht über die Einzelheiten in Kenntnis setzen konnte. Es war Vollmers anzumerken, dass er sich nicht nur übergangen fühlte, sondern die Entscheidungen in keiner Weise guthieß.

»Darf ich Sie trotzdem noch um einen Gefallen bitten?«, fragte Lüder.

Vollmers knurrte nur, was Lüder als Zustimmung einordnete.

»Können Sie für mich Erkundigungen über den Mitarbeiter Vollquardsens, diesen Forstheim, einholen?«

Erneut knurrte Vollmers, bevor sie sich verabschiedeten.

Das Städtische Krankenhaus, das er danach anwählte, wollte ihm keine telefonische Auskunft über Margits Zustand erteilen.

Als Nächstes sprach er mit dem Kriminaldauerdienst. Der hatte die Spurensicherung in Lüders Haus abgeschlossen.

»Wir haben keine verwertbaren Spuren feststellen können«, bedauerte der Kollege. »Auch von den Nachbarn hat niemand etwas bemerkt. Das müssen Profis gewesen sein. Aber warum hat man nur den Vogel malträtiert und sonst nichts entwendet? Haben Sie eine Erklärung dafür?«

Die konnte sich Lüder zusammenreimen, er schwieg aber gegenüber dem Beamten vom Kriminaldauerdienst.

Er war schon wieder auf dem Anschlussstück zwischen dem Bordesholmer Dreieck und Kiel, als er im Radio die Nachrichten hörte. Gleich die dritte Meldung behandelte ihren Fall. Der Radiosprecher berichtete von einer laufenden Ad-hoc-Pressekonferenz des die Untersuchungen leitenden Staatsanwalts, der von sich ausweitenden Ermittlungen sprach. Einzelheiten dazu sollten im Anschluss an die Nachrichten in einem ausführlicheren Beitrag gesendet werden.

Es folgte zuerst der Wetterbericht, dann setzte Musik ein, die für Lüder viel zu lange dauerte. Endlich, nach zwei sehr folkloristisch anmutenden Titeln, meldete sich ein Reporter und berichtete, dass Staatsanwalt Kremer von neuen Spuren sprach, die in eine ganz andere Richtung führten. Um die Ermittlungen nicht zu gefährden, hatte er keine Einzelheiten verkünden wollen. In seiner Presseerklärung hatte Kremer, so der Reporter, auch davon gesprochen, dass nicht auszuschließen sei, dass die Urheber des Verbrechens vielleicht sogar im internationalen Rahmen zu suchen wären. Er hatte Andeutungen gemacht, dass auf die Ermittlungsbehörden Druck ausgeübt worden sei, sich aber trotz drängender Nachfragen der Journalisten nicht dazu herabgelassen, Details zu berichten.

Kremer ist ein kluger Kopf, dachte Lüder. Durch die vorsichtigen Darstellungen gegenüber der Öffentlichkeit hatte der Staatsanwalt die politische Seite unter Druck gesetzt. Der Sache würde jetzt durch die Presse mehr Aufmerksamkeit geschenkt werden, und die Hintermänner, die Dr. Pagenkämper und Bernhard von Glahn vorgeschickt hatten, würden ihre Identität nur ungern der Öffentlichkeit preisgeben.

Kremer war nicht eingeknickt und hatte Standvermögen bewiesen. Auch wenn der Druck auf den Staatsanwalt jetzt sicher noch gesteigert werden würde.

Den Rest des Beitrags hatte Lüder auf dem Parkplatz des Landeskriminalamtes gehört. Von dort kehrte er in sein Büro zurück und begegnete dabei zahlreichen Kollegen, deren reguläre Dienstzeit eigentlich schon länger beendet war.

Die nächste Stunde verbrachte Lüder damit, in den zentralen Dateien nach Namen zu suchen, die ihm bisher im Zusammenhang mit diesem Fall begegnet waren. Mit Ausnahme Hinterbichlers, der wegen zweier kleinerer Vergehen und einer Körperverletzung vorbestraft war, die ihm eine Bewährungsstrafe eingebracht hatte, tauchte keiner in der internen Kundendatei auf.

Über Douglas Taylor, den Waffenhändler, gab es im Internet so viele Einträge, dass Lüder auf eine detaillierte Nachforschung verzichtete.

Zu David Potthoff-Melching fanden sich ebenfalls eine Reihe von Meldungen. Der Mann war zwar nie als Extremist oder gar als Gewalttäter in Erscheinung getreten, war aber in der lokalen Szene als Friedensaktivist stadtbekannt. Sicher waren nicht alle über ihn geschriebenen Beiträge objektiv, trotzdem hatten einige Verfasser dem Mann einen Spleen angedichtet und nahmen seine Protestaktionen nicht für voll.

Wirklich neue Erkenntnisse hatte Lüder nicht gewonnen. Deshalb störte es ihn auch nicht, als das hartnäckige Klingeln seines Telefons ertönte.

»Pagenkämper«, meldete sich die nicht gerade sympathisch klingende Stimme des Beamten aus dem Innenministerium. »Sagen Sie, welcher Teufel hat Kremer geritten, mit einer solchen Erklärung vor die Presse zu treten?«

»Sie meinen sicher *Herrn* Kremer oder *Staatsanwalt* Kremer.«

Dr. Pagenkämper ließ Lüders Bemerkung unkommentiert.

»Wissen Sie, wo der Mann steckt? Er ist für uns unerreichbar.«

»Wer ist *uns*?«

Dr. Pagenkämper ließ sich wirklich kurzfristig aus dem Konzept bringen.

»Herr von Glahn und ich«, erklärte er, merkte aber sofort, dass es Lüder gelungen war, ihn zu irritieren. »Das ist aber egal«, setzte er nach. »Also? Wo ist er?«

»Herr Kremer hat sich nicht bei mir abzumelden«, erwiderte Lüder.

»Warum lässt er sich verleugnen? Sie stecken doch unter einer Decke. Sie wollen wirklich nichts wissen?«

Lüder wurde zornig. »Gerade Sie aus dem Innenministerium sollten schon einmal etwas von der Unabhängigkeit der Justiz gehört haben.«

Dr. Pagenkämper atmete hörbar durch. Aus dem Hintergrund vernahm Lüder die Stimme eines anderen, ohne die Worte zu verstehen.

»Berlin ist sehr ungehalten über die Eigenmächtigkeit der örtlichen Behörden«, giftete Dr. Pagenkämper. »Die Sache wird noch auf höherer Ebene ein Nachspiel haben.«

»Sie sind doch der Repräsentant des Landes in dieser Angelegenheit. Da hat der Mensch vom Außenministerium doch den richtigen Sparringspartner gefunden.«

»Ich habe den Eindruck, Sie unterschätzen die Brisanz des Falles und lassen es an der gebotenen Ernsthaftigkeit missen.« Dr. Pagenkämper schien sich seiner misslichen Lage bewusst. Aus einem Lüder noch unerklärlichen Grund war jemandem im Hintergrund daran gelegen, die Ermittlungen zu stoppen oder zumindest in eine andere Richtung laufen zu lassen. Der Mann aus dem Landesministerium war ausersehen, den Willen der Berliner Drahtzieher vor Ort durchzusetzen. Dies war ihm nicht im gewünschten Maße gelungen.

Sichtlich missgelaunt beendete Dr. Pagenkämper das Gespräch.

Kurz darauf meldete sich Hauptkommissar Vollmers.

»Ich habe gehört, dass man bei Ihnen zu Hause eingedrungen ist und welches Zeichen man dort gesetzt hat. Es ist zu dumm, dass man mein Team ausgeschaltet hat. Aber wenn es Sie interessiert ... Ich habe ein paar Neuigkeiten für Sie. Es betrifft den Projektleiter der Werft.«

»Sie meinen Dr. Vollquardsen?«

»Nein, seinen engsten Mitarbeiter. Jürgen Forstheim. Der Mann scheint fachlich sein Handwerk zu verstehen, ihm fehlt aber die Genialität und Weltläufigkeit seines Vorgesetzten. Trotzdem hat er wohl im privaten Bereich ein zu großes Rad gedreht. Haus und Auto sind eine Nummer überdimensioniert, der Urlaub musste an den Plätzen stattfinden, an dem sich die tummelten, zu denen er gern Anschluss finden würde. Kurzum: Forstheim hat 'ne Menge Schulden an der Backe.«

»Ist der eigentlich verheiratet?«

»Ja. Brav und bieder. Und trotzdem markiert er einen auf protzig. Aber der Schuh passt ihm nicht, und er wird von den Kreisen, wo er gern hineinmöchte, wohl auch nicht für voll genommen.«

»Donnerlüttchen. Wo haben Sie diese Informationen her?«

Vollmers lachte leise in den Hörer. »Manches ist offiziell, anderes hat mir ein Vögelchen zugezwitschert.«

»Also nichts für ein offizielles Protokoll?«

Es entstand eine kurze Pause, bevor der Hauptkommissar antwortete: »Dafür wären diese Informationen noch durch andere Quellen zu bestätigen. Ich habe aber noch einen letzten Liebesdienst für Sie.«

»Und? Das wäre?«

Vollmers machte eine rhetorische Pause und genoss es offenbar, seinen Trumpf auszuspielen.

»Kollege Küster hat – rein zufällig – am Werfttor gewartet und ist Forstheim gefolgt, als dieser das Gelände verlassen hatte. Raten Sie einmal, wo der hingefahren ist?«

Lüder hatte eine Idee, wollte Vollmers aber nicht enttäuschen. »Weiß nicht«, erwiderte er deshalb.

»Der ist ohne Umwege zur zweiten Schicht gefahren. Direkt zu Hinterbichlers Bordell.«

Das hatte Lüder geahnt. Trotzdem spielte er den Unwissenden und bedankte sich beim Leiter der Mordkommission für die Unterstützung.

»Wenn du den Teufel direkt beim Bumsen erwischst, kann er sich nicht mit seiner Großmutter herausreden«, murmelte Lüder und machte sich auf den Weg in das Etablissement.

Es dauerte ewig, bis ihm von der blonden Geschäftsführerin geöffnet wurde. Sie musterte ihn eine ganze Weile, bis sie sich anstatt einer Begrüßung zu einem »Ach, Sie sind das schon wieder« herabließ.

»Dies ist doch ein Freudenhaus. Warum gucken Sie also so missmutig?«

Sie gab den Eingang immer noch nicht frei. »Was wollen Sie?« Und als sich aus dem unsichtbaren Hintergrund die Stimme des Zuhälters mit der Frage »Wer is denn do?« meldete, gab sie über die Schulter zurück: »Der Kommissar ist wieder einmal da.«

Lüder schob die Tür auf. »Dies ist doch ein selbsternannter Edelpuff. Wenn schon, dann bitte Kriminalrat.«

Sie ließ es geschehen, dass Lüder ohne Aufforderung eintrat.

»Ich will mit Forstheim und Hinterbichler sprechen«, erklärte Lüder.

Die Blonde hob die Augenbraue und zeigte damit, dass Lüders direkte Art sie überraschte. »Der Herr Forstheim …«

»… ist gerade mitten in einer der sogenannten Entspannungsübungen«, unterbrach Lüder sie.

Sie sah ein, dass ein Leugnen zwecklos vor.

Lüder machte mit beiden Händen eine Wischbewegung.

»Los, nun holen Sie ihn schon. Mit einem Coitus interruptus hat zu Oswalt Kolles Zeiten noch eine ganze Generation leben müssen. Also, auf denn. Oder soll ich ihn persönlich von der Lady holen?«

Wortlos zog sie von dannen. Lüders eindringliche Mahnung hatte gewirkt. Keine zwei Minuten später tauchte ein sichtlich verstörter Jürgen Forstheim auf. Der machte überhaupt nicht den Versuch, seine Verlegenheit zu verbergen.

»Ich ... ich ...«, stammelte er, brach dann aber alle Erklärungsversuche ab.

»Servus, Herr Kommissar«, meldete sich stattdessen Hinterbichler zu Wort. »Was verschafft mir die Ehre?«

»Setzen Sie sich.« Lüder zeigte auf die Sitzgruppe im Foyer. Dann blinzelte er Forstheim an. »Sie auch. Bei mir müssen Sie nicht wie ein dummer Schuljunge stehen wie heute Vormittag bei Ihrem Chef.«

Es sah zuerst aus, als wollte Forstheim aufbegehren. Dann setzte er sich stumm neben Hinterbichler, der bequem die Beine übereinandergeschlagen hatte, nicht ohne vorher die Bügelfalten seiner Leinenhose strammgezogen zu haben.

»Mich interessiert Ihre geschäftliche Vereinbarung. Wer hat Hernandez' und Ihre Bordellbesuche finanziert?« Lüder sah dabei den Werftmitarbeiter an.

»Herr Forstheim ist Gast unseres Hauses«, drängte sich Hinterbichler vor.

»Erzählen Sie mir keine Märchen«, unterbrach ihn Lüder. »Sie wollen mir doch nicht erzählen, dass Sie Wohltaten verbreiten. Tatsache ist, dass Sie«, dabei zeigte er mit dem Finger auf den Österreicher, »nicht nur Mitwisser, sondern auch Nutznießer an der Korruption zulasten des Unternehmens waren.«

»Aber, aber, Herr Kriminaldirektor«, säuselte der Zuhälter in bittersüßer Tonlage, »wer wird hier von Korruption sprechen?«

Lüder fixierte mit festem Blick die dunklen Augen Hinterbichlers, bis dieser mit einem nervösen Lidschlag auswich.

»Forstheim wird Ihnen bestätigen, dass die Staatsanwaltschaft bereits auf der Werft vorstellig geworden ist. Die Ermittlungen laufen. Da wird einiges auf Sie zukommen. Ob sich Kiels High

Snobiety weiterhin in Ihrem Etablissement treffen wird, sei angezweifelt. Wer besucht ein Freudenhaus, dessen Ruf angekratzt ist?«

Hinterbichler erschrak sichtlich.

»Damit habe ich nichts zu tun«, protestierte er. »Mir ist es gleich, wer für die Kosten der Unterhaltung aufkommt. Welche Arrangements hinter den Kulissen getroffen werden, geht mich nichts an.«

»Und wie steht es mit der Bestechung?«

Hinterbichler sah Lüder mit großen Augen an.

»Bestechung?«, fragte er ungläubig. »Welche Bestechung?«

»Sie wollen doch nicht bestreiten, Forstheim durch den kostenlosen Bordellbesuch Vorteile verschafft zu haben, damit er Ihnen Kunden zuführt, die von der Werft ausgehalten werden?«

»Des is' doch keine Bestechung, Herr Direktor. Des is' Marketing. Sehn's doch. In jedem Kaufhaus findn's Lockangebote. Bücher- und Automobilclubs werben mit Freundschaftsprämien, wenn's ihnen neue Mitglieder zuführen. Nur des hab i auch g'macht. Des is doch keine Bestechung.«

Mit einer Handbewegung gebot Lüder dem Bordellbesitzer zu schweigen. Dann wandte er sich Forstheim zu.

»Es sieht nicht gut aus für Sie. Gegen den Korruptionsvorwurf werden Sie sich kaum wehren können. Und wenn ich Ihren Chef Vollquardsen richtig verstanden habe, wird er Sie als Verantwortlichen hinstellen. Sind Sie sich im Klaren darüber, dass es Sie zusätzlich den Job kosten wird?«

Sie wurden durch die Türglocke unterbrochen. Wie aus dem Nichts erschien die Blonde, öffnete die Tür und begrüßte einen gut gekleideten Mann mit graumelierten Haaren durch das Aufhauchen eines Wangenkusses.

Lüder hatte den Neuankömmling schon einmal gesehen, konnte sich im Moment aber weder an die Gelegenheit noch an den Namen erinnern.

Der Mann bemerkte die Dreiergruppe, die im Foyer saß. Mit dem Hochziehen der linken Augenbraue begrüßte er Hinterbichler. Der wollte aufspringen, aber Lüder hielt ihn am Ärmel fest. Der Zuhälter ließ sich wieder in den schweren Ledersessel fallen.

Es klang fast ein wenig gequält, als er den Gast mit einem »Servus, Herr Baron« begrüßte.

Im gleichen Moment erkannte Lüder den Mann. Adrian von Schimmelpfennigck war eine feste Größe im Kulturleben der Region und tauchte auch gelegentlich im Blätterwald der Yellow Press auf.

Die Blonde hakte sich bei von Schimmelpfennigck unter, redete mit leiser Stimme auf ihn ein und führte ihn in den Gang, der zu den hinteren Räumen abzweigte.

»Also? Wie war das? Sie tragen allein die Verantwortung für die Bestechung?« Lüder musterte Forstheim mit durchdringendem Blick.

»Ich habe nur im Interesse der Förderung unseres Projektes gehandelt«, stammelte der Werftmitarbeiter. Ein leichter Schweißfilm hatte sein Gesicht überzogen. »Seitens des Managements ist mir diese Aufgabe dringend ans Herz gelegt worden.«

»Wobei Ihnen aber niemand aufgetragen hat, die Kunden der Werft ins Freudenhaus zu schleppen?«

»Natürlich hat das keiner gesagt. Ich sollte alles unternehmen, um unseren Gästen den Aufenthalt in Kiel so angenehm wie möglich zu gestalten.«

»Und wie sind Sie auf die Idee mit dem Bordell gekommen?«

Forstheim zögerte mit der Antwort. Er sah Hinterbichler an, als würde er von dem Unterstützung erwarten. Aber der Zuhälter war mit seinen eigenen Problemen beschäftigt und schwieg beharrlich. Er wollte die missliche Lage, in der er sich befand, durch unbedachte Äußerungen nicht noch weiter verschlimmern.

»Der Commodore hat mich direkt darauf angesprochen. Für mich war es nicht überraschend, da ähnliche Wünsche auch schon in der Vergangenheit von anderen Kunden und Gästen geäußert wurden.«

»Nun stehen Sie ziemlich allein im Regen. Offiziell werden Sie kaum Rückendeckung durch Ihr Management erhalten.«

Forstheim musterte eine Weile schweigend die gegenüberliegende Wand mit der schweren roten Textiltapete. Dann sah er Lüder an und zuckte dabei mit den Schultern.

»Wohl kaum«, murmelte er.

Lüder stand auf.

»Wie ich bereits erwähnte: Staatsanwalt Kremer hat sich der Sache angenommen. Sie werden von ihm zu hören bekommen. Beide.«

»Wenn Sie sich da nicht irren«, protestierte Hinterbichler. »Ich lass mich auch von einem Staatsanwalt nicht einschüchtern. Da kenne ich andere Wege und Möglichkeiten.«

Lüder warf ihm einen letzten Blick zu. Dann verließ er das Etablissement.

*

Leichter Nieselregen hatte eingesetzt und hinterließ ein Meer von Wassertropfen auf der Scheibe des BMW. Lüder hatte das Bordell verlassen und beobachtete nun den Eingang des Hauses. Wenige Meter hinter ihm war die Stelle, an der Hernandez den beiden jungen Leuten in die Arme gefallen war.

Seine Geduld wurde auf keine große Probe gestellt. Nur zehn Minuten später trat Forstheim auf die Straße. Er blieb einen Moment unschlüssig stehen, ging dann aber forschen Schritts Richtung Hauptstraße.

Lüder fluchte leise. Mit dem Wagen konnte er ihn nicht verfolgen. Er stieg aus, zog den Kragen seiner Jacke hoch und versuchte unauffällig hinterherzugehen. An der Straßenecke blieb Forstheim stehen, zog sein Handy hervor und telefonierte eine Weile. Dann bog er in den Düsternbrooker Weg ab und ging in nördlicher Richtung. Auf der anderen Straßenseite lag der düstere Bau des Finanzministeriums, dahinter das Landeshaus sowie die verschachtelten Gebäudekomplexe des Landwirtschafts- und des Innenministeriums.

Lüder folgte ihm und versuchte dabei, im Schatten des ansteigenden Geländes des Düsternbrooker Gehölzes, eines kleinen Naherholungsgebietes, zu bleiben. Nach etwa vierhundert Metern Entfernung blieb Forstheim an einer Bushaltestelle stehen. Unruhig sah er dem nur spärlich aus Richtung Innenstadt fließenden Verkehr entgegen.

Warum habe ich keinen Schirm dabei?, fragte sich Lüder und

wischte mit einer Handbewegung die Feuchtigkeit vom Gesicht. Es gab in der Nähe keine Möglichkeit, sich unterzustellen, ohne dass er seinen Beobachtungsposten hätte aufgeben müssen. Eine Ewigkeit schien verstrichen zu sein, als ein Audi-Cabriolet an der Bushaltestelle hielt.

Als Forstheim einstieg, gab die Innenbeleuchtung die Sicht auf den Fahrer des Wagens frei. Obwohl der Regen nur einen undeutlichen Blick erlaubte, glaubte Lüder, die Frau wiederzuerkennen, die ihm der chilenische Journalist auf einem Foto mit den Worten »das könnte Forstheims Geliebte sein« gezeigt hatte.

Die Frau beugte sich zur Beifahrerseite und gab Forstheim einen Begrüßungskuss. Dann reihte sich der Audi wieder in den laufenden Verkehr ein und entfernte sich über das Hindenburgufer Richtung Norden.

Lüder hatte sich das Kennzeichen gemerkt. Er würde eine Halteranfrage starten. Wie kam Forstheim an eine Freundin, die ein Auto fährt, das im Kreis Güstrow zugelassen ist?

Lüder stapfte durch den nun stärker gewordenen Regen zu seinem Wagen zurück. Bevor er ins Auto einstieg, schüttelte er die Feuchtigkeit aus Haaren und Kleidung.

Er versuchte, Hauptkommissar Vollmers oder einen seiner Mitarbeiter zu erreichen, aber die Dienststelle war nicht besetzt. Stattdessen wurde er mit dem Bereitschaftsdienst verbunden. Der Beamte am anderen Ende der Leitung zeigte sich hilfsbereit. Lüder wollte ihn aber nicht in die Sache einweihen. Er beschloss, seine Beobachtungen und die Halteranfrage auf den kommenden Tag zu verschieben.

Dafür meldete sich sein Handy.

»Nathusius«, hörte er die Stimme des Kriminaldirektors. »Was machen Sie gerade?«

Lüder berichtete von seinem Besuch im Bordell und der Observation Forstheims.

»Haben Sie mitbekommen, dass Kremer eine Pressekonferenz veranstaltet hat?«

Lüder bejahte.

»Was ist nur in den Staatsanwalt gefahren? Bei mir ist der Teufel los. Der Direktor des LKA wollte wissen, was los ist. Offensichtlich hat sich das Ministerium eingeschaltet. Dr. Pagenkämper hat mich angerufen und mir Vorhaltungen gemacht, dass die Weisungen aus Berlin nicht befolgt werden.«

»Wir sind eine föderale Republik«, erwiderte Lüder. »Berlin kann nicht erwarten, dass wir nach seiner Pfeife tanzen. Schon gar nicht, wenn so viel Schmutz in Bewegung gesetzt wird wie in diesem Fall. Ich möchte wissen, wer ein so starkes Interesse daran hat, uns die weiteren Ermittlungen zu entziehen.«

»Ich stimme Ihnen zu«, antwortete Nathusius. »Während des Gesprächs mit Dr. Pagenkämper mischte sich sein Schatten, dieser Bernhard von Glahn vom Außenministerium, ein. Während Pagenkämper sich noch darauf beschränkte, eindringlich auf die besondere Brisanz in diesem Fall zu verweisen, und vage Andeutungen außenpolitischer Interessen der Bundesrepublik machte, drohte von Glahn mit erheblichen Konsequenzen. Insbesondere dem Staatsanwalt galt sein Zorn, der seiner Meinung nach Staatsgeheimnisse an die Öffentlichkeit getragen hat.«

Lüder atmete durch. Das war eindeutig gelogen. Er hatte Kremers Ausführungen vorhin selbst im Radio gehört. Wer jetzt von Geheimnisbruch sprach, hatte den Bogen überspannt. Oder er wusste etwas, auf das sie noch nicht gestoßen waren.

»Kann ich Sie noch treffen?«, fragte er den Kriminaldirektor.

Nathusius schwieg einen Moment. Sein Chef war zu erfahren, um am Telefon nach dem Warum zu fragen, selbst wenn er für den Feierabend andere Pläne hatte.

»Gut«, sagte Nathusius nur, ohne Ort und Zeit zu nennen.

Lüder verstand auch so, dass sie sich im Pausenraum des Landeskriminalamtes treffen würden.

Auf dem kurzen Weg zu seiner Dienststelle rief er im Städtischen Krankenhaus an und ließ sich mit Margit verbinden. Ihre Stimme klang schwach.

»Wie geht es den Kindern?«, fragte sie anstatt einer Begrüßung.

Er erzählte, dass er sie bei den Großeltern in Kellinghusen abgeliefert hatte.

»Danke für die Rose«, sagte Margit. Er merkte ihr an, dass sie ihm im Stillen Vorwürfe machte.

»Welche Rose?«, fragte er.

»Die du mir auf die Bettdecke gelegt hast, als ich noch einmal zur Untersuchung aus dem Zimmer war.«

Lüder stutzte. »Ich war nicht im Krankenhaus gewesen. Dafür hatte ich keine Zeit«, entschuldigte er sich.

»Ist schon gut«, erwiderte Margit. Sie musste ihre Enttäuschung, dass seine Arbeit ihm wichtiger erschien als ihr Zustand und vor allem der ihres Babys, nicht in Worte fassen. Lüder entnahm es ihrer Tonlage.

»Was für eine Rose lag auf deinem Bett?«

»Die ist wirklich nicht von dir?«

»Nein! Bestimmt nicht.«

Ein tiefer Seufzer kam über die Leitung.

»Ach, Lüder. Was soll das alles? Was ist seit heute los? Erst das mit Pucky. Und dann die Rose, die auf meinem Bett lag. Was steckt dahinter?«

»Ich weiß es auch nicht. Noch nicht. Aber, Liebes, was ist denn mit der Rose?«

Er hörte durch die Leitung, wie Margit leise zu weinen begann.

»Sie ist schwarz. Nicht dunkelrot, sondern tiefschwarz.«

Kriminaldirektor Nathusius saß im Pausenraum des Landeskriminalamtes und betrachtete geistesabwesend seinen Kaffeebecher. Er blickte auf, als Lüder sich näherte. Mit einem Kopfnicken begrüßte er seinen Mitarbeiter.

Lüder berichtete von dem Einbruch in sein Haus, dem Schock, dem seine Familie ausgesetzt war, und dass seine Lebenspartnerin im Krankenhaus lag. Er informierte Nathusius auch über die sonderbare schwarze Rose.

»Da versucht jemand, uns einzuschüchtern«, stellte der Kriminaldirektor fest.

Lüder musterte seinen Vorgesetzten. Nathusius war wie immer korrekt gekleidet. Das hellblaue Hemd passte hervorragend zum dunkelblauen Clubblazer. Die dezent gestreifte Krawatte war mit einem Windsorknoten exakt zwischen den Kragenspitzen ausgerichtet. Seit ihrer ersten Begegnung akzeptierte Lüder den Kriminaldirektor als Vorgesetzten, der mit seinem bestimmenden Auftreten keinen Zweifel an seinem Führungsanspruch zuließ, aber jederzeit ein offenes Ohr für seine Mitarbeiter fand. Jochen Nathusius hatte die seltene Gabe, zuhören zu können. Mit einem messerscharfen Verstand, der herausragenden analytischen Fähigkeit und seiner umfassenden Bildung war er für Lüder immer ein gesuchter Gesprächspartner gewesen, der allerdings nie davor zurückscheute, zu gegebenem Anlass auch Worte der Kritik zu finden.

»Wer hat so viel Einfluss, dass er über das Auswärtige Amt Druck auf das Kieler Innenministerium ausüben kann? Pagenkämper ist in meinen Augen nur eine Galionsfigur, die vorgeschickt wird. Der Mann verfügt vermutlich ebenso wie wir über keine Hintergrundinformation.«

Nathusius nickte stumm.

»Es mag ja sein, dass es Beweggründe gibt, die elementar die Sicherheit der Bundesrepublik berühren. In einem solchen Fall würden die Aktivitäten aber über andere Wege laufen. Da wären die Sicherheitsdienste wie der BND oder der Verfassungsschutz involviert. Wir hätten es dann auch mit dem Innenminister in Berlin zu tun, der bekanntlich keine Gelegenheit auslässt, sich in sicherheitspolitischen Fragen zu profilieren. Aber das Außenministerium? Wer ist eigentlich dieser von Glahn?«

Nathusius sah Lüder lange an, bevor er antwortete. »Die ganze Geschichte ist eigenartig. Zugegeben. Von Glahn ist der persönliche Beauftragte der Staatsministerin im Auswärtigen Amt. Da wird etwas auf ganz heißer Flamme gekocht. Möglicherweise gibt es Probleme auf internationaler Ebene. Da scheint es jemandem nicht zu gefallen, dass wir U-Boote für Argentinien bauen.«

»Könnte es sein, dass sich hier eine Szene breitmacht, die gegen Waffenexporte ist? Besonders, wenn es sich um in der Welt einmalige Hochtechnologie ›Made in Germany‹ handelt? Auch ein terroristischer Hintergrund ist nicht auszuschließen. Wer hat etwas gegen Argentinien? Gibt es dort eine militante Opposition, die ihren bewaffneten Kampf auf deutschem Boden fortsetzt?«

Nathusius wiegte den Kopf hin und her. »Die ist vorhanden. Um diesen Leuten kein Forum zu bieten, könnte die argentinische Regierung Berlin gebeten haben, das Feuer klein zu halten. Dies wäre ein denkbares Szenario. Vielleicht liegt das Problem aber auch ganz woanders. Wie kommt man ohne Gesichtsverlust aus einem Vertrag, den man nicht oder nur mit erheblichen Opfern erfüllen kann?«

»Sie meinen …?«, fragte Lüder.

»Ja. Was würden Sie machen, wenn Sie einen Vertrag abgeschlossen haben, den Sie nicht einlösen können?«

Lüder hatte Nathusius' Anspielung verstanden. »Ich würde eventuell ein gefährliches Spiel beginnen und versuchen, meinem Vertragspartner Dinge in die Schuhe zu schieben, die ihn schlecht aussehen lassen.«

Der Kriminaldirektor streckte die Hand aus und wies mit dem Zeigefinger auf Lüder. »Sehen Sie, auch das könnte ein Motiv sein. Wenn der Kunde ›Argentinien‹ Gründe findet, die ordnungsgemäße Auftragerfüllung seitens der Deutschen in Zweifel zu ziehen, könnten sie aus dem Vertrag aussteigen und hätten ein großes finanzielles Problem weniger.«

»Das kann der Bundesregierung natürlich nicht gefallen. Es geht nicht nur um das internationale Prestige unseres Hightech-Standortes, sondern auch um Arbeitsplätze an der Küste.«

»Und um Folgeaufträge auf diesem Sektor. Jeder Arbeitsplatz ist eine Wählerstimme. Vergessen Sie nicht, dass im schlimmsten Fall der Bund auch noch finanziell bluten muss, da die U-Boote sicher durch eine Bundesbürgschaft abgesichert sind. Da stecken viele Interessen hinter, für die eine Handvoll Menschenleben bedeutungslos sind. Und die Hintermänner sind skrupellos. Sie haben es nicht nur mit dem Mord an Hernandez, sondern auch mit dem Anschlag auf Ivanna Krucowa und den Drohungen gegen Sie und Ihre Familie bewiesen. Insoweit verstehe ich Staatsanwalt Kremer nicht. Er hat zwar Recht, und es ehrt ihn, dass er unbeugsam ist. Aber der direkte und offene Weg ist nicht immer der klügere. Es wäre gut, wenn er ein wenig mehr Besonnenheit an den Tag legen würde.«

»Ich werde es ihm ausrichten«, versprach Lüder.

»Im Augenblick scheint er unsichtbar zu sein. Er ist für niemanden erreichbar. Ich habe es vorhin auch schon versucht. Jedenfalls hat er sich den heiligen Zorn Pagenkämpers und seines Schattens von Glahn zugezogen.«

»Und wie verhalten wir uns weiter?«, fragte Lüder.

Nathusius lehnte sich zurück, nahm einen Schluck des inzwischen erkalteten Kaffees und sah Lüder mit ernstem Blick an.

»Wir beugen uns keiner Gewalt. Da ist ein Mensch ermordet worden, eine Frau zusammengeschlagen. Wir lassen uns nicht drohen. Seien Sie vorsichtig, Lüders, aber bleiben Sie am Ball, selbst wenn ich Ihnen keinen oder nur wenig Flankenschutz bieten kann.«

Lüder versprach es. Gemeinsam verließen sie den Pausenraum und verabschiedeten sich an der Tür mit einem kräftigen Händedruck.

*

Beate Kremer war eine zierliche Frau mit einem eher blassen Teint. Die langen mittelbraunen Haare, die sie tagsüber oft als Pferdeschwanz trug, fielen offen über die Schulter herab und verteilten sich auf der Lehne der Büffelledercouch. Mit ihrer feingliedrigen Hand fuhr sie sich durch die Frisur und schüttelte den Kopf, nachdem ihr die Strähnen ins Gesicht gefallen waren. Dann griff sie zum Rotweinglas auf dem niedrigen Tisch, nippte besonnen daran und stellte das Glas wieder zurück. Dabei sah sie ihren Mann Falko an, der ihr gegenüber in einem Sessel hockte und seit einigen Minuten gedankenverloren sein Weinglas in der Hand drehte.

Ihre Mutter hatte sie angerufen und gefragt, ob sie die Pressekonferenz ihres Mannes im Radio verfolgt hätte.

»Nein«, hatte sie geantwortet, »ich war mit den Kindern beschäftigt.«

Wortreich hatte ihre Mutter den öffentlichen Auftritt geschildert, und wenn die Meldung auch nur wenige Sätze lang gewesen war, so benötigte Beates Mutter fast eine viertel Stunde für die mit eigenen Anmerkungen angereicherte Schilderung des großen Auftritts ihres Schwiegersohns.

Danach hatte das Telefon nicht mehr stillgestanden. Journalisten riefen an und wollten den Staatsanwalt sprechen. Zweimal meldeten sich Bekannte, um begierig mit Details hinter den Kulissen versorgt zu werden, und dann war da noch der unangenehme

Anruf eines Dr. Pagenkämper gewesen, der sich als Vertreter des Ministeriums ausgab und ihr mehrere Telefonnummern hinterließ mit der dringenden Aufforderung, ihr Mann möge sich umgehend mit ihm in Verbindung setzen.

Von alldem wollte Falko Kremer nichts wissen, als er vor einer guten Stunde heimgekommen war. Er hatte seiner Frau geistesabwesend einen Kuss auf die Stirn gehaucht, sich unter die Dusche gestellt und saß ihr nun stumm gegenüber. Es war eine außergewöhnliche Situation, denn normalerweise rief er an, falls es im Büro später wurde. Auch unterließ er es nie, sich nach den Kindern zu erkundigen, und er ging jedes Mal, falls diese schon im Bett lagen, in ihre Zimmer, um nach ihnen zu sehen.

Das weiterhin hartnäckige Klingeln des Telefons hatte er eine Weile erduldet, dann aber den tragbaren Hörer ins Arbeitszimmer gelegt, das er sich im Keller des Reihenhauses eingerichtet hatte.

»Was bedrückt dich?«, wollte Beate wissen.

Doch Falko Kremer schüttelte nur den Kopf. »Mir war klar, dass man als Staatsanwalt auch gelegentlich beschimpft oder gar Drohungen ausgesetzt wird. Das ist aber nicht weiter ernst zu nehmen. In diesem Fall werden wir aber massiv unter Druck gesetzt, dass ich …«

Er brach mitten im Satz ab und machte eine wegwerfende Handbewegung.

»Ach, vergiss es. Es war mir immer wichtig, meine Arbeit nicht mit nach Hause zu nehmen. Man muss zwischen Job und Privatleben trennen.«

»Wenn dich etwas bedrückt und du keine Geheimnisse preisgibst, solltest du dir ruhig die Zeit nehmen und von deinen Problemen erzählen«, munterte Beate ihren Mann auf.

Der schüttelte nur den Kopf und trank sein Glas in einem Zug leer. Dann füllte er es fast randvoll nach.

Es war sonst nicht seine Art, Wein wie Bier bis zum Strich einzuschenken.

»Wir im Rechtswesen Tätigen haben in der Praxis erfahren, dass unsere Ideale von Recht und Gesetz, wie sie uns während des Studiums vermittelt wurden, nicht realisierbar sind. Da gilt es oft, Kompromisse zu schließen und manchmal auch mangels hinreichender Beweislage mit einem Grummeln im Bauch einen Straftäter frei ziehen zu lassen. Aber dass ich unter Druck gesetzt werde und man mich zum Rechtsbruch nötigen will, das habe ich noch nicht erlebt.«

Beate sah ihren Mann an. Die Augen waren zu schmalen Schlitzen geworden, die Lippen presste er fest aufeinander. Erneut spielte er nervös mit seinem Glas.

»Hast du mit dem Leitenden Oberstaatsanwalt gesprochen? Was sagt der dazu?«

Falko Kremer blickte seine Frau an.

»Ausgerechnet jetzt hat Dr. Hölderlin Urlaub.«

»Und du hast dich mit keinem anderen abstimmen können?«

Kremer setzte zur Antwort an, als er durch das Läuten der Türglocke unterbrochen wurde.

»Unverschämtheit. Jetzt kommen diese Burschen sogar schon bis an die Haustür«, schimpfte er und wollte aufstehen, aber Beate hielt ihn zurück.

»Wenn du das ignorierst, zieht der Besucher von allein wieder ab.«

Kremer ließ sich wieder in den Sessel fallen.

»Da magst du Recht haben.«

Dann schwieg er wieder vor sich hin.

Erneut klingelte es an der Haustür.

»Die wecken noch die Kinder.« Kremer war aufgestanden. Sein Zorn war ihm deutlich anzumerken. »Denen werde ich jetzt ein paar unfreundliche Worte sagen«, sagte er und ging mit raschen Schritten zur Haustür.

Beate hörte, wie er den von innen steckenden Schlüssel umdrehte und die Tür öffnete.

Undeutlich hörte sie ein paar leise gesprochene Worte, auf die Falko klar und deutlich antwortete: »Ja, das bin ich. Und ich finde es unerhört, dass Sie mich zu Hause behelligen. Ich werde …«

Mitten in seine Worte hinein fiel ein Schuss. Beate Kremer hatte noch nie in der Wirklichkeit einen Schuss gehört, sondern kannte dieses Geräusch nur aus dem Fernsehen. Sie war sich aber ganz sicher, dass jemand geschossen hatte. Kurz darauf vernahm sie, dass jemand auf die Stufen der hölzernen Treppe stürzte, die gleich neben der Tür ins Obergeschoss führte. Mit einem lauten Krachen knallte die Haustür gegen die Wand, ein Laut, der ihr mehr als vertraut war, wenn die Kinder ins Haus stürmten.

Für den Bruchteil einer Sekunde, der ihr wie eine Ewigkeit erschien, saß sie wie gelähmt auf dem Sofa, bevor sie hochsprang und durch den kurzen Flur zur Tür eilte.

Falko Kremer war nach hinten getaumelt, gegen den hölzernen Treppenpfosten gefallen, abgerutscht und lag seitlich verrenkt vor der offenen Haustür.

»Falko, was ist geschehen?«, stieß Beate hervor, beugte sich nieder und nahm den Kopf ihres Mannes in ihre Hände. Entsetzt ließ sie ihn sofort wieder fallen, sodass der Hinterkopf auf die Fliesen schlug. Blut verteilte sich über die Bodenfliesen.

»Mein Gott«, stammelte Beate entsetzt und fuhr sich mit beiden Händen durchs Gesicht, um sich anschließend ans Herz zu fassen. Sie spürte, wie ihr Kreislauf zusammenbrach, und suchte Halt am Geländer der Kellertreppe.

Nur mit Mühe konnte sie sich festhalten. Immer noch starrte sie auf das entsetzliche Bild, das sich ihr bot. Dort, wo vorher das Gesicht ihres Mannes war, befand sich jetzt nur noch ein undefinierbares Etwas. Dann wankte sie rückwärts ins Wohnzimmer und suchte das Telefon, bis ihr einfiel, dass Falko es in den Keller getragen hatte. Sie stolperte die Treppe hinab und fand das Gerät auf dem Schreibtisch des Arbeitszimmers.

Tränen waren ihr in die Augen geschossen, und sie konnte die Tasten auf dem kleinen Apparat nicht mehr erkennen. Mit dem Handrücken wischte sie sich die Augen aus und tippte dann die Notrufnummer ein.

Eine ruhige, besonnene Stimme meldete sich. »Polizei Kiel.«

Beate wollte etwas sagen, aber sie bekam keinen Ton heraus. Ihre Stimme versagte. Dann spürte sie, wie eine kalte Hand nach ihr griff und tiefe Dunkelheit sie umhüllte.

*

Vollmers Nachricht hatte Lüder zu Hause erreicht. Nach dem Gespräch mit Kriminaldirektor Nathusius war er noch ins Krankenhaus gefahren und hatte Margit besucht. Es ging ihr nicht gut. Der Stationsarzt, den Lüder als Einzigen noch erreicht hatte, war aber zuversichtlich, dass Mutter und Kind den Schock gut überstehen würden, sofern ihnen jetzt Ruhe ermöglicht und jede Aufregung ferngehalten würde.

Nach dem Besuch bei Margit hatte er noch einen Abstecher zu der Station gemacht, auf der Ivanna Krucowa lag. Die junge Prostituierte hatte fest geschlafen, als Lüder das Krankenzimmer betreten hatte. Eine Schwester, die aufmerksam genug war, ihn anzusprechen, hatte ihm aber versichert, dass sich der Zustand der Patientin stabilisiert hätte.

Nun hielt er vor dem Reihenhaus in der Kieler Vorortgemeinde Flintbek, dem Heim der Familie Kremer. Er bahnte sich einen Weg durch den Ring der Neugierigen und überwand die weiträumige Absperrung des Tatorts. Vor dem Haus und im Flur wimmelte es von Leuten in weißen Schutzanzügen. Es waren die Beamten der Spurensicherung und die Mitarbeiter der Rechtsmedizin. Unter den Uniformierten und Zivilisten entdeckte er Hauptkommissar Vollmers. Als der Lüder sah, kam er ihm ein paar Schritte entgegen. Vollmers war blass.

»Ich habe schon viele Tote gesehen, darunter auch Opfer, deren Anblick wenig appetitlich war. Aber dies hier … Das war eine brutale Hinrichtung, wie ich sie in dieser Form noch nicht erlebt habe«, erklärte Vollmers. Dann schilderte er Lüder, wie sie Kremer vorgefunden hatten.

»Nach dem Notruf waren die Kollegen von der örtlichen Schutzpolizei hier aus Flintbek zuerst am Tatort. Sie fanden Kremer im Eingang inmitten einer riesigen Blutlache. Was die beiden besonders betroffen machte, war, dass am Fuß der Treppe die beiden Kinder standen, ein sechsjähriger Junge und seine dreijährige Schwester. Die Kleinen starrten auf ihren Vater, oder besser auf das, was von ihm übrig geblieben ist.«

»Wo sind die Kinder jetzt?«

»Im Augenblick werden sie von einer Nachbarin und einem Geistlichen betreut. Der Kindernotdienst ist alarmiert und auf dem Weg hierher. Die bringen einen Psychologen mit.«

»Gibt es keine Mutter?«

»Doch. Die hat die Streife im Keller gefunden. Dort lag das Telefon, mit dem sie Hilfe herbeiholen wollte. Doch während des Telefonats ist sie umgekippt. Der Notarzt führt die Erstversorgung durch. Dann wird sie ins Krankenhaus kommen.«

»Ist sie ansprechbar?«

Vollmers schüttelte den Kopf. »Mit Sicherheit nicht. Die hat einen schweren Schock erlitten und ist vorerst außer Gefecht gesetzt. Als sie gefunden wurde, war sie über und über mit Blut beschmiert.«

»Wie kommt das?«

»Sie hat den Toten wohl angefasst, ohne zu bemerken, dass dabei ihre Hände blutig wurden. Dann ist sie sich mit den Händen durchs Gesicht gefahren, hat sich die Augen gerieben und, vermutlich als sie die Ohnmacht spürte, noch einmal ans Herz gefasst. Das hinterlässt Spuren.«

»Zeugen?«

»Keine. Gemeinsam mit dem Kriminaldauerdienst haben wir den ersten Angriff bereits gestartet. Die Wohnzimmer gehen zur Gartenseite hinaus. Die Bewohner der gegenüberliegenden Straßenseite haben angeblich nichts gehört. Die Nachbarn zur linken sind nicht da, der rechte Nachbar will einen Schuss gehört haben und hat auch aus dem Küchenfenster auf die Straße geschaut, aber nichts gesehen. Der übernächste Nachbar hat den Schuss auch gehört, sich aber nichts dabei gedacht.«

Während des Gesprächs waren sie langsam zum Hauseingang geschlendert.

Lüder warf aus der Ferne einen Blick auf den durch Scheinwerfer hell erleuchteten Tatort. Außer einer zusammengekrümmten Gestalt und viel Blut war aus dieser Position nichts zu erkennen.

»Gibt es schon Hinweise auf den Tatverlauf?«

»Nur Vermutungen. Kremer muss seinem Mörder selbst die Tür geöffnet haben. Der Täter hat ihm dann mit einem fast aufgesetzten Schuss mitten ins Gesicht getroffen. Wir haben das Projektil gefunden. Es ist durch den Kopf durch und am Hinterkopf wieder ausgetreten. Es steckt in der hölzernen Garderobenwand. Die Spurensicherung hat es noch nicht entfernt, aber es sieht aus wie ein Neun-Millimeter-Geschoss.«

»Donnerwetter. Wer reist mit einer Flak durch die Lande?«

»Wer ermordet kaltblütig Staatsanwälte, die sich nicht kleinkriegen lassen und dem Druck widersetzen, der von allen Seiten auf sie ausgeübt wird?«, antwortete Vollmers mit einer Gegenfrage.

Sie schwiegen eine Weile, bis der Hauptkommissar wieder sprach. »Da ist noch etwas. Der Täter hat möglicherweise ein Handy verloren. Es ist einem der Neugierigen aufgefallen, als es plötzlich zu klingeln begann. Der Mann hat es aufgehoben und in die Runde gefragt, ob jemand sein Mobilfon verloren hat. Nachdem sich keiner meldete, hat er das Gespräch angenommen.«

»Und, ist ein Gespräch zustande gekommen?«

»Der Anrufer hat nur gefragt: ›Fred, bist du es? Ist alles gut gelaufen?‹ Und als der Mann antwortete, dass er nicht Fred wäre und wer das sein sollte, hat der Anrufer die Verbindung schnell beendet.«

»Haben wir das Telefon sichergestellt?«

Vollmers sah fast ein wenig entrüstet aus.

»Selbstverständlich.«

FÜNF

Bereits eine viertel Stunde vor acht saßen die ersten Beamten im großen Sitzungssaal. Das einzig beherrschende Gesprächsthema war der Mord an Staatsanwalt Kremer.

Ein älterer Polizist hatte gleich zwei Morgenzeitungen vor sich ausgebreitet. »Terroristen im Blutrausch – Starb der Staatsanwalt, weil die örtliche Polizei versagte? – Berlin zieht das Verfahren an sich« hatte ein Blatt aufgemacht. Ein anderes zeigte auf der halben Titelseite ein verschwommenes Bild von der Eingangstür und dem dahinter liegenden Kremer. Mit dicken Lettern textete diese Zeitung: »Sie schossen ihm den Kopf ab.«

Lüder hatte mit Widerwillen die Sensationsmeldungen eines Teils der Morgenpresse zur Kenntnis genommen. Seriösere Zeitungen berichteten auf der Titelseite auch über die Bluttat, beließen es aber bei einer Ablichtung des Hauses und der polizeilichen Absperrungen. Außerdem waren die Schlagzeilen weniger reißerisch gestaltet.

Kriminaldirektor Nathusius hatte einen größeren Kreis von Polizeibeamten zusammengerufen. Langsam füllte sich der Raum, bis sich etwa vierzig Frauen und Männer eingefunden hatten.

Zwei Minuten vor acht betrat der Kriminaldirektor den Raum. Er wurde begleitet von Dr. Pagenkämper, von Glahn und einem Mittvierziger, den Lüder schon einmal gesehen hatte.

Die Männer nahmen an der Stirnseite Platz. In seiner kurzen Begrüßung stellte Nathusius den Mann zu seiner Linken als Oberstaatsanwalt Brechmann vor, der die Ermittlungen im Fall Kremer leiten sollte.

Der Kriminaldirektor erklärte, dass sofort eine Sonderkommission gebildet würde, die sich ausschließlich mit diesem Mord auseinandersetzen sollte. Vorerst sollten achtundzwanzig bereits informierte Beamte in dieser Gruppe mitarbeiten. Die Leitung würde Kriminaloberrat Gärtner übernehmen.

Lüder kannte seinen Kollegen als ruhigen, besonnenen Kriminalisten. Nathusius hätte keinen Besseren finden können.

Nach dem Kriminaldirektor sprach der Oberstaatsanwalt. Er drückte seine Betroffenheit über den Tod des jungen Kollegen aus und versicherte den Angehörigen Anteilnahme und Mitgefühl. In matten Worten erklärte er, dass sich der demokratische Rechtsstaat nie der Anarchie und dem Terrorismus beugen werde.

Ähnliche Worte fand auch Dr. Pagenkämper, der sich im Namen seines Ministers an der Spitze derer sah, die leidenschaftlich und erbarmungslos den oder die Täter stellen wollten. Die herausragende Bedeutung der ganzen Affäre – Lüder war überrascht, dass er von Affäre sprach – habe man schon rechtzeitig bei den verantwortlichen Stellen in Berlin erkannt und umgehend geeignete Maßnahmen getroffen. Dann wagte er sich noch ein Stück weiter hinaus und forderte von der Politik Gesetze, die den Strafverfolgungsbehörden ein härteres Vorgehen gegen Verbrecher dieser Art gestatten würden. Erst zum Schluss seiner Ausführungen fand auch Dr. Pagenkämper Worte des Mitleids für das Opfer und dessen Familie.

Danach bat Kriminaloberrat Gärtner die Mitglieder der Sonderkommission, zur Abstimmung der weiteren Vorgehensweise noch zu bleiben, während die anderen den Saal verließen. An der Tür stieß Lüder mit Vollmers und Horstmann zusammen und bat sie mit in sein Büro.

»Dieser Pagenkämper. So ein Blindfisch«, schimpfte Horstmann. »Mir ist selten so ein verlogenes Subjekt begegnet.«

»Bleib ruhig, Junge«, versuchte Vollmers seinen Kollegen zu besänftigen. Dann sah der Hauptkommissar Lüder an.

»Die sind doch nur aufgrund der öffentlichen Meinung eingeknickt. Durch Kremers Tod sind die da oben gezwungen, eine Show für die Allgemeinheit abzuziehen. Warum hat man uns zum Beispiel nicht mit in diese Sonderkommission einbezogen?«

»Das frage ich mich auch«, antwortete Lüder. Dann sah er Vollmers an. »Ich habe noch ein paar Fragen. Können Sie für mich herausfinden, wem folgendes Fahrzeug gehört?« Er nannte das Kennzeichen des Audi aus dem Landkreis Güstrow, mit dem Forstheim am gestrigen Abend abgeholt wurde. »Außerdem interessieren mich die Ergebnisse der Spurensicherung aus Flintbek. Können Sie auch einmal in unseren zentralen Dateien auf Spurensuche gehen, ob Sie etwas über ›Fred‹ finden? Das ist der geheimnisvolle Anrufer, den der Zuschauer bei Aufheben des Handys in der Leitung hatte. Natürlich möchte ich auch wissen, wem das Handy gehört.«

»Ich bin mir sicher, dass, mit Ausnahme des Kennzeichens, alle anderen Spuren bereits von der Sonderkommission verfolgt werden.«

»Mit Sicherheit«, pflichtete Lüder bei, »aber vielleicht haben Sie einen besseren Draht. Es würde sicher auffallen, wenn ich mich danach erkundige.«

»So weit sind wir gekommen«, warf Horstmann ein, »dass wir schon untereinander geheimnisvoll tun. Sind Sie denn noch am Ball?«

Vollmers sah seinen langjährigen Kollegen von der Seite an. »Du warst doch dabei, als die Aufgabenverteilung vorhin besprochen wurde.« Er wurde durch Nathusius unterbrochen, der in Lüders Büro trat.

»Sie wundern sich bestimmt über den Verlauf«, sagte der Kriminaldirektor. »Dr. Pagenkämper hat sich die Gesamtleitung der Ermittlungen vorbehalten. Der Oberstaatsanwalt ist nur das offizielle Aushängeschild. Ausdrücklich angewiesen wurde auch, dass niemand aus dem Kreis der bisher mit den Ermittlungen betrauten Beamten in der Sonderkommission mitwirken soll.«

»Wer trifft solch schwachsinnige Entscheidungen?«, ereiferte sich Horstmann.

Lüder musste ihm Recht geben, obwohl er es vielleicht anders formuliert hätte.

Doch Nathusius schien dem Oberkommissar die Erregung nicht übel zu nehmen.

»Ich teile Ihre Empörung, aber da sind Entscheidungsprozesse gelaufen, die sich auch mir entziehen. Wir können gegen diese Weisungen nicht opponieren.«

Lüder war sich sicher, dass der Kriminaldirektor die Anweisungen nicht kritiklos entgegengenommen hatte. Nathusius hatte mit seiner Redegewandtheit und seinem wachen Verstand bestimmt eine andere Vorgehensweise vorgeschlagen. Seine Loyalität gegenüber dem Dienstherrn verbot es ihm aber, seine eigenen Ansichten in diesem Kreis zu erläutern. Mit einem Händedruck und einem Klopfen auf Horstmanns Schulter entließ er die beiden von der Mordkommission. Er hatte schon den Türgriff in der Hand, als er Lüder ansah.

»Es bleibt bei unserer Vereinbarung. Sie stehen jetzt als Ein-Mann-Task-Force gegen den ganzen Apparat.«

Nachdem Nathusius das Zimmer verlassen hatte, erkundigte sich Lüder nach dem Zustand von Frau Kremer. Ihm wurde berichtet, dass sie im Städtischen Krankenhaus lag und noch nicht ansprechbar sei. Über die Kinder konnte er nur in Erfahrung bringen, dass sie vom Jugendamt versorgt würden. Man wollte ihm keine Auskunft darüber erteilen, wie es den Kleinen ging.

Jetzt liegen schon drei Frauen im gleichen Krankenhaus, die alle ohne eigenes Zutun in diesen Fall verwickelt sind, überlegte Lüder. Dazu gab es zwei Tote. Merkwürdig war, dass beide auf unterschiedliche Weise ermordet worden waren. Häufig verwenden Täter für die zweite Tat die gleiche Methode. Beide Morde waren geplant und vorbereitet. Von daher war auszuschließen, dass sich der Täter eines zufällig in seiner Nähe befindlichen Gegenstands bedient hat. Das galt für die Schusswaffe wie für das ungewöhnliche Messer mit südamerikanischem Ursprung. Sicher war nur, dass sich beide Taten durch ein brutales Vorgehen auszeichneten. Es musste schon ein mächtiger Gegner sein, der sich ihnen entgegenstellte, wenn er über mehr als einen Killer verfügte.

Während Lüder noch überlegte, wie er weiter vorgehen wollte, meldete sich Dr. Vollquardsen.

»Unser Vorstand hat vorhin mit Ihrem Vorgesetzten gesprochen und sich darüber beschwert, dass seit einer Stunde zahlreiche Polizisten auf dem Firmengelände sind und durch ihre Ermittlungsarbeit den Betriebsablauf nachhaltig stören. Herr Nathusius hat gesagt, Sie allein wären unser Ansprechpartner. Ist es Ihnen möglich, in einer viertel Stunde zu einem Round-Table-Gespräch bei uns zu sein?«

»Vielleicht nicht in dieser Zeit, aber grundsätzlich bin ich immer offen für die Kommunikation«, erwiderte Lüder und sagte zu.

Er hätte es schneller geschafft, aber er ließ die Herren bewusst etwas warten, um deutlich zu machen, dass er nicht zu denen gehörte, die beim kurzen Pfiff dieser Leute brav apportierten.

Es waren seit dem Anruf fast siebzig Minuten vergangen, als ihn eine Sekretärin in das Arbeitszimmer des Vorstandsmitglieds Cornelius Vanderborg führte. In einer bequemen Sitzgruppe saßen drei Männer. Dr. Vollquardsen und der australische Waffenlobbyist Taylor waren ihm bekannt. Der dritte war ein stämmiger Mann mit graumeliertem, straff zurückgekämmtem Haar. Ein leicht schwammiges Gesicht mit einer Knollennase, ein grauer Anzug, dem das Bügeln sicher gutgetan hätte, und der vorgewölbte Bauch ließen nicht erkennen, dass es sich um einen der bedeutendsten Wirtschaftsführer des Landes handelte. In der Fußgängerzone hätte Vanderborg als gemütlicher Ruheständler auf Shoppingtour durchgehen können.

Alle drei erhoben sich, und der Werftdirektor trat Lüder entgegen. Noch schneller schaltete aber ein vierter Mann, der unbeteiligt bei der Sekretärin im Vorzimmer gesessen hatte. Lüder hatte keine zwei Schritte in das Vorstandsbüro gemacht, als er von hinten fest umklammert und mit einem Ruck herumgerissen wurde. Bevor er reagieren konnte, hatten die Hände des Unbekannten das Schulterhalfter mit der Dienstwaffe erkundet und wollten die Pistole greifen. Das alles hatte sich in Sekundenbruchteilen ereignet. Lüder machte einen Schritt zurück und schlug dabei von unten die Hände des Mannes zur Seite, in dem er jetzt den Leibwächter Taylors erkannte. Der missverstand Lüders Handeln, machte einen kurzen Ausfallschritt und schlug ansatzlos von unten einen rechten Haken auf Lüders Leber. Der sackte atemlos in sich zusammen, krümmte sich und bekam keine Luft mehr.

Noch bevor der Angreifer ein zweites Mal zuschlagen konnte, wurde er durch einen kurzen Ruf Taylors gestoppt. Aus funkelnden Augen sah er Lüder an, der immer noch benommen war. Die wulstigen Lippen des Mannes bewegten sich tonlos. Es war eine fremde Sprache, sodass Lüder den Wortlaut nicht von den Lippen ablesen konnte. Der Sinn aber war international verständlich, und auch ohne Übersetzung erkannte Lüder die Drohung. Dann drehte sich der Mann um und verließ wortlos das Zimmer.

»Ich fürchte, das war ein Missverständnis«, erklärte Vanderborg, ohne sich nach dem Befinden Lüders zu erkundigen oder gar ein Wort des Bedauerns zu äußern.

»Mein Bodyguard erfüllt seine Aufgabe mit hoher Verantwortung«, ergänzte Taylor.

Beide Männer hatten Englisch gesprochen.

Lüder nahm ohne Aufforderung Platz, griff zu einem Glas, öffnete eine der Pellegrino-Flaschen und trank einen Schluck.

Deutlich spürte er noch die Folgen des Überraschungsangriffs, doch er wollte sich in dieser Runde nichts anmerken lassen. Dem Leibwächter würde er die Rechnung präsentieren. Dann sah er die drei anderen der Reihe nach an.

»Wir sind hier in Deutschland. Hier wird Deutsch gesprochen«, verkündete Lüder und zeigte mit dem ausgestreckten Finger auf Taylor. »Wenn *der* das nicht versteht, hat er Pech gehabt. Deutsch ist die Sprache Europas, zu der sich die meisten Menschen als Muttersprache bekennen.«

Alle drei waren über Lüders harsche Reaktion irritiert. Vanderborg war es sicher nicht gewohnt, insbesondere nicht in seinem Büro, dass ihm jemand offenkundig unfreundlich begegnete.

Der Werftdirektor öffnete den Mund, doch Taylor kam ihm zuvor.

»Ich verstehe Deutsch ebenso wie die *bedeutenden* Sprachen dieser Welt.«

Der Australier hatte mit einem einzigen Satz ein Zeugnis seiner internationalen Erfahrung abgeliefert und klargemacht, dass Deutsch *nicht* zu den ersten Sprachen gehörte. Lüder war es lieb so. Die Positionen waren abgesteckt. Nach nur zwei Minuten wussten alle im Raum, ohne lange Worte gewechselt zu haben, wo sie standen.

Dr. Vollquardsen blickte demonstrativ auf die Uhr.

»Wir hatten vor über einer Stunde miteinander telefoniert«, sagte er spitz.

Lüder sah ihn nur an, ohne zu antworten. Er gab sich nicht die

Blöße, eine Entschuldigung vorzubringen. Stattdessen erwiderte er: »Was veranlasst Sie, meine Zeit in Anspruch zu nehmen?«

»Es gibt erhebliche Beeinträchtigungen unseres Betriebsablaufs«, übernahm Vanderborg das Wort. »Zum einen behindert uns der Polizeieinsatz in unserer Arbeit. Ich appelliere an Sie, diesen aus meiner Sicht unnützen Aufwand abzubrechen und Ihre Arbeit auf ein angemessenes Maß zu justieren. Zudem sehen wir uns unangenehmen Störungen ausgesetzt, die nicht nur an der Effizienz und somit an der Produktivität unseres Unternehmens zehren, sondern auch unsere internationale Reputation beeinträchtigen könnten. Es geht hier um zwei immens wichtige Faktoren: den Technologiestandort Deutschland und um Arbeitsplätze in der Region.«

Natürlich hatte Lüder Argumente dieser Art erwartet. Die beiden vorgebrachten Gründe zogen immer. Selbstverständlich waren die hier anwesenden Männer nicht darauf aus, als Wohltäter der Arbeitnehmer zu agieren oder aus Idealismus den Ruhm ihres Heimatlandes zu mehren, zumal zwei von ihnen gar keine Deutschen waren. Vanderborg war Holländer, und Taylor kannte nur die Vertretung seiner eigenen Interessen. Trotzdem fielen, gleichsam als Brosamen, bei der Durchsetzung der ganz individuell gelagerten Zielvorstellungen dieser Leute auch Arbeitsplätze ab. Wenn Vanderborg es zur Erzielung eines besseren Shareholder-Values für angemessen erachten sollte, würde er mit Sicherheit nicht zögern, Arbeiter zu entlassen. Und die Lobby der Arbeitnehmer war in diesem Spiel nicht vertreten. Die Beschäftigten hatten kein Interesse an einer Schädigung des Werftstandortes. In diese Richtung mussten die Ermittlungen nicht geführt werden. Nicht einmal die Friedensaktivisten um den Dauerprotestierer Potthoff-Melching hatten das Schicksal von Familien wie der des Werftarbeiters Dennis Altrogge im Visier. Der Kriegswaffengegner war Lehrer und musste sich nicht um seine berufliche Zukunft sorgen.

Ich sollte nicht mit Steinen werfen, schoss es Lüder durch den Kopf, ich sitze als Beamter selbst im Glashaus.

»Der Einsatz der Polizei auf Ihrem Betriebsgelände wurde durch die Staatsanwaltschaft veranlasst«, behauptete Lüder kühn, da er es nicht genau wusste. Wahrscheinlich lag er aber richtig mit dieser Vermutung. »Da bin ich nicht Ihr Ansprechpartner. In einem gut organisierten Betrieb sollte das aber keine Störung bedeuten.«

Vanderborg sah Dr. Vollquardsen an. Die Spitze mit dem »gut organisierten« Betrieb hatte gesessen.

»Wegen der Eskalation der Gewalt halte ich die Maßnahmen der Behörden für angemessen. Zu ihrem zweiten Punkt kann ich nichts anmerken, weil mir dazu Einzelheiten fehlen.«

Vanderborg lehnte sich ein wenig zurück. Seine Gesichtzüge entspannten sich.

»Herr Taylor ist in unserem Hause, weil wir Grundsatzgespräche zu zukunftsweisenden Projekten führen«, erklärte der Werftvorstand.

Lüder wandte sich direkt an den Australier.

»Haben Sie auch beim Argentinienauftrag Ihre Finger im Spiel?«

Taylor ließ kein Mienenspiel erkennen, zuckte nicht einmal mit den Mundwinkeln. Für ihn antwortete Vanderborg. »Ich glaube nicht, dass vertragliche Fragen Gegenstand unserer momentanen Betrachtung sein sollten. Es geht um die Zukunft …«

»… und um Arbeitsplätze«, warf Lüder ein.

Vanderborg ignorierte die spitze Bemerkung.

»Die Kontinuität unserer Entwicklungsarbeit und unsere herausragende Positionierung in einer globalisierten Welt können wir nur durch internationale Zusammenarbeit sicherstellen. Herr Taylor ist einer der Partner, mit denen wir an der Welt von morgen arbeiten.«

Lüder unterdrückte den Einwurf, das er Zweifel daran hegte, dass diese Zukunft unbedingt Hightech-Waffen benötigen würde.

»Durch Beeinträchtigungen in unserem Betriebsablauf, deren Urheber wir noch nicht haben identifizieren können, wird möglicherweise das Vertrauen in unsere Leistungsfähigkeit erschüttert. Wir müssen jeden möglichen Zweifel daran ausmerzen. In diesem Punkt besteht Übereinstimmung mit den Verantwortlichen in Berlin und in der hiesigen Landesregierung. Ich setze alle meine Erwartungen dahin, dass uns die zuständigen Behörden den Rücken freihalten. Sie können uns am besten helfen, indem Sie der Leute habhaft werden, die unsere Arbeit sabotieren, sei es durch Einbruchsversuche oder Attacken gegen unsere Informationstechnologie, aber auch durch Aktionen wie die Ermordung unserer Gäste. Auch diesen rufschädigenden Aktionen verbohrter Spinner in der Stadt und vor unserem Werktor muss Einhalt geboten werden.«

Vanderborg sah Lüder durchdringend an. »Auf Ihnen ruht viel Verantwortung. Wenn Sie Unterstützung und Hilfe benötigen, dann lassen Sie es meinen Mitarbeiter Dr. Vollquardsen wissen. Es sollte weder am guten Willen noch an der Bereitstellung anderer Ressourcen mangeln.«

Es hätte nichts gebracht, wenn Lüder mit den dreien eine Diskussion gestartet hätte. Wenn die Motive der Manager auch andere waren, so hatten sie doch das gleiche Ziel: Die Aufklärung der Morde, obwohl an dieser Stelle nicht ein Wort zur Ermordung Kremers gefallen war. Und natürlich konnte Lüder nicht verhehlen, dass die Werft einen legitimen Anspruch auf Unterstützung der Polizei hatte, wenn sie durch rechtsmissbräuchliche Maßnahmen Dritter gestört wurde.

Die Verabschiedung fiel kurz und unterkühlt aus. Im Vorzimmer schenkte Lüder dem dort ausharrenden Leibwächter Taylors keinen Blick. Aber direkt nach dem Hinaustreten auf dem Gang hatte Lüder sein Handy herausgeholt, rief Hauptkommissar Vollmers an und gab ein paar Anweisungen durch.

*

Es war fast Mittag, als der dunkelblaue Mercedes durch das Werktor fuhr. Bevor er das Betriebsgelände ganz verlassen hatte, stellte sich ein Mann in Zivil vor das anrollende Fahrzeug und zwang den Fahrer zum Bremsen. Im selben Augenblick wurde der Wagen von drei Polizeibeamten in Uniform umstellt, die nicht nur mit einem dunklen Helm bekleidet waren, sondern auch Kugelschutzwesten trugen. Die Polizisten des SEK umstellten das Fahrzeug mit gezogener Waffe. Die Reaktion der Fahrzeuginsassen war durch die getönte Scheibe nur schemenhaft zu erkennen. Das Gesicht des Fahrers zeigte Erstaunen und Irritation. Der ebenfalls bewaffnete Zivilist trat an die Fondtür des Mercedes und wollte sie öffnen, nachdem sich ein Streifenwagen vor das Fahrzeug gestellt hatte und somit die Weiterfahrt blockierte. Aber der Fahrer machte keine Anstalten zu fliehen.

Erst nach mehrfacher Aufforderung wurde im Inneren der gepanzerten Limousine die Türblockade gelöst, und die Beamten rissen an beiden Seiten die Türen auf. Immer noch hielten sie ihre Waffen auf die Leute im Auto gerichtet. Langsam entstiegen die drei dem Wagen und streckten ihre Hände in die Höhe.

Einer der SEK-Beamten durchsuchte die drei Männer und förderte dabei sowohl beim uniformierten Fahrer wie auch bei einem der Passagiere im Fond Pistolen zutage.

Der dritte Insasse, Douglas Taylor, war unbewaffnet, protestierte aber am heftigsten gegen die polizeilichen Maßnahmen. Seine Einwände blieben fruchtlos. Dafür durfte er aber ohne Handschellen eines der Einsatzfahrzeuge besteigen, während es seinem Leibwächter weniger gut erging.

Der Fahrer, Mitarbeiter eines Sicherheitsdienstes, konnte einen gültigen Waffenschein vorweisen. Nachdem vor Ort seine Personalien aufgenommen worden waren, konnte er mit dem Mercedes die Heimfahrt ohne seine Kunden antreten.

Der Waffenlobbyist und sein Bodyguard wurden zum Dienstgebäude der Kieler Kripo gebracht.

*

Lüder saß Hauptkommissar Vollmers in dessen Büro gegenüber und trank Kaffee, als Oberkommissar Küster, der den Einsatz am Werktor geleitet und sich dem Mercedes mutig in den Weg gestellt hatte, vom erfolgreichen Abschluss der Aktion berichtete.

»Taylor schimpft wie ein Rohrspatz und verlangt umgehend Vanderborg oder von Glahn zu sprechen.«

»Von Glahn vom Auswärtigen Amt?«, fragten Lüder und Vollmers wie aus einem Munde.

»Ja. Wir haben ihm gesagt, dass er das Recht hat, einen Anwalt oder seinen Konsul in Frankfurt zu sprechen.«

»Für Schleswig-Holstein ist die Konsularabteilung der australischen Botschaft in Berlin zuständig«, unterbrach ihn Lüder.

Doch Küster ließ sich nicht irritieren. »Das ist doch piepeschnurzegal. Er ist uns fast ins Gesicht gesprungen, als wir ihm konsularische Hilfe seines Heimatlandes angeboten haben. Ich glaube, der würde sich lieber in unserer Arrestzelle verstecken, als sich seiner Heimat auszuliefern. Das wird spannend, herauszufinden, ob die ihn suchen.«

»Gegen ihn liegt sonst nichts weiter vor. Ich fürchte, wir müssen ihn wieder laufen lassen. Das Ganze ist aber eine heilsame Lehre für ihn, dass wir uns weder einschüchtern noch für dumm verkaufen lassen«, meinte Lüder.

»Dafür haben wir Andranik Wartanjan vorläufig festgesetzt. Das ist der Bodyguard. Wir haben bei ihm eine Smith & Wesson gefunden. Die Waffe haben wir sichergestellt. Wir werden analysieren, ob damit auf Kremer geschossen wurde. Einen gültigen Waffenschein konnte er uns nicht vorweisen. Dies und der tätliche Angriff gegen Sie sollten ausreichen, ihn für eine Zeit festzusetzen. Ich habe bereits versucht, Oberstaatsanwalt Brechmann zu erreichen, damit er uns einen Haftbefehl besorgt.«

»Sollten wir …?«, fragte Lüder, aber Vollmers unterbrach ihn.

»Natürlich sind wir dabei, unsere Dateien zu durchforsten. Auch die Anfrage bei Interpol ist angeleiert. Darüber hinaus habe ich noch einige interessante Neuigkeiten.«

Vollmers hüstelte.

»Ich habe einen Spezi, der in der Sonderkommission mitmischt. Da wäre zuerst das Handy, das möglicherweise der Täter verloren hat.«

»Das, auf dem nach ›Fred‹ gefragt wurde?«

»Genau das. Auf dem Gerät befanden sich keine Anruflisten, kein Hinweis auf ankommende oder abgehende Gespräche. Selbst die Wahlwiederholung hat nichts gebracht. Dafür kennen wir den Besitzer.«

»Und? Wer verbirgt sich dahinter?«

Vollmers winkte ab. »Ein Toter. Der Vertrag für das Prepaid-Handy läuft auf Wolfgang Satowski. Der ist aber vor einem viertel Jahr gestorben und wurde in seiner Heimatstadt Hamburg von der Sozialbehörde in einem Armengrab in Ohlsdorf verscharrt. Der Mann war ein den Behörden bekannter Sozialfall und wurde wahrscheinlich nur als ›Hülle‹ von irgendwelchen Leuten benutzt, die ihre eigene Identität nicht offenlegen wollten. Bei dieser Gelegenheit haben die Kollegen festgestellt, dass Satowski nicht weniger als fünfzehn Handyverträge abgeschlossen hatte. Das ist ja nicht strafbar, und geschädigt wurde dabei auch niemand.«

»Ein sicherer Beweis dafür, dass wir es hier mit Profis zu tun haben.«

Vollmers sah Lüder spöttisch an. »Daran haben wir doch nie gezweifelt, oder?«

»Die Tatwaffe ist auch identifiziert. Es handelt sich um eine Makarow.«

»Eine seltene Waffe«, sagte Lüder. »Sie wird vom russischen Militär eingesetzt und war die Ordonanzpistole der Roten Armee.«

»Das Projektil ist ein Neun-Millimeter-Hohlspitzgeschoss aus Blei.«

Lüder war erstaunt. »Das ist mehr als bösartig. Durch die konkave Spitze kommt es bei Aufprall zu starken Deformationen, was noch bösartigere Verletzungen verursacht, als es herkömmliche Geschosse vermögen, weil beim Eindringen die Geschossenergie auf das Ziel übertragen wird.«

Vollmers nickte. »Die Waffe war fast aufgesetzt. Das haben die Rechtsmediziner festgestellt. Die heißen Gase und Rußpartikel der Treibladung haben einen verfärbten Ring um die Einschussstelle hinterlassen, also die berühmten Schmauchspuren. Die ganze Art der Tatausführung zeugt von einer Hinrichtung. Der Täter war zudem kleiner als Kremer, sodass der Schusskanal von unten nach oben führte. Durch die Haltung der Waffe und das verwendete Geschoss kam es zu einer Druckübertragung auf den Schädelinhalt. Das Schädelskelett wurde förmlich in alle Richtungen auseinandergesprengt. Kein Wunder, wenn man bedenkt, dass die Geschwindigkeit des Projektils über eintausendzweihundert Stundenkilometer beträgt.«

»Wer benutzt so etwas? Vielleicht lässt das Rückschlüsse auf den Täterkreis zu.«

»In der Sonderkommission arbeiten viele gute und erfahrene Leute. Die haben mit Sicherheit die gleiche Idee und werden dieser Spur mit Akribie folgen. Weiterhin haben wir versucht, das Geheimnis um ›Fred‹ zu lüften. Leider ohne Erfolg. Weder ›Fred‹ noch ›Alfred‹ noch ähnliche Begriffe haben irgendwelche Anhaltspunkte ergeben. Natürlich tauchen diese Synonyme massenhaft in unseren Dateien auf, aber keine Spur führt in unseren Motivbereich.«

»Das heißt, kein unter dem Stichwort ›Fred‹ gespeicherter Kunde kommt für eine politisch und gar terroristisch motivierte Straftat in Frage«, sagte Lüder.

»Richtig. Unseren ›Fred‹ gilt es noch zu finden.«

»Bleibt als einzige Spur nur noch das Fahrzeug, mit dem Forstheim gestern abgeholt wurde, nachdem er Hinterbichlers Bordell verlassen hatte.«

Vollmers kramte eine Notiz von seinem Schreibtisch hervor.

»Das Fahrzeug mit dem Kennzeichen ›GÜ‹ für Güstrow ist auf Timothy McBain zugelassen. Er ist britischer Staatsbürger und arbeitet als Golflehrer auf Schloss Teschow.«

»Wo ist das? Der Landkreis Güstrow liegt in Mecklenburg-Vorpommern.«

»Teschow gehört zu Teterow. Das ist eine Kleinstadt in der Mecklenburgischen Schweiz, grob zwischen Rostock und Berlin. Ich habe noch nichts weiter veranlasst, insbesondere nicht die dortigen Kollegen gebeten, den Mann aufzusuchen. Wir haben nichts gegen ihn vorzubringen. Falls die Spur heißer werden sollte, würden wir zudem nur jemanden aufschrecken, ohne davon profitieren zu können.«

»Der Mann ist vorgemerkt. Aber dass auf seinem Namen der Wagen zugelassen ist, mit dem Forstheims Geliebte in Kiel herumfährt, ist keine strafbare Handlung.«

Lüders Handy meldete sich. Kriminaldirektor Nathusius war am Apparat.

»Ich habe soeben erfahren, dass Oberstaatsanwalt Brechmann den Leichnam von Commodore Hernandez zur Überführung nach Argentinien freigegeben hat. Die Botschaft hat noch einmal mächtig Druck auf das Auswärtige Amt ausgeübt. Und nachdem von Glahn vorhin beim Oberstaatsanwalt vorstellig geworden ist, ist dieser vermutlich eingeknickt.«

Lüder berichtete Vollmers von dieser Entscheidung.

Der Hauptkommissar sah verärgert aus. »Entweder ist Brechmann dumm und erkennt die Zusammenhänge nicht, oder er ist tatsächlich von interessierten politischen Kreisen weichgekocht worden. Was veranlasst Berlin und unsere Landesregierung, sich so intensiv in diesen Fall einzuschalten?«

»Das ist ein Frage, auf die wir derzeit keine Antwort kennen«, erwiderte Lüder.

Vollmers spielte mit einem Kugelschreiber, den er dann auf Lüder richtete. »Oder …«

»… die Gegenseite hat besonders schnell reagiert und auch Brechmann schon bedroht. Der hat bestimmt noch das Bild vor Augen, was mit Kremer geschehen ist.«

»Mensch, Herr Lüders. Passen Sie gut auf sich auf«, schloss Vollmers das Gespräch.

*

Lüder war unschlüssig über seine weitere Vorgehensweise, als er zu seinem BMW zurückkehrte. Er beschloss, den Kriegswaffengegnern einen Besuch abzustatten. Ein kurzes Telefonat mit seinem Büro verschaffte ihm die Adresse von Potthoff-Melching.

Der Lehrer wohnte in der Johannesstraße in Gaarden, einem ursprünglichen von Arbeitern geprägten Stadtteil, in dem heute in den meisten Geschäften die Waren zweisprachig in Deutsch und Türkisch ausgezeichnet wurden. Es war schwierig, einen Parkplatz zu finden. Lüder parkte seinen BMW unter Missachtung eines Verbotsschildes und klingelte kurz darauf an der Haustür des Lehrers.

Nachdem ihm der Summer den freien Zutritt signalisierte, überwand er die Treppe bis zur zweiten Etage. Potthoff-Melching empfing ihn in der Haustür und blinzelte ihm durch die runde Nickelbrille entgegen. Die abstehenden Haare und das zu enge T-Shirt in Verbindung mit der verwaschenen Jeans verliehen dem Mann das Aussehen eines achtundsechziger Altrevolutionärs. Lüder fragte sich, ob Potthoff-Melching in dieser Aufmachung auch vor seine Schüler treten würde.

»Ja, bitte?«, fragte der Mann.

»Polizei. Ich hätte ein paar Fragen an Sie.«

Potthoff-Melching schien nicht überrascht. Er ließ sich Lüders Ausweis zeigen, nahm das Dokument in die Hand und studierte es gründlich.

»Um was geht's?«, fragte er dann.

»Ich ermittle im Umfeld einer Mordsache und habe dazu Fragen, die auch das erweiterte Umfeld tangieren«, drückte sich Lüder vorsichtig aus.

Diese Auskunft schien Potthoff-Melching zu irritieren. Er gab die Tür frei und bat Lüder in die Wohnung.

Der kleine Flur war nahezu unmöbliert. Lediglich an einer Wandgarderobe hingen ein paar Kleidungsstücke, die zum Outfit des Lehrers passten.

Lüder betrat ein Zimmer, das dem Wohnungsinhaber als universell nutzbare Räumlichkeit diente. Vor dem Fenster stand ein abgestoßener Schreibtisch aus dunklem Holz, an dessen Seite eine zerschlissene Aktenmappe lehnte. Auf dem Schreibtisch türmten sich Schulbücher und lose Blätter, die wie eine Klassenarbeit aussahen. Natürlich war auch ein Computer installiert. Lüder fiel der Drucker auf, der größer als die im Allgemeinen in Privathaushalten genutzten Modelle war. Möglicherweise diente das Gerät der Herstellung von Schriften, die Potthoff-Melching im Rahmen seines Friedensengagements publizierte.

Die Sitzfläche des Schreibtischstuhls, der so alt war, dass er noch mit vier Rollen auskam, war an der Seite aufgeplatzt, und gelber Schaumstoff quoll aus dem Riss hervor.

Die Seiten des Raumes waren mit Bücherregalen vollgestellt, wobei allerdings weder ein moderner Großbildfernseher noch die dazugehörige Unterhaltungselektronik fehlte.

Die an das Bücherregal gelehnte Wandergitarre rundete das Bild eines immer noch seiner Studentenzeit verbundenen Mannes ab.

Lüder nahm in einem Sitzsack Platz, während Potthoff-Melching sich einen großen Ball heranzog.

»Warum zeigen Sie so ein intensives Interesse an den argentinischen U-Booten, die derzeit in Kiel gebaut werden?«

Potthoff-Melching holte tief Luft. »Mich interessieren nicht *argentinische* Kriegsschiffe, sondern ich protestiere gegen den Wahnsinn des internationalen Wettrüstens, gleich wo dieses auf der Welt geschieht.«

»Und warum ausgerechnet hier in Kiel?«

Der Lehrer sah Lüder an, als zweifle er an dessen Zurechnungsfähigkeit.

»Weil ich hier lebe. Ich kann doch schlecht nach meiner Arbeit in fremde Länder fahren und dort protestieren. Das machen andere Menschen, dort vor Ort, die genauso wie unsere Gruppe zu der Erkenntnis gelangt sind, dass die Erde andere Probleme hat, als sich selbst in die Luft zu jagen. Ich will Ihnen gern erklären, worin das Grundübel unserer Zeit liegt. Die Politiker glauben, dass …«

Lüder unterbrach ihn. »Ich habe nicht die Absicht, mit Ihnen eine politische Grundsatzdiskussion zu führen. Sie sind Lehrer, nicht wahr?«

Potthoff-Melching nickte.

»Dann kennen Sie sicher auch die geschichtlichen Abläufe besser als viele andere Menschen?«

»Davon gehe ich aus, aber …«

Erneut unterbrach ihn Lüder.

»Seit dem Zweiten Weltkrieg hat es noch nie in Europas Geschichte eine so lange Phase des Friedens gegeben, wie unsere Generation sie jetzt erleben durfte. Diese Tatsache, die sicher eine Leistung der Politiker gleich welcher Couleur ist, sollten Sie entsprechend würdigen.«

»Trotzdem wird deutsche Hochtechnologie eingesetzt, um Menschen zu töten.«

»Das trifft zumindest bei den U-Booten nicht zu. Sie können mir nicht einen Fall belegen, in dem hier produzierte Schiffe an kriegerischen Auseinandersetzungen beteiligt waren. Und deshalb sind auch die gewaltsamen und strafrechtlich relevanten Aktionen Ihrer Gruppe gegen die Werft und ihre Mitarbeiter nicht hinnehmbar.«

Potthoff-Melching sprang so erregt in die Höhe, dass der Sitzball davonrollte.

»Wir führen nur mahnende Worte als Waffe. Zu keinem Zeitpunkt haben wir uns zu tätlichen Übergriffen verleiten lassen.«

»Und die Auseinandersetzung in der Fußgängerzone? Kam es da nicht zu einem Gerangel mit dem Werftarbeiter?«

»Der junge Mann war etwas impulsiv. Aber ich bin sofort dazwischengegangen.«

»Und wer hat den Zettel mit den Drohungen gegen Dennis Altrogge verfasst, der an seinem zerschrammten Auto hinterlassen wurde?«

»Davon weiß ich nichts«, entgegnete Potthoff-Melching und fuhr sich nervös mit der Hand durch den Kranz abstehender Haare. »Aber ich distanziere mich von jeglicher Form von Gewalt.«

»Obwohl das nicht immer richtig ist«, mischte sich eine dunkle Stimme ein. Lüder gewahrte erst jetzt den jungen Mann mit den dichten dunklen Schopf, der im Türrahmen stand.

»Und wer sind Sie?«, fragte er.

Der Mann trat in das Zimmer und ließ sich in den zweiten Sitzsack fallen.

»Jesus Raúl Urquía«, stellte er sich vor. Er sprach Deutsch mit einem spanischen Akzent.

»Sie kommen aus Argentinien?«

»Sí. Ist das verboten?«

»Jesus studiert in Kiel und hat sich während seines Aufenthaltes in Deutschland unserer Gruppe angeschlossen«, erklärte Potthoff-Melching.

»Was studieren Sie?«

»Was studiert man schon in Kiel. Natürlich Volkswirtschaft. Im Nebenfach Soziologie.«

»Und Sie unterstützen die Ideale der Friedensbewegung?«

In den dunklen Augen des jungen Mannes funkelte es. Jetzt erkannte Lüder ihn wieder. Er hatte ihn auf den Bildern gesehen, die der chilenische Journalist von der Demonstration in der Fußgängerzone geschossen hatte. Er war der Mann im Hintergrund.

»Fred hat in manchen Punkten Recht«, erklärte Urquía, wurde aber sofort von Lüder unterbrochen.

»Fred? Wer ist Fred?«

Urquía zeigte auf Potthoff-Melching.

»Wieso Fred?«, fragte Lüder, an den Lehrer gewandt.

»Ich heiße David Friedrich Potthoff-Melching«, erklärte dieser.

»Und David ist ein zionistischer Name, den ich nicht verwenden will. Also sage ich Fred zu ihm.«

»Fred von Friedrich«, ergänzte Potthoff-Melching.

»Kann ich jetzt weitersprechen?« Urquías Stimme klang zornig. »Das Unrecht in dieser Welt gehört ausgemerzt. Und da sich die herrschenden Klassen immer der Gewalt und des legalen Unrechts bedienen, bleibt der Mehrheit nur, gleiche Mittel anzuwenden. Sehen Sie, die Diktatur in meiner Heimat hat zahlreiche Menschenleben gekostet. Ist es nicht vertretbar, wenn wir, die wir ganz unten sind, uns wehren?«

»Indem Sie auch Gewalt ausüben?«

»Wenn es sein muss …«, wich Urquía aus.

»Sie schrecken also weder vor Sabotage noch vor Mord zurück?«

»Feiger Mord ist kein geeignetes Mittel, um die Ziele durchzusetzen«, gestand der Argentinier ein. »Aber mit Worten allein können Sie die Eskalation der Gewalt nicht verhindern.«

»Und so nehmen Sie den Tod des Commodore und den des Staatsanwalts billigend in Kauf?«

»Ich achte Menschenleben, aber beim Abwägen eines gegen viele sind Kollateralschäden zwar bedauerlich, aber manchmal unausweichlich.«

»Haben Sie etwas mit den Morden zu tun?«

»Nein!« und »Ich kann sie verstehen«, antworteten beide gleichzeitig, wobei das klare Dementi aus Potthoff-Melchings Mund kam.

»Wo waren Sie gestern Abend?«, fragte Lüder.

»Wir waren hier, in meiner Wohnung, und haben künftige Strategien diskutiert«, antwortete Potthoff-Melching und zeigte auf zwei leere Rotweinflaschen, die neben dem Schreibtisch standen.

»Nur Sie beide?«

»Ja. Kein anderer. Und wir sind auch nicht gestört worden. Ich hatte extra das Telefon abgeschaltet, weil Sie als Lehrer sonst bis in den späten Abend von den Eltern Ihrer Schüler behelligt werden.«

»Und vorgestern?«

»Ich war hier und habe Arbeiten korrigiert«, sagte Potthoff-Melching.

»Und Sie?« Lüder sah Urquía an.

Der zuckte die Schultern. »Weiß ich nicht mehr«, gab er lakonisch zurück.

Lüder ließ sich von dem argentinischen Studenten noch die Papiere zeigen. Pass, Immatrikulationsbestätigung und Studentenausweis waren in Ordnung.

Nachdenklich verließ er die Wohnung des Friedensaktivisten. Merkwürdig, dass der junge Mann Potthoff-Melching »Fred« genannt hatte, da sie fieberhaft nach jemanden suchten, der so angesprochen wurde.

SECHS

Nathusius blätterte vor Lüder eine Reihe von Morgenzeitungen auf. Der Mord an Staatsanwalt Kremer beherrschte in den Boulevardblättern immer noch die Schlagzeilen. Lüder war nicht überrascht. Nathusius zeigte auf eine der schrillbunten Zeitungen.

»Seite drei«, sagte er nur.

Obwohl es Sonnabend war, hatten sich die beiden im Landeskriminalamt getroffen.

Lüder schlug die Zeitung auf und sah sich mit seinem eigenen Bild konfrontiert. Im Hintergrund war Hinterbichlers Bordell abgebildet, das Lüder gerade verließ und sich dabei umsah. Ein schwarzer Balken hatte seine Augenpartie überdeckt, aber dennoch war er deutlich zu erkennen.

»Ja? Und?«, fragte Lüder. »Da hat ein Pressefotograf vor dem Haus gewartet und mich abgelichtet.«

Nathusius sah ihn fast ein wenig mitleidig an.

»Das wäre schon schlimm genug, weil eigentlich nur wenige Leute wissen, dass Sie an diesem Fall arbeiten. Noch ärger ist der Text.«

Lüder überflog die Zeilen. Zorn stieg in ihm auf. Jetzt verstand er Nathusius.

Im Promipuff verkehrt sogar die Polizei

Im Edelbordell des Österreichers H. geht die Crème der Kieler Gesellschaft ein und aus. Deckt die Polizei dieses und darf dafür umsonst? Wurden zwei kleine Kinder Waisen, nur weil ihr Vater, der Staatsanwalt, einem Geflecht von Filz und Korruption auf die Schliche gekommen war?

Verkehrt der mit den Ermittlungen im Mordfall des argentinischen Marinebefehlshabers beauftragte Kriminalrat L. selbst im Promipuff? Nachbarn des Kriminalrats haben schon früher bemerkt, dass er offenbar ein unstetes Leben führt. Jetzt liegt sogar seine Lebenspartnerin geschockt im Krankenhaus. War es zu viel für die Hochschwangere?

Lüder legte angewidert die Zeitung zur Seite. »Wer denkt sich so einen Schmutz aus? Das ist eindeutig Rufmord. Außerdem behindern diese Schmierfinken zugunsten eines billigen Effekts unsere Arbeit. Wie kommen die überhaupt an diese Informationen?«

»Diese sogenannten Journalisten verstehen ihr Handwerk. Die kritischen Stellen sind alle mit Fragezeichen markiert und können somit nicht als falsche Behauptungen interpretiert werden. Und fragen darf eine freie Presse allemal.«

»Hat man keine Möglichkeiten, dagegen vorzugehen?«

Der Kriminaldirektor schüttelte den Kopf. »Kaum. Das Fragen fällt eindeutig unter die Pressefreiheit.«

Lüder betrachtete noch einmal das Bild. Er hatte nicht bemerkt, dass er beim Verlassen des Bordells fotografiert worden war. Dann stutzte er und griff erneut zur Zeitung.

»Das Bild ist fingiert.«

Er hielt Nathusius das Bild hin. »Ich habe diese Jacke gestern nicht getragen, die auf der Fotografie zu sehen ist. Auch an den Vortagen nicht. Das Bild ist eindeutig zusammengeschnitten.«

»Sind Sie sich da sicher?«

Nathusius nahm die Zeitung zur Hand, faltete sie sorgfältig zusammen und legte sie etwas abseits auf seinen Schreibtisch.

»Gut. Ich kümmere mich darum.«

»Mit wem haben wir es zu tun, dass es der Gegenseite sogar gelingt, solche Falschmeldungen zu lancieren? Man versucht mit allen Mitteln, uns von den Ermittlungen abzubringen.«

»Das ist ein Teil unseres System – die Freiheit der Presse«, beschwichtigte Nathusius.

»Wenn ich könnte, würde ich …« Lüder ließ den Satz unvollendet.

Nathusius sah auf die Uhr.

»Ich habe einen Termin im Innenministerium mit Dr. Pagenkämper. Wollen Sie mich begleiten?«

Sie fuhren mit dem Wagen des Kriminaldirektors zum Innenministerium. Nach einer umständlichen Eingangskontrolle und telefonischer Rücksprache konnten sie passieren und wurden durch das an diesem arbeitsfreien Tag menschenleere Gebäude in den Besprechungsraum geführt, den sie schon von ihrem ersten Besuch kannten.

Von Glahn und ein unbekannter, sportlicher Mann mit rötlichen Haaren, die wie eine Drahtbürste aussahen, erwarteten sie.

Der Beamte aus Berlin kam ihnen entgegen und reichte Nathusius die Hand. Zögerlich begrüßte er auch Lüder.

»Sie haben noch jemanden mitgebracht?«, fragte er.

Der Kriminaldirektor ließ sich nicht aus der Ruhe bringen.

»Sie kennen Herrn Lüders ja.«

Der zweite Mann war auch herangetreten. Von Glahn zeigte auf ihn.

»Mr. Brown von der britischen Botschaft. Er verfügt über besondere Erfahrungen in der Terrorismusbekämpfung und vertritt nicht nur die Interessen unserer englischen Freunde, sondern kann uns auch mit wertvollen Ratschlägen behilflich sein.«

Der Engländer verneigte sich, ohne die beiden Kriminalbeamten per Handschlag zu begrüßen.

»Mr. Brown spricht Deutsch, sodass wir uns in der Muttersprache unterhalten können. Nehmen Sie bitte Platz.« Von Glahn zeigte auf die Stühle.

»Wir warten noch auf Dr. Pagenkämper?«, fragte Nathusius.

Von Glahn und der Engländer wechselten einen schnellen Blick.

»Der Kollege ist leider verhindert«, entschuldigte ihn von Glahn.

»Wollen Sie uns nicht endlich erzählen, was sich hinter dieser Geschichte verbirgt?« Nathusius ging in die Offensive.

Von Glahn blieb gelassen. »Sie wissen, dass ich der Schweigepflicht unterliege. Ich habe von der Regierung keine Genehmigung, Sie in alle Einzelheiten einzuweihen. Selbst wenn ich wollte – ich dürfte nicht.«

»Wir haben es hier mit Teufeln zu tun, die vor nichts zurückschrecken. Zwei Morde sind geschehen. Und Sie beharren auf Ihren *Geheimnissen.*«

Lüder hatte den Kriminaldirektor selten so erbost erlebt.

»Es sei Ihnen versichert, dass meinem Minister und der ganzen Regierung daran gelegen ist, die Situation zu bereinigen.« Von Glahn war beim gleichmäßigen, ruhigen Tonfall geblieben. »Die britische Regierung hat Kontakt zu uns aufgenommen. Ich denke, Mr. Brown sollte es selbst erklären.«

»Es wird Sie nicht verwundern, dass mein Land dem südamerikanischen Subkontinent eine besondere Aufmerksamkeit widmet.«

»Sie meinen: Argentinien«, warf Nathusius ein.

Brown hob nur leicht die rechte Augenbraue, ging aber nicht weiter auf den Einwand des Kriminaldirektors ein.

»Es gibt ein legitimes Interesse Großbritanniens, die Region unter Beobachtung zu halten. Argentinien ist derzeit in die Gemeinschaft demokratischer Völker zurückgekehrt, hat aber bis heute nicht völkerrechtswirksam auf die Islas Malvinas, wie sie die Falklandinseln nennen, verzichtet. Was auch immer geschieht, Ihre Majestät wird britisches Territorium nicht aufgeben und britische Bürger auch in entfernten Winkeln der Welt zu schützen wissen. Deshalb beobachten wir mit Sorge, dass sich eventuell ein Konflikt um die Bodenschätze in Feuerland, Patagonien und rund um Kap Hoorn entwickeln könnte. Leider hat die Bundesregierung die Zeichen der Zeit nicht erkannt und zu geschäftstüchtig gehandelt. Sie haben gleichzeitig U-Boote an Chile und Argentinien verkauft. Auch wenn wir derzeit davon ausgehen können, dass den Falklandinseln keine direkte Gefahr droht, wären diese als strategisch wichtig möglicherweise indirekt beteiligt. So haben wir vorsorglich Ihrer Regierung eine Botschaft zukommen lassen. Da wir bereits am Ball sind, hat Ihr Außenministerium unseren Rat eingezogen. So ganz nebenbei ein kollegialer Ratschlag: Sehen Sie sich einmal den Herrn Forstheim etwas genauer an.«

»Und nun wird der Konflikt nach Kiel getragen?«, fragte Nathusius, ohne auf den Hinweis auf den Werftmitarbeiter einzugehen.

»Die Bundesrepublik betreibt eine neutrale Politik. Es ist unser fundamentales Interesse, das Prinzip der Nichteinmischung weiter zu pflegen«, erklärte von Glahn.

»Und dabei doppelt zu verdienen, indem Sie die Waffen gleichzeitig an Chile und Argentinien liefern?«, warf Lüder ein.

Von Glahn strafte ihn mit Nichtbeachtung. Er sah Lüder nicht einmal an.

»Ich denke, dies ist nicht der geeignete Ort, um die Grundsätze der deutschen Außenpolitik zu diskutieren. Sie kennen jetzt die Hintergründe. Ich darf Sie, Herr Nathusius, bitten, Ihre Mitarbeiter in der Sonderkommission entsprechend anzuleiten und das geeignete Fingerspitzengefühl walten zu lassen.«

»Sie wissen, dass die Ermittlungen von der Staatsanwaltschaft geleitet werden«, erinnerte ihn der Kriminaldirektor. Lüder verstand den alten Fuchs Nathusius. Indem er die Verantwortung für die Arbeit an den Oberstaatsanwalt Brechmann weitergab, musste er die parallel laufende Aufklärungsarbeit Lüders nicht offenbaren.

Als wenn der Engländer diesen Gedanken gelesen hätte, fragte Brown den Kriminaldirektor: »Ist Ihr Mitarbeiter weiter mit diesem Fall befasst? Oder woran arbeitet er jetzt?«

»Herr Lüders ist mein engster Mitarbeiter und wird stets mit Sonderaufgaben betraut. Wir haben in unserer Abteilung vielfältige Aufgaben zu erledigen.« Nathusius sah von Glahn an. »Um den Stand der laufenden Ermittlungen nicht zu gefährden, sehe ich mich gezwungen, keine weiteren Details zu erörtern.«

Von Glahn stand auf. »Ich denke, das war's dann, meine Herren.«

Er verabschiedete Nathusius und Lüder ohne Händedruck. Mr. Brown war wortlos sitzen geblieben.

*

Die beiden Kriminalbeamten kehrten zum Parkplatz zurück.

»Warum ist Berlin eigentlich so heiß an diesem Fall interessiert?«, fragte Lüder.

»Das hat verschiedene Ursachen«, erklärte Nathusius. »Die Werft liefert als Generalunternehmer schlüsselfertige Marineschiffe ab. Einzigartig ist der außenluftunabhängige Antrieb der U-Boote auf der Basis einer Wasserstoff-Brennstoffzelle. Mit dieser Technologie ist die Werft weltweit führend. Denken Sie an die Probleme, die zum Beispiel die Russen mit ihren U-Booten haben. Außerdem hat sie als einziges deutsches Unternehmen Torpedorohre entwickelt. Dies verleiht dem Unternehmen ein Alleinstellungsmerkmal. Damit glänzt die Werft in der globalisierten Welt. Und von diesem Strahlen fällt genug für Berlin ab. Außerdem schafft es Arbeitsplätze. Immerhin sind auf der Werft mehr als dreitausend Menschen beschäftigt. Das ist mehr als ein dicker Brocken.«

»Und was ist mit den Vorstellungen der Friedensaktivisten? Könnte diese qualifizierte Technik nicht für andere Schiffe verwendet werden?«

Nathusius lächelte müde. »Schwerter zu Pflugscharen? Andere Aufträge gibt es kaum noch, abgesehen von ein paar Kreuzfahrtschiffen. Südostasien kann herkömmliche Tanker und Containerschiffe günstiger bauen. Die Werft hat sich eine Weile mit dem Bau von Panzerwannen über Wasser gehalten. Davon kann sie aber auf Dauer nicht existieren. Zum einen hält sich die Bundeswehr aus Geldmangel mit neuen Aufträgen zurück, außerdem wird bei den Panzern die Technologie, wie zum Beispiel die Elektronik, im Süden der Republik eingebaut. Und da gibt es in Berlin viele machtpolitische Bestrebungen, den dortigen Politikern nicht das ganze Feld des Hightechs zu überlassen. Niemand spricht offen darüber, aber Berlin ist schon an einem hochwertigen industriellen Standort nördlich der Weißwurstgrenze gelegen. Denken Sie zum Beispiel nur an die Förderung des Flugzeugbaus in Hamburg. Wenn jetzt Unruhe an der Küste entsteht, durchkreuzt es diese Intentionen. Darum könnte Berlin ein gesteigertes Interesse daran haben, aufkeimende Konflikte mit allen Mitteln unter der Decke zu halten.«

»Und deshalb versucht man, die Kieler aus dem Fall herauszudrängen«, sagte Lüder.

Nathusius schwieg einen Moment, bevor er antwortete: »Das wären mögliche Beweggründe.«

»Was hat von Glahn gesagt? Jemand könnte ein Interesse daran haben, Argentinien zu schwächen. Aber wer?«, überlegte Lüder. »Die Chilenen waren ihren Nachbarn nicht sonderlich gut gesinnt. Und der angebliche Journalist da Silva ist Chilene. Ist er das wirklich? Oder gibt er es nur vor?«

»Sie sollten sich auch noch einmal die Friedensaktivisten genauer ansehen«, schlug Nathusius vor. »Insbesondere diesen Urquía sollten wir unter die Lupe nehmen.«

»Und wenn Argentinien das alles selbst inszeniert, um sich vor der Abnahme und damit der Bezahlung der U-Boote zu drücken? Was ist, wenn Kapitänleutnant Heimberger de Escudero mit einem Spezialauftrag unterwegs ist?«, fragte Lüder.

Nathusius stutzte einen Moment. »Sie meinen, er ist vielleicht gar nicht als der ›zweite Mann‹ hier, sondern soll das Projekt ins Chaos führen?«

»Immerhin hat er uneingeschränkt Zugang zur Werft. Und die Einbruchversuche, aber auch die Störungen im Betriebsablauf kann nur jemand verursacht haben, der sich auf dem Gelände frei bewegen kann. Was verstehen wir schon von südamerikanischer Mentalität? Ging der Auftrag so weit, dass der Commodore, obwohl er ein verdienter Offizier war, als Opfer hingenommen wurde? Wenn der U-Boot-Deal wirklich wegen Nichterfüllung durch die Werft platzt, muss Argentinien nicht noch einmal wegen Zahlungsunfähigkeit passen und kann das Gesicht wahren. Denn sonst würde das internationale Ansehen noch mehr beschädigt, und das wäre für die wirtschaftliche Akzeptanz des Landes eine Katastrophe. Ich denke, ich werde Heimberger einen Besuch abstatten«, schloss Lüder seine Überlegungen ab.

Sie hatten das Landeskriminalamt erreicht und trennten sich auf dem Parkplatz. Lüder bestieg seinen BMW und fuhr das kurze Stück nach Schilksee.

Er hatte Glück, dass ein Mitbewohner gerade das Gebäude verließ und ihm bereitwillig die Tür zum Treppenhaus offen hielt.

Ebenso offen war die Wohnungstür zu den Räumen, die dem argentinischen Offizier während seines Kieler Aufenthalts zur Verfügung standen. Die Aufbruchspuren am Schloss waren deutlich sichtbar. Jemand hatte sich nicht viel Mühe gemacht, ein gewaltsames Eindringen zu verbergen. Es waren nicht einmal Profis gewesen, die sich gewaltsamen Zutritt verschafft hatten.

Lüder huschte schnell durch das überschaubare Treppenhaus, um festzustellen, ob noch andere Wohnungen aufgebrochen waren. Tatsächlich fand er in der darüberliegenden Etage eine zweite aufgebrochene Wohnung. Er atmete erleichtert durch. Es sah aus, als wären hier konventionelle Einbrecher unterwegs gewesen, die in keinem Zusammenhang mit dem Fall standen.

Dennoch ließ er unter Berücksichtigung der Brutalität, mit der die Gegenseite agierte, Vorsicht walten und zog seine Dienstwaffe, bevor er die Tür zu Heimbergers Appartement mit der Fußspitze aufschob. Nichts war zu hören oder zu sehen. Lüder tastete sich vorwärts, immer die Pistole im Anschlag. Aber die Wohnung war leer. Überall lagen Gegenstände auf dem Fußboden herum, die Schranktüren waren geöffnet und der Inhalt wahllos herausgerissen. Die Einbrecher hatten in aller Eile die Räumlichkeiten nach Geld und Wertgegenständen durchsucht.

Lüder nutzte die Gelegenheit und hielt selbst Ausschau nach verwertbaren Spuren.

Doch er fand nichts. Neben ziviler und militärischer Kleidung, Hausrat, Toilettenartikeln und persönlichen Sachen gab es nichts, was Lüder weiterführte. Es bemerkte, dass ein Internetanschluss vorhanden war, aber der dazugehörige Computer fehlte. Außer privaten Unterlagen, die aber auch keine außergewöhnlichen Informationen enthielten, waren keine Papiere oder Schriftstücke zu finden. Entweder hatten die Diebe sie mitgenommen, oder Heimberger bewahrte wirklich keine Dokumente in seinem Appartement auf.

Lüder wollte gerade das Einbruchsdezernat benachrichtigen, als sein Blick auf den Anrufbeantworter fiel, der auf dem kleinen Schreibtisch stand.

Er drückte die Wiedergabetaste und hörte zunächst die Stimme einer Frau, die den Anrufer animierte, nach dem Signalton eine Nachricht für den Inhaber des Anschlusses zu hinterlassen. Die Frau sprach akzentfrei Deutsch. Es war offensichtlich die werkseitige Einstellung, die Heimberger unverändert übernommen hatte.

Außer dem Ansagetext fand sich nur eine Meldung, die Lüder nicht verstand. Seine paar Brocken Touristenspanisch reichten dazu nicht aus, die Nachricht, die eine männliche Stimme hinterlassen hatte, zu interpretieren. Lediglich das Wort »Fred« war deutlich zu vernehmen.

Das Gerät war ein digitales, sodass Lüder kein Aufzeichnungsband entnehmen konnte. Er kramte sein Handy hervor, benutzte dessen Memofunktion und ließ die Meldung des Anrufbeantworters erneut laufen. Dann kontrollierte er die Übertragung auf seinem Handy. Der Text war relativ gut zu verstehen.

Danach rief Lüder die Polizei an, meldete diesen und den Einbruch in der darüberliegenden Etage und wartete im Flur auf das Eintreffen der Streifenbeamten und der Kollegen vom Einbruchsdezernat.

Erneut hörte er sich die Meldung des Anrufers an. Die Stimme kam ihm bekannt vor, obwohl sie durch die Elektronik des Gerätes verzerrt war. Außerdem sprach der Mann schnell. Mitteleuropäern scheint es oft, dass spanisch Gesprochenes wie aus einem Wasserfall heraussprudelnd klingt.

Mitten in seine Überlegungen hinein erschallte die Türklingel. Lüder betätigte den Knopf für den Summer und war erstaunt, dass er auf der Treppe nicht die erwarteten Schritte mehrerer Personen, sondern nur das Klappern von Damenabsätzen hörte. Die Frau, die kurz darauf auftauchte, hatte Lüder schon gesehen. Sie hatte Forstheim mit dem Audi abgeholt, als Lüder den Werftmitarbeiter von Hinterbichlers Bordell aus verfolgt hatte.

Die Frau stockte, als sie Lüder im Türrahmen gewahrte.

»Oh? Habe ich mich geirrt? Wrong door?«, fragte sie. Sie hatte eine etwas kehlige, aber durchaus angenehme Stimme. Obwohl sie Deutsch sprach, war der fremdländische Akzent deutlich zu vernehmen. Sie mochte etwa einen Meter siebzig groß sein und hatte eine sportliche Figur. Das scharf geschnittene Gesicht mit der vielleicht einen Hauch zu spitzen Nase wurde durch schulterlanges nussbraunes Haar umkränzt.

»Es kommt darauf an, zu wem Sie wollten«, antwortete Lüder auf ihre Frage.

»Zu Señor Heimberger de Escudero«, sagte sie.

»Der ist im Augenblick nicht zu Hause.«

Sie blieb stehen und musterte Lüder.

»Gut. Dann ich werde später wiederkommen.« Sie drehte sich um und wollte wieder gehen.

Lüder wunderte sich, dass sie weder nach seinem Namen noch danach, was er in Heimbergers Wohnung suchte, fragte.

»Moment«, rief er hinterher. »Darf ich erfahren, wer Sie sind?«

Sie hatte schon den Fuß auf die erste Stufe abwärts gesetzt und sah jetzt über die Schulter zurück.

»Warum interessiert es Sie?«

»Polizei.« Lüder ging auf sie zu, zog seinen Dienstausweis und zeigte ihn. Sie warf nur einen flüchtigen Blick auf das Dokument.

»Police? What happened?«, fragte sie, fiel dann aber wieder ins Deutsche. »Ist das in Deutschland üblich, dass man sich immer nennen muss?«

»In besonderen Fällen möchte die Polizei gern wissen, mit wem sie es zu tun hat.«

»Und was ist Besonderheit in diese Fall?«

Lüder zeigte auf das demolierte Türschloss.

»Hier wurde eingebrochen.«

»Oh! Das ist etwas anderes.«

Sie kam zurück auf den Treppenabsatz, öffnete ihre Handtasche und zog einen Pass der Republik Südafrika hervor. »Es ist wie in meine Heimat«, sagte sie dabei. »Immer will die Polizei persönliche Papier sehen. Warum geht das nicht wie in Good Old England? Dort zählt der Mensch, nicht das Ausweis von ihm.«

Sie hieß Sabine Vanderborg, war siebenunddreißig Jahre alt und stammte aus Kapstadt.

»Sie heißen Vanderborg? Sind Sie verwandt mit Cornelius Vanderborg?«

»Wer soll das sein? Vanderborg ist ein häufige Name in Südafrika. Vielleicht ich bin verwandt, kenne aber niemand mit diese Name.«

Natürlich konnte es Zufall sein, dass sie den gleichen Namen wie das Vorstandsmitglied der Werft trug. Der war Niederländer, und die Mehrheit der Südafrikaner waren Buren, die ihre Wurzeln ebenfalls in Holland hatten.

»Sie tragen einen deutschen Vornamen?«

Sie lächelte zum ersten Mal. Dabei bildeten sich zwei reizende Grübchen auf den Wangen.

»Nicht nur Nederlands sind die Vorfahren von uns Buren, auch Deutsche gehören dabei. Hugenotten, die in Mitte sechzehnhundert nach Südafrika gekommen sind. Buren heißt auf Afrikaans und auch auf Hollandisch nichts anders als Bauern.«

Ihr fremder Akzent, das leicht fehlerhafte Deutsch und die fehlenden Umlaute in der Aussprache verliehen ihr in Verbindung mit den tiefbraunen Rehaugen einen ansprechenden Charme.

»Was wollten Sie von Señor Heimberger?«

»Oh, das ist rein privat. You understand?«

»Wo wohnen Sie hier in Kiel?«

»In eine Hotel. Es heißt ›Kieler Kaufmann‹. Wissen Sie von dem?«

Lüder kannte das im Villenviertel Düsternbrook in einem Park gelegene Hotel.

Er gab ihr den Pass zurück. »Bleiben Sie noch lange in Kiel?«

»Sind Sie in Germany nicht an Gäste von fremde Länder interessiert? Zuerst Sie machen mit die ›Kieler Woche‹ eine große Veranstaltung, und dann fragt die Polizei, wann die Gäste wieder abreisen? Merkwürdig, diese Deutschen.« Sie warf Lüder einen letzten Blick zu. »Bye!« Dann stöckelte sie die Treppe hinab. Im Treppenhaus begegnete sie zwei uniformierten Polizisten vom zuständigen Ersten Kieler Revier.

Lüder wies die beiden Beamten ein und bat sie, am Tatort auf das Eintreffen der Kollegen vom für Raub und Diebstahl zuständigen Kommissariat 12 der Kriminalpolizeistelle Kiel zu warten.

Dann fuhr er zurück zum Landeskriminalamt.

*

Aus dem Bilderrahmen auf seinem Schreibtisch lächelte ihm Margit entgegen. Ihre Haare flatterten im Wind, während sie versuchte, die drei Kinder mit ihren Armen zu bändigen. Die Aufnahme hatte er im vergangenen Herbst an einem windigen Tag am Strand von Laboe gemacht.

Jetzt wählte er die Nummer des Städtischen Krankenhauses. Doch Margit war nicht in ihrem Zimmer. Danach rief er Vollmers an. Er hatte Glück. Der Hauptkommissar war noch in der »Blume«, wie das historische Gebäude der Kriminalpolizei in Kiels Blumenstraße genannt wurde. Auch er arbeitete an diesem Sonnabend.

Lüder bat Vollmers, Erkundigungen über Sabine Vanderborg einzuziehen.

»Vanderborg? Ist die verwandt mit *dem* Vanderborg?«

»Das habe ich auch zuerst geglaubt. Aber sie bestreitet es. Gibt es sonst etwas Neues?«

»Leider sind wir bei der Suche nach den Schlägern, die Ivanna Krucowa so übel zugerichtet haben, noch nicht weitergekommen. Wir haben Hinterbichler erneut in die Mangel genommen, aber nichts aus ihm herausgebracht. Er bestreitet vehement, etwas mit dem Überfall auf die Prostituierte zu tun zu haben.«

»Das mag ich fast glauben. Sie ist schließlich sein Kapital und trägt mit ihrem Körpereinsatz zu seinem Profit bei.«

»Der neue Staatsanwalt, dieser Brechmann, scheint eine Pfeife zu sein«, sagte Vollmers. »Von meinem ›Kontakt‹ in der Sonderkommission habe ich gehört, dass er fix auf die Bremse tritt und Kriminaloberrat Gärtner das Leben schwermacht. Wenn Ihr Kollege sinnvolle Maßnahmen einleitet, stoppt Brechmann diese wieder. Es hat fast den Anschein, als würde er die Arbeit der Sonderkommission torpedieren wollen.«

»Das kann ich mir kaum vorstellen«, erwiderte Lüder. »Schließlich ist sein Kollege Kremer brutal ermordet worden.«

»Der Brechmann ist nicht so dumm, dass er nicht ermitteln lässt, aber er nimmt den Schwung aus der Sache. Nach außen hin hat es den Anschein, als würde alles Erdenkliche unternommen, den Mörder zu fassen, aber ließe man Gärtner freie Hand, würde die Kripo wohl effektiver arbeiten. Mein ›Kontakt‹ erzählte, dass unter den Mitgliedern der Sonderkommission der Frust grassiert, weil sie sich gegängelt fühlen. Die Mädchen und Jungs sind ja nicht dumm und spüren, dass etwas nicht stimmt, ohne dass sie wissen, was.«

Lüder unterließ es, Vollmers zu fragen, ob er seinen »Kontakt« aufgeklärt hatte. Der alte Fuchs hätte ihm diese Frage doch nicht wahrheitsgemäß beantwortet.

Nach dem Telefonat suchte Lüder das Büro von Nathusius auf.

»Kollege Gärtner hat sich bei mir über die Behinderung durch Oberstaatsanwalt Brechmann beschwert«, sagte der Kriminaldirektor. »Ich habe daraufhin versucht, Dr. Pagenkämper zu erreichen. Erstaunlicherweise ist sein Büro heute besetzt. Es verleugnet ihn aber. Er sei nicht zu sprechen, heißt es dort. Merkwürdig, dass er auch heute Vormittag bei unserem Besuch im Innenministerium nicht am Gespräch teilgenommen hat. Wo ist der Bursche geblieben?«

»Gibt es keine Möglichkeit, am Vorzimmer vorbei Kontakt zu Pagenkämper zu knüpfen?«

Nathusius lehnte sich zurück. Er sah Lüder fast ein wenig belustigt an. »Wie stellen Sie sich das vor? Soll ich den Innenminister persönlich anrufen und nach dem Verbleib von Dr. Pagenkämper befragen?«

»Das wird schwerlich möglich sein«, sagte Lüder. »Obwohl ich bei einem Lehrgang einen Teilnehmer von der Kripo Husum hatte. Große Jäger hieß der Typ, dem ich zutrauen würde, in einem solchen Fall direkten Kontakt selbst zu Peter Harry aufzunehmen. Der wohnt ja fast in Husums Vorgarten.«

»Vielleicht ist die Vorgehensweise solcher Kollegen manchmal gar nicht so verkehrt«, stimmte Nathusius zu, »und bei unserem bodenständigen Ministerpräsidenten könnte das sogar erfolgreich sein. Aber in unserem Fall sind wir wohl auf uns allein gestellt. Gibt es sonst Neues?«

Lüder berichtete vom Einbruch bei Kapitänleutnant Heimberger de Escudero und der Begegnung mit Sabine Vanderborg.

»Wissen wir etwas über diese Frau? Sie scheint ja ein umfangreiches Repertoire an Männerbekanntschaften zu pflegen. Forstheim, den englischen Golflehrer und Heimberger.«

»Ich habe Vollmers gebeten, Erkundigungen über die Frau einzuziehen.«

»Gut. Das war alles?«

»Nein, noch nicht. In Heimbergers Appartement stand ein Anrufbeantworter. Ich habe die Gelegenheit genutzt und mir die Meldungen angehört. Auf dem Gerät fand sich nur eine Nachricht. Leider ist mein Spanisch so lückenhaft, dass ich sie nicht verstanden habe.«

Nathusius hob die Augenbraue. »Das sollten Sie nicht an die große Glocke hängen.«

»Mein lückenhaftes Spanisch?«

Der Kriminaldirektor lachte. »Nein, Ihre Abhöraktion. Die ist sehr fragwürdig. Obwohl es vielleicht interessant gewesen wäre, den Inhalt der Meldung zu hören.«

Lüder kramte sein Handy hervor.

»Ich habe sie mitgeschnitten. Wer ist bei uns vertrauenswürdig und kann Spanisch?«

»Lassen Sie mal hören«, sagte Jochen Nathusius. »Ich kann leidlich Portugiesisch. Vielleicht verstehe ich ja auch etwas von Ihrem Text.«

Lüder spielte die Meldung mehrfach ab und sah dabei Nathusius an. Der Kriminaldirektor lauschte der kurzen Meldung mit geschlossenen Augen.

»Wenn ich es richtig verstehe, sagt der Anrufer: Hi, Fred. Die Sache darf nicht länger aufgeschoben werden. Wir haben ohnehin schon viel zu lange Zurückhaltung geübt und müssen das Ganze jetzt forcierter angehen.«

Nathusius und Lüder sahen sich an.

»Was sagt uns diese Nachricht?«, fragte Lüder. »Ist Heimberger dieser ›Fred‹, von dem wir annehmen, dass er der Mörder Kremers ist? Und zu welchen Aktivitäten wird Heimberger aufgefordert? Soll es heißen, dass die beiden Morde nur ein Vorspiel waren und die eigentliche Aktion jetzt erst starten soll? Die Sache wird immer brisanter.«

Nathusius schwieg. Er hatte Lüders Einschätzung nichts hinzuzufügen.

»Daran hätte ich früher denken müssen«, fiel es Lüder ein. »Natürlich. ›Fred‹! Der Argentinier heißt Martin Alfredo Heimberger de Escudero. Fred wie Alfredo. Jetzt haben wir allerdings ein kleines Problem. Das ist schon der zweite ›Fred‹ nach Potthoff-Melching, der Friedrich heißt. Auf jeden Fall werde ich mir den Kapitänleutnant vorknöpfen.«

Lüder hörte sich die Nachricht noch einmal an.

»Ich habe eine Idee, wer der Anrufer sein könnte«, meinte er, »wobei allerdings das schnelle Spanisch die Stimme anders klingen lässt. Wenn meine Vermutung zutrifft, dann habe ich den Mann schon einmal sprechen hören, allerdings deutsch. Und das klingt anders.«

Nathusius fuhr sich mit der Hand durchs Gesicht. »Wir haben ein kleines Problem. Da wir illegal in den Besitz dieser Information gekommen sind, können wir sie nicht verwerten. Wir müssen nach anderen Beweismitteln suchen. Wenn Sie zu wissen glauben, wer der Anrufer ist, sollten Sie versuchen, ihn auf andere Weise zu überführen.«

Er sah Lüder nachdenklich lange an. »Seien Sie vorsichtig«, mahnte er zum Abschluss. »Unsere Gegner verstehen keinen Spaß.«

Lüder winkte ab. »Ich habe einen guten Grund, mich sehr zurückhaltend zu bewegen.«

Der Kriminaldirektor sah Lüder fragend an.

»Mein Hausarzt ist für zwei Wochen im Urlaub. Das ist ein wichtiger Grund für mich, meine Gesundheit zu schonen«, erklärte Lüder mit einem breiten jungenhaften Grinsen.

In seinem Büro fand er eine Nachricht von Vollmers vor. Der Leiter der Mordkommission bat um Rückruf.

»Was gibt's?«, fragte Lüder.

»Ich habe erste Informationen über Sabine Vanderborg. Sie stammt aus Kapstadt in Südafrika und hat ein vom deutschen Generalkonsulat ausgestelltes Visum für ein Jahr.«

»Ein Jahr? Das ist lange. Was macht die Dame hier?«

»Sie ist als Journalistin tätig.«

»Für welches Medium? Zeitung? Und wenn ja, für welche?«

Vollmers schnaubte in der Leitung. »Nun mal sachte. So schnell schießen die Preußen nicht. Wir waren schon verdammt fix mit der ersten Auskunft. Alles andere folgt.«

Lüder hörte Vollmers an, dass er ein wenig eingeschnappt wirkte. »Entschuldigung. So war das nicht gemeint. Sie gehören wirklich zur schnellen Truppe.«

»Ist schon gut. Die anderen Informationen reiche ich nach, sobald wir sie haben.«

Damit hängte der Hauptkommissar ein.

Lüder hielt den Telefonhörer in der Hand, drückte nur kurz die Gabel und wählte die Nummer seiner Eltern. Es dauerte eine Weile, bis er die sonore Stimme seines Vaters hörte.

»Lüders.«

»Hallo, Daddy, ich bin's«, gab er sich zu erkennen.

»Hallo, Kleiner«, antwortete der alte Lüders, obwohl er seinem Sohn mittlerweile nur noch bis zum Kinn reichte. »Wurde mal Zeit, dass du dich meldest.«

»Wieso? Gibt es Probleme mit den Kindern?«

Lüder hörte seinen Vater lachen. »Nein! Absolut nicht. Oma und ich freuen uns über den Besuch, obwohl sie einen schon arg in Beschlag nehmen. Einen ganzen Tag mit den dreien – da merke ich abends doch, wie lang so ein Tag ist.«

Im Hintergrund schrien die Kinder. Es klang unbekümmert und fröhlich.

»Willst du das sein lassen?«, drohte sein Vater einem unsichtbaren Dritten, dann polterte es, und kurz darauf war wieder die Stimme des alten Lüders zu hören. »Ähhh! Jonas, du Ferkel. Wart's nur ab.«

Lüder konnte sich vorstellen, wie die Kinder seine Eltern beschäftigten.

»Was'n los? Was hat Jonas ausgefressen?«

Vater Lüders lachte. »Die Burschen haben keinen Respekt mehr vor dem Alter. Ich hab 'ne volle Ladung aus seiner Wasserpistole abgekriegt. Dabei muss ich schon genug leiden.«

»Wieso'n das?«

»Du glaubst doch nicht, dass Oma noch was Gescheites auf'n Tisch bringt. Seit dem die Gören da sind, gibt's nur noch Pommes, Spaghetti mit Tomatensoße und Fischstäbchen. Bääh. Nur mein Feierabendköm ist mir geblieben.«

Vor seinem geistigen Auge sah Lüder, wie sein Vater mit langen Zähnen vor dem Teller saß und lustlos im Essen herumstocherte. Er, der Liebhaber deftiger holsteinischer Küche, hatte »dies'm neumodischen Krams« noch nie viel abgewinnen können. Für ihn bestand eine »richtige« Mahlzeit aus einem reellen Stück Fleisch, Kartoffeln, heimischem Gemüse und, was besonders wichtig war, brauner Soße. Und überhaupt nicht mehr vom Esstisch abzubringen war der alte Lüders während der Grünkohlzeit. Umso ärger musste es ihn treffen, wenn Oma, wie Lüders Vater seine Frau nannte, jetzt beim Kochen ausschließlich auf die Wünsche der Kinder einging.

»Und sonst? Benehmen sie sich?«

»Klar. Heute war'n wir anne Ostsee im Hansaland. Morgen geht's nach Hagenbeck.«

»Zu Hagenbeck«, korrigierte Lüder seinen Vater, wissend, dass sich nun ein eingeübtes Ritual abspielen würde.

»Fängst du schon wieder damit an? Wir ha'm dich doch nicht studieren lassen, damit du unser altbewährtes Deutsch verhunzt. Das heißt ›nach Hagenbeck‹. So ha'm wir das seit hundert Jahren gesagt.«

Vater Lüders, der Zimmermeister im Ruhestand, war immer bodenständig geblieben und sprach so, wie ihm der Schnabel gewachsen war. Dazu gehörte auch das Holsteiner Platt, dass seine Generation im Umgang untereinander immer noch pflegte.

»Mal was anderes«, wechselte der alte Lüders das Thema. »Ist ja klar, wenn die Gören es dem Vater nachmachen und mit Pistolen spielen. Aber musst du deinen Kindern auch Handgranaten geben? Das geht ein büschen zu weit. Ich hab dem Jonas das Ding weggenommen. Bei mir dürfen sie mit so was nicht spielen.«

»Was sagst du? Eine Handgranate? Von mir hat er die nicht. Wie sieht das Ding aus?«

»Wie 'ne Handgranate. So'n leeres Ding, wie's der Bund zum Üben nutzt.«

Lüder war mit einem Mal hellwach.

»Das interessiert mich. Ruf mir den Jonas doch mal bitte ans Telefon.«

Vater Lüders rief den Jungen. Der Alte musste die Aufforderung mehrfach wiederholen, weil sich zwischendurch aus dem Hintergrund die Kinderstimme meldete: »Hab jetzt keine Lust.«

Schließlich kam der atemlose Jonas aber doch an den Apparat.

»Was gibt's?«

»Du hast mit einer Handgranate gespielt?«

»Ja. Aber die hat mir Opa weggenommen.«

»Woher hast du die, Jonas?«

»Die hat mir so'n Mann geschenkt, als ich vorhin vom Bäcker zurückgekommen bin. Weißt du was …?«, wechselte der Junge aufgeregt das Thema und begann ansatzlos vom Besuch des Erlebnisparks an der Ostsee zu berichten.

Lüder hörte eine Weile schweigend zu. Er verstand das Zeichen richtig. Die unbekannten Gegner hatten ihm damit signalisiert, dass sie wussten, wo sich seine Kinder aufhielten. Sie gaben ihm damit zu verstehen, dass sie jederzeit Herr über die Situation waren. Ein Schauder erfasste ihn. Diesmal war es eine Übungshandgranate gewesen. Über die Brutalität der Gegenseite machte er sich keine Illusionen. Die schreckten im Zweifelsfall auch nicht vor Unschuldigen zurück.

»Hallo? Hörst du mich?«, wurde er durch seinen Vater aus seinen Gedanken gerissen.

»Ja, alles klar. Sei mir nicht böse, aber ich muss jetzt wieder arbeiten. Vielen Dank für eure Hilfe. Und … passt gut auf die drei auf.«

»Da kannst du sicher sein.«

Dann verabschiedeten sie sich.

Kurzfristig dachte Lüder daran, Personenschutz für seine Familie anzufordern. Aber wie hätte er das begründen sollen? Offiziell waren sie nicht mehr mit dem Fall betraut. Und irgendwo steckte in ihren eigenen Reihen ein Maulwurf, sodass ein wirksamer Schutz nur schwer möglich gewesen wäre.

Anschließend fuhr er ins Krankenhaus. Margit lag in ihrem Bett und blätterte lustlos in einer Illustrierten.

»Hallo«, sagte sie matt.

Er küsste sie auf die Stirn.

»Hallo, meine Kleine. Wie geht's?«

Sie winkte ab. »Ich will hier raus. Weißt du schon, wer das war?«

Er nickte, um sie nicht weiter zu beunruhigen.

»Ja. Es war der Racheakt eines kleinen Ganoven, den ich früher einmal dingfest gemacht habe. Der ist so harmlos, dass er für das Eindringen bei uns nicht einmal festgenommen wurde. Er hat einen festen Wohnsitz und wird sich künftig anständig benehmen, da ihn die Kollegen ins Visier genommen haben.«

Sie zeigte den Anflug eines Lächelns. Ihr war sichtbar ein Stein vom Herzen gefallen.

»Gott sei Dank. Ich hatte schon befürchtet, da würde etwas Ernsthaftes dahinterstecken. Wie geht es den Kindern?«

»Ausgezeichnet. Sie halten die Alten ordentlich auf Trab. Wenn es nach dem Opa ginge, würde er sie gar nicht wieder fortlassen.«

Margit griff nach seiner Hand.

»Montag komme ich wieder nach Hause. Ich will hier raus.«

Lüder erschrak. Er musterte Margit, um zu sehen, ob sie seine Reaktion bemerkt hatte.

»Es wird dir guttun, noch ein wenig unter ärztlicher Obhut zu bleiben. Außerdem kannst du es meinen Eltern nicht antun, ihnen die Kinder schon wieder zu entziehen.«

Sie lächelte schwach.

»Schwangerschaft ist doch keine Krankheit. Hast du schon zu Abend gegessen?«

Er schüttelte den Kopf.

»Nein, aber ich mag es dir gar nicht sagen. Ich bin heute Abend mit Jochen Nathusius und dem Kollegen Gärtner zum Essen verabredet. So richtig rustikal. Wir wollen uns einen schönen Männerabend gönnen.«

»Treib's nicht zu doll«, erwiderte sie. »Aber ich glaube, ich muss mir keine großen Sorgen machen. Die beiden sind mehr als seriös.«

Lüder spielte den Entrüsteten.

»Bin ich das nicht?«

»Doch, mein Bär. Pass gut auf dich auf.«

Dann warf sie einen Blick auf die Uhr.

»Oh! Gleich fängt die Tagesschau an.«

Lüder war sich nicht sicher, was Margit von den jüngsten Ereignissen mitbekommen hatte. Offensichtlich hatte sie weder eine Tageszeitung gelesen oder Nachrichten gehört.

Mit belanglosen Blödeleien versuchte Lüder, sie die nächste viertel Stunde zu unterhalten. Mit Mühe gelang es ihm, sie vom Blick auf den Fernseher abzuhalten, der im Hintergrund lief und Margits Bettnachbarin beschäftigte.

Als die Tagesschau vorbei war, verabschiedete er sich und hoffte, dass sie möglichst lange von den Nachrichten über die Kieler Ereignisse verschont bleiben würde. Margit war nicht dumm. Sie würde sich sofort zusammenreimen können, dass Lüder in diese Geschichte involviert war. Das wäre für sie in ihrem jetzigen Zustand sicher nicht gut.

Lüder fuhr vom Krankenhaus heim. Er schloss noch seinen BMW ab, als Frau Mönckhagen, die Nachbarin, aus ihrem Eingang trat.

»Der Tischler war heute da und hat die Tür repariert. Obwohl Wochenende ist. Ich habe ihn ins Haus gelassen und war die ganze Zeit dabei. Man kennt die Handwerker ja nicht. Wer weiß, was der sonst in einem fremden Haus alles anstellt. Haben Sie den schon gefunden, der das getan hat?«, fragte die Frau neugierig.

Lüder nickte. »Ja, so einer kommt nicht weit. Haben Sie vielen Dank.«

Zum Abendessen öffnete er eine Dose mit Ravioli, streute ein wenig trockenen Parmesan aus der Tüte darüber und fand, dass es fad schmeckte. Lustlos stocherte er im Essen herum, während im Hintergrund der Fernseher lief, ohne dass Lüder richtig mitbekam, was das Programm bot.

Der Rest des Abends verlief ähnlich stupide. Er saß mit einem Bier vor dem Fernseher, las parallel dazu Zeitung und bekam von beidem nicht viel mit, weil seine Gedanken immer wieder abschweiften.

Gegen Mitternacht zwang er sich, ins Bett zu gehen, obwohl er innerlich so erregt war, dass er glaubte, nicht einschlafen zu können. Das erste Mal, seit er im Polizeidienst war, legte er seine Dienstwaffe griffbereit auf den Nachttisch. Irgendwann fiel er in einen leichten Schlaf, schreckte aber zwischendurch beim kleinsten Geräusch immer wieder auf.

SIEBEN

Aus der Ferne schallte das Läuten von Kirchenglocken herüber. Durch einen schmalen Schlitz der Übergardinen drang ein Strahl der schon kraftvollen Sonne ins Schlafzimmer und zeichnete einen hellen Streifen auf dem dunkelblauen Teppichboden.

Lüder blinzelte und hatte einen Augenblick lang Orientierungsprobleme, bis sein Blick auf den Wecker fiel. Es war bereits neun Uhr. Irgendwann musste ihn die Müdigkeit doch übermannt und in einen tiefen und traumlosen Schlaf geschickt haben.

Er stand auf, schob die Gardinen zur Seite und warf einen Blick auf den friedlich im Sonnenlicht liegenden Garten. Unter dem makellos blauen Himmel schienen die Vögel ein besonderes Vergnügen zu empfinden. In die Stille des Sonntagmorgens hinein hatten sie sich zu einem vielstimmigen Chor zusammengefunden und gaben ein Konzert.

Lüder wankte ins Badezimmer. Die Ruhe war ungewohnt. Auch an freien Tagen herrschte normalerweise schon zu früher Stunde Betrieb im Haus. Irgendeins der Kinder war immer unterwegs. Und wenn nicht, dann dröhnte aus einem der Jugendzimmer lautstarke Musik, worauf aus einem anderen Raum ebenso laut die Aufforderung kam, nicht gerade die Songs *dieses* Interpreten abzuspielen. Dieser Einwand wurde regelmäßig ignoriert, und das Ganze mündete schließlich darin, dass der Protest durch eine noch lautere »Gegenmusik« begleitet wurde.

Das Abtauchen unter die Bettdecke half in solchen Fällen nicht. Wie oft hatten sich Margit und Lüder gewünscht, in ein Wochenende ohne die Geräuschkulisse des Nachwuchses starten zu können.

Jetzt fehlte Lüder das muntere Treiben seiner Familie. Fast missmutig erledigte er den morgendlichen Besuch im Bad.

Im Tiefkühler fand er zwei Rundstücke zum Aufbacken. Natürlich hatte er nicht in den Kühlschrank gesehen, ob noch ausreichend Nahrungsmittel fürs Wochenende vorhanden waren. Aber bei so einer großen Familie gab es immer genügend Vorräte.

Erst der Duft aus der blubbernden Kaffeemaschine stimmte ihn versöhnlicher, wenn ihn auch während des Frühstücks die Gedanken wieder zu seinem Fall führten.

Lüder wollte mit den weiteren Ermittlungen nicht bis zum Montag warten. Es war kurz nach zehn Uhr, als er vor dem Appartementhaus hielt, in dem der argentinische Kapitänleutnant wohnte.

Martin Alfredo Heimberger öffnete die Tür. Er war bereits komplett in Zivil gekleidet.

Mit mürrischem Gesicht fragte er Lüder: »Sind die Deutschen so eifrig, dass sie nicht den heiligen Sonntag achten?«

»Wir freuen uns auf die freien Tage wie jede andere Nation. Aber es gibt Dinge, die uns noch wichtiger sind.«

»Und? Das wäre?«

»Wir mögen es überhaupt nicht, wenn man unsere Gäste ersticht oder unsere Staatsanwälte erschießt.«

Heimberger bat ihn in die Wohnung und bot ihm einen Kaffee an.

»Wurde beim gestrigen Einbruch in Ihre Wohnung etwas Wichtiges gestohlen?«

Der Argentinier schüttelte den Kopf.

»Nichts Wertvolles. Ein wenig Geld, mein Notebook. Zwei T-Shirts und ein paar unbedeutende Kleinigkeiten. Leute, die sich am Eigentum anderer vergreifen, gibt es überall auf der Welt.«

»Haben Sie schon Anzeige erstattet?«

»Nein. Das bringt nichts.«

»Trauen Sie der Polizei nichts zu?«

Der Marineoffizier sah Lüder aus dunklen Augen an. »Konzentrieren Sie die Suche zu den Mörder von meinen Commodore.«

»Deshalb bin ich hier.«

»Wieso suchen Sie bei mich? Halten Sie mich für einen Mörder?«

»Grundsätzlich ist jeder im Umfeld des Opfers verdächtig.«

Heimberger richtete sich mit einem Ruck auf und saß kerzengerade.

»Glauben Sie, ich habe meinen Commodore getötet?«

Lüder ließ die Frage unbeantwortet.

»Kennen Sie Jesus Raúl Urquía?«

In den Augen Heimbergers blitzte es auf. »Woher haben Sie diesen Namen?«

»Hier stelle ich die Fragen. Also, was ist? Kennen Sie ihn?«

Der Kapitänleutnant sagte etwas auf Spanisch. Lüder verstand nichts. Von der Stimmlage her klang es nicht freundlich.

»Nu, wat is, min Jung? Schall ick di dat no mol verpusemantuckeln, wat ick eben seegt hebbt?«, fragte Lüder.

Heimberger sah ihn irritiert an.

»Jetzt habe ich Sie nicht versteht.«

»Dann sind wir ja quitt. Noch einmal. Woher kennen Sie Urquía?« Nach dem Ausweichmanöver des Argentiniers war Lüder klar, dass sich die beiden kannten.

Heimberger zögerte. Lüder sah ihm an, dass der Mann mit sich kämpfte.

»Der Bastard hat sich bei mir gemeldet.«

»Und? Was wollte er?«

Der Kapitänleutnant biss die Zähne zusammen. Lüder ließ ihm Zeit. Bedrängen würde nicht weiterführen. Nach einer ganzen Weile atmete Heimberger tief durch.

»Das ist eine argentinische Angelegenheit. Das geht die deutsche Polizei von Kiel nichts an.«

»Da irren Sie sich. Wenn Sie meine Fragen nicht beantworten wollen, werde ich Sie zum Verhör auf das Revier bringen lassen.«

Erneut traf Lüder ein böser Blick.

»Das können Sie nicht. Ich bin ein Offizier.«

Lüder lachte laut. Ihm war nicht nach Spaß zumute. Es diente lediglich der Verunsicherung seines Gegenübers.

»Wir sind hier nicht auf einem Schlachtfeld. Obwohl die Täter, die hinter diesem Verbrechen stehen, ein solches angerichtet haben. Genfer Konventionen mit besonderen Rechten für Offiziere gelten hier nicht. Maßgebend ist deutsches Recht. Und das hat nach abendländischer Tradition seinen Ursprung im kanonischen Recht, was sich ja aus der Bibel ableitet.«

»Ich verstehe Sie nicht.«

»Siehste, Junge. Im alten Testament steht ›Aug um Auge, Zahn um Zahn‹. Das müsst Ihr Südamerikaner besser wissen als wir Holsteiner. Ihr seid doch katholisch. Wir sind nur Protestanten.«

Lüder hatte den Eindruck, dass Heimberger ihm nicht mehr folgen konnte. Zu seiner großen Überraschung sackte der Kapitänleutnant aber ein wenig in sich zusammen.

»Ja, wenn Sie schon wissen. Warum fragen Sie? Urquía ist ein Protestant. Er ist gegen meine Regierung und will eine Volksanarchie. Dabei haben wir jetzt ein gültiges Demokratie. Präsident Kirchner räumt streng auf.«

»Und wogegen protestiert Urquía?«

»Gegen alles. Er ist ein zorniger Student ohne Ahnung vom Leben in eine Demokratie. Er hat phantastische Ideen von Abrüstung und vom Zusammenleben der Völker in Südamerika. Urquía hat mich angesprochen, mehrfach, und will von mich, dass ich ihn und seine Compañeros unterstütze. Was glaubt diese Mann von einem Offizier? Ich diene mein Land. Dazu hab ich meine Offiziersehre.«

Das also war der Hintergrund für den Kontakt zwischen Urquía und Heimberger. Lüder hatte also Recht gehabt, als er den opponierenden Studenten hinter der Stimme auf Heimbergers Anrufbeantworter vermutete. Das passte auch zur Textnachricht. Urquía wollte den Kapitänleutnant für seine Ziele gewinnen. Aber was hatte der Student damit gemeint, dass nicht mehr viel Zeit bleiben würde?

»Wie geht es jetzt weiter? Was passiert mit Urquía, nachdem sein Anwerbeversuch gescheitert ist?«

»Das ist eine argentinische Sache. Ich glaube, dass es die deutsche Polizei nicht interessiert.«

»Das wird eine höchst deutsche Angelegenheit, wenn es sich hier bei uns in Schleswig-Holstein abspielen sollte.«

»Halten Sie uns für Barbaren? Ich wiederhole mich noch einmal. Wir haben eine fixe Demokratie. Wir sind ein Rechtsstaat.«

»Hoffentlich. Was geschieht jetzt mit dem U-Boot-Auftrag? Werden Sie die Rolle des Commodore übernehmen?«

Heimberger kniff die Lippen zusammen.

»Das ist eine Entscheidung von mein Oberkommando. Die

Admiralität wird es zeitig beschließen. Ich will kein Diskussion mit Ihnen über die Planung meiner Vorgesetzten.«

Lüder merkte, dass Heimberger keine weiteren Informationen zu entlocken waren. Schade, wenn er auch nur andeutungsweise erfahren hätte, ob der Argentinier vom Tod des Commodore profitiert hätte, wäre das ein mögliches Tatmotiv gewesen.

Die Verabschiedung fiel frostig aus.

*

Die Wohngegend lag abseits des Großstadtlärms. Großzügig bemessene Grundstücke und neue Häuser, die individuell von Architekten für ihre gutsituierten Besitzer entworfen worden waren, bestimmten das Straßenbild. Der Wohlstand der Bewohner war an den Gebäuden und den gestalteten Gartenanlagen abzulesen.

Mit gekonnter Geste strich sich die sportlich gekleidete Frau noch einmal durchs Haar und sah ihrem Mann zu, wie er die beiden Golfbags in den Kofferraum des Audi A6 lud.

»Hast du alles, Jürgen?«, fragte sie mit spitzer Stimme. »Ich möchte mich noch ein wenig auf der Driving-Range einschlagen, bevor unser Flight auf die Runde geht. Wann haben wir Startzeit?«

Jürgen Forstheim wischte sich über die Stirn.

»Da bleiben noch fast eineinhalb Stunden«, antwortete er und schlug wütend den Kofferraumdeckel zu. »Hast du abgeschlossen?«

»Natürlich«, antwortete Eveline Forstheim und umrundete den Wagen. Sie streckte die Hand aus. »Ich fahre.«

Es sah aus, als wollte Forstheim protestieren, dann reichte er aber seiner Frau die Wagenschlüssel und zog sich schmollend auf den Beifahrersitz zurück.

Erst im zweiten Anlauf gelang es der Frau, den Wagen zu starten.

Durch die Windschutzscheibe sah der Mann, der sich hinter dem Lenkrad des unscheinbaren Opel Vectra klein machte, wie das Ehepaar in einen erregten Wortwechsel fiel. Er konnte ein Lächeln nicht unterdrücken, als Forstheims Frau den Bogen zu eng nahm, die abgesenkte Garagenausfahrt verpasste und selbst hinter der geschlossenen Scheibe des Opel zu hören war, wie die Alufelge des Audi von der hohen Bordsteinkante auf die Straße knallte.

Der Beobachter wartete noch einen Moment und überblickte die am Sonntagvormittag menschenleere Straße. Hier musste keiner sein Haus verlassen, um den Hund Gassi zu führen. Die Gärten waren so groß, dass die Bewohner nur die Hintertür öffnen mussten, um dem vierbeinigen Hausgenossen Auslauf zu ermöglichen.

Der Motor des Vectra sprang an, und der Wagen rollte langsam die Straße hinunter, stoppte an der nächsten Ecke und bog nach links in eine andere Wohnstraße ab, um gleich darauf hinter der Ecke anzuhalten. Auch hier war keine Menschenseele auf der Straße zu sehen.

Der Fahrer stieg aus. In seinen Joggingschuhen war er nicht zu hören. Mit seiner weißen Leinenhose und dem leichten Pullover über dem Hemd, von dem nur der sportliche Kragen herauslugte, sah er wie ein sonntäglicher Spaziergänger aus, der in dieser bürgerlichen Gegend sein Zuhause hatte.

Auf dem Weg zurück zu Forstheims Haus wählte er auf seinem Handy dessen Nummer. Es meldete sich nach einer Reihe von Freizeichen nur der Anrufbeantworter.

Er ging zügig auf den Eingang zu, in dessen Auffahrt vor kurzem noch der Audi geparkt hatte, und klingelte. Im Hause erklang ein Gong. Sonst blieb es ruhig.

Der Mann sah sich unauffällig um, aber niemand hatte seine Anwesenheit bemerkt. Er umrundete auf dem mit Bruchgranit gepflasterten Weg das Haus. Dichte Büsche versperrten den Einblick in die Nachbargärten. Vom Nebenhaus war das Klappern von Frühstücksgeschirr und die leise Unterhaltung eines Paares zu hören.

Kinder gibt es in dieser Gegend nicht, überlegte der Mann. Die Interessen und Aktivitäten der Bewohner dieser Straße ließen dafür keinen Platz.

Ein breites, zur Hälfte aufschiebbares Glaselement gab die Sicht auf das Wohnzimmer frei. Hier war ein Eindringen unmöglich. Zugänglicher war eine Terrassentür mit Holzrahmen, die in einen angrenzenden Raum führte. Jetzt kam der kritische Teil seiner Mission.

Aus dem Hosenbund zog er einen an der Spitze keilförmig zugeschnittenen flachen Metallstab hervor. Er setzte das abgeflachte Stück in Höhe des Drehknaufs, der an der Innenseite zum Öffnen der Tür angebracht war, an und nutzte die Hebelwirkung, um die Tür aufzubrechen. Es war nicht einmal eine übermäßige Kraftanstrengung erforderlich, und die Tür schwang auf.

Der Mann hielt den Atem an und lauschte, ob eine Alarmanlage anschlug. Doch alles blieb ruhig. Es war immer wieder erstaunlich, dass die Leute sich über ihre Möglichkeiten hinaus verschuldeten, um ein Haus zu bauen, dann aber an den verhältnismäßig geringen Investitionen zur Absicherung ihres Eigentums sparten. Es gab viele Einrichtungen, die ein einfaches Öffnen der Tür so erschwert hätten, dass der Mann von seinem Vorhaben eventuell sogar Abstand genommen hätte. Profis behaupteten zwar, der einzig wirksame Einbruchschutz, vor dem sie Respekt hätten, wäre eine vierbeinige bellende Absicherung, aber die meisten Einbrüche gingen zulasten von Gelegenheitsdieben, die sich schon von kleineren Hemmnissen abhalten ließen.

Der Mann huschte ins Haus und legte sein Einbruchswerkzeug gleich neben der aufgebrochenen Tür, die er wieder geschlossen hatte, ab. Er würde es nicht mehr brauchen und war sich sicher, auf dem Gerät keine Spuren hinterlassen zu haben, die ihn später verraten würden. Dadurch, dass er sein Werkzeug am Tatort hinterließ, würde er außerdem eine eigene »Duftmarke« setzen. Diese Vorgehensweise war einmalig und deutete nicht auf einen Serieneinbrecher hin. Er hoffte, dass die überlastete Polizei diesem Einzelfall nur wenig Aufmerksamkeit widmen würde.

Der Mann sah sich um. Er war im Esszimmer gelandet, in dem ein großer ovaler Tisch, um den acht Stühle standen, den Mittelpunkt bildete. Die Einrichtung war sicher nicht beim Möbeldiscounter erworben worden, trotzdem fehlte ihr der Pfiff, um gediegen oder zumindest behaglich zu wirken.

Doch der Mann hatte keinen Blick für diese Dinge. Rasch erkundete er die anderen Räume. Es gab ein großes Wohnzimmer mit Kamin, ein Gästezimmer, einen Raum, den die Dame des

Hauses für sich reserviert hatte, eine Küche und ein Gästebad. Der Mann registrierte, dass Frau Forstheim, obwohl sie nicht berufstätig war, ihre Zeit nicht mit der Pflege des Haushalts vergeudete.

Die ersten Schritte hatte er vorsichtig zurückgelegt, immer in der Erwartung, vielleicht doch noch von einem Bewegungsmelder erfasst zu werden. Nachdem auch hier keine Alarmanlage angeschlagen hatte, bewegte er sich jetzt frei. Zwischendurch lauschte er mit wachem Ohr auf verdächtige Geräusche. Doch alles blieb still. Lediglich die große antike Wanduhr in der Diele sonderte ein gleichmäßiges Ticken ab, so, als würde sie wie ein Metronom den Zeitlauf begleiten.

Der Mann überwand mit schnellen Sprüngen die hölzerne Treppe ins Obergeschoß. Die freitragenden Stufen und das gläserne Geländer passten sich gut der offenen Bauweise des Hauses an. Aber auch hier hatten die Bewohner bei der Innengestaltung wenig Geschick bewiesen. Das Interieur wirkte bieder und hausbacken und passte nicht zur Großzügigkeit, mit der der Architekt das Haus geplant hatte.

Die Tür zum Bad war geschlossen. Ein zweites Wohnzimmer, das Schlafzimmer – all das interessierte den Mann nicht. Endlich fand er, wonach er suchte. Der Hausherr hatte sich ein Arbeitszimmer gegönnt.

Der Mann beugte sich über den Schreibtisch. Dort lagen wahllos CDs, Posteingänge und andere Papiere herum. Die Briefe waren ausschließlich privater Natur. Rechnungen, Mahnungen, Werbeschreiben.

Auf der Schreibtischecke lag ein Stapel gefalteter Papiere. Es waren technische Zeichnungen, deren Inhalt der Mann nicht beurteilen konnte. Er legte den Stapel beiseite. Diese Unterlagen würde er mitnehmen. Das galt auch für die CDs, die er auf dem Schreibtisch fand.

Mit dem Zeigefinger, der in Latexhandschuhen steckte, fuhr der Mann die Reihe der Ordner im Wandregal ab. Zwei zog er heraus. Auf dem einen Rücken stand in unregelmäßiger Handschrift »Hausfinanzierung«, auf dem anderen »Argentinienanleihe«.

Mit flinken Fingern blätterte er die Ordner durch. Fast bei jeder zweiten Seite murmelte er leise etwas vor sich hin. Schließlich zog er eine kleine Digitalkamera aus der Hosentasche und begann, die ihn interessierenden Seiten zu fotografieren. Das Gleiche machte er mit den Papieren, die er im zweiten Ordner für lesenswert erachtete.

Nachdem er eine Reihe von Aufnahmen gemacht hatte, stellte er die Ordner wieder an ihren Platz zurück. Er wollte sich gerade zur Tür hinausbegeben, als er stutzte und zum Schreibtisch zurückkehrte. Neben dem Arbeitsplatz stand der Drucker, in dessen Ablagefach sich ein einzelnes Blatt Papier befand. Es war die Kopie eines zwei Tage alten Schreibens an die Commerzbank in Kiel, in dem sich Forstheim beschwerte, dass seine EC-Karte am Geldautomaten im Sophienhof mit dem Hinweis, er möge sich an seine Zweigstelle wenden, eingezogen worden war.

Eigentlich hatte er nicht vor, das Schlafzimmer zu betreten. Nun tat er es doch. Der Blick in die Schränke zeigte ihm, dass vornehmlich Frau Forstheim über umfangreiche und mehr als ausreichende Garderobe verfügte. Sonst war nichts Bemerkenswertes zu sehen.

In der linken Nachttischschublade fanden sich ein paar angebrochene Tablettenschachteln.

Die rechte Nachttischschublade war leer. Fast. Bis auf die Pistole, die einsam dort lag. Der Mann nahm sie in die Hand. Die Waffe war geladen. Er fotografierte sie und kontrollierte das Bild. Auf dem war die Marke nicht erkennbar. Der Mann merkte sich den Namen. Es war eine Walther.

Er legte die Waffe an ihren Platz zurück und huschte auf Zehenspitzen die Treppe hinunter. Nichts war zu hören. Er durchquerte das Esszimmer, blieb noch einmal kurz stehen und nahm sich einen rot leuchtenden Apfel aus dem Obstkorb, der auf einer Anrichte stand. Dann verließ er durch die angelehnte Terrassentür das Haus. Im Nachbargarten wurde immer noch gefrühstückt.

Der Mann umrundete Forstheims Haus. Auch jetzt war niemand auf der Straße zu sehen. Er kehrte zu seinem Auto zurück, startete und fuhr, herzhaft in den Apfel beißend, in Richtung Innenstadt.

*

Die Stadt wirkte wie ausgestorben. Es waren erstaunlich wenig Menschen auf den Straßen unterwegs. Entweder waren die Kieler alle an den Gestaden der Förde spazieren oder sie liebten ihr Heim, überlegte Lüder. Tatsächlich gehörte die Innenstadt in der verkaufsfreien Zeit nicht zu den Orten, zu denen die Menschenmassen strömen.

Er war in die Johannesstraße gefahren, parkte verbotenerweise halb auf dem Gehweg vor der Gaststätte »Alt Gaarden« und betrat das Haus durch den in einem Torweg versteckten Eingang. Im Treppenhaus roch es nach fremdländischer Küche. Lüder klingelte bei Potthoff-Melching. Der Lehrer war erstaunt, als er öffnete und Lüder gegenüberstand. Er bat ihn aber, ohne Umstände zu machen, in die Wohnung. Sie gingen in den Lüder bereits bekannten Wohnraum.

»Ich habe keine Adresse von Jesus Raúl Urquía«, sagte Lüder.

Der Lehrer zog eine Augenbraue hoch. »Das überrascht mich, dass Sie Ihre Unwissenheit so offen eingestehen. Ich war der festen Überzeugung, die Polizei wäre über so etwas informiert.«

»Dann muss ich Ihren falschen Eindruck korrigieren. Natürlich gibt es Quellen, aus denen wir die deutsche Meldeadresse ermitteln können. Wir betrachten es aber nicht als unsere Aufgabe, als ›Big Brother‹ hinter allem und jedem hinterherzuschnüffeln.«

Es gelang Potthoff-Melching sogar, ein Lächeln auf sein Gesicht zu zaubern.

»Sie haben sicher Verständnis für meine kritische Einstellung. Wenn Sie mit einer nicht allen ins bürgerliche Schema passenden Meinung auftreten und skeptisch gegenüber Dingen sind, die an der Mehrheit der Mitbürger unbemerkt vorbeiziehen, gelten Sie auch in unserer Demokratie als Außenseiter, dessen Agieren es zu beobachten gilt. Der Pluralismus hat dort seine Grenzen, wo er für die Leute, die die Fäden ziehen, unbequem wird.«

Lüder war überrascht, wie gestelzt sich der Lehrer ausdrückte.

»Dieser Gedankenaustausch könnte interessant werden, aber heute bin ich in offizieller Mission hier. Spannender als weltanschauliche Fragen ist für mich, wo ich Ihren argentinischen Gesinnungsgenossen finde.«

Potthoff-Melching setzte sich auf seinem Stuhl gerade.

»Gesinnungsgenosse? Das klingt negativ.«

»Also schön. Ich suche Ihren Mitstreiter.«

Potthoff-Melching sah Lüder eine Weile nachdenklich an. Es wirkte fast ein wenig traurig.

»Jesus wohnt bei mir.«

Lüder war ein wenig überrascht. Er würde morgen Hauptkommissar Vollmers fragen, ob ihm etwas von homosexuellen Neigungen Potthoff-Melchings bekannt war, obwohl das kaum im Zusammenhang mit diesem Fall stehen dürfte. Es sei denn, er hätte sich in eine Abhängigkeit begeben, und Urquía oder mögliche Hintermänner hätten mit einem Coming-out gedroht, was für Potthoff-Melchings Tätigkeit als Lehrer vielleicht Nachteile bringen würde. Es kam vor, dass Menschen durch Erpressungen solcher Art zu Taten gezwungen wurden, die sie unter anderen Umständen nie begehen würden.

»Ist Ihr Gast zu sprechen?«

Der Lehrer schüttelte den Kopf. »Bedaure, aber er ist heute früh aus dem Haus.«

»Wohin?«

Potthoff-Melching legte die Fingerspitzen aneinander und betrachtete seine schlanken Hände. Dann sah er auf und blickte Lüder an. Erneut dieser traurige Blick.

»Sehen Sie, genau das ist es. Wieso interessiert sich die Polizei für die kleinsten Dinge im Leben der Bürger? Nur weil wir nicht mit den Wölfen heulen und gegen den Irrsinn einer ausufernden Waffenproduktion sind?«

»Ich fürchte, Sie überschätzen sich und Ihre Mission. Der *Staat* jagt nicht Sie, sondern feige Mörder. Und dabei wird er sich nicht durch irgendeine politische Gesinnung beeindrucken lassen, mag sie für den Einzelnen nachvollziehbar, weltfremd oder schlichtweg wirr sein. Es könnte für Jesus Raúl Urquía gute Gründe geben, sich gegen sein Vaterland zu stellen. Der ermordete Commodore war Offizier und in einem Alter, dass er während der Militärdiktatur schon im aktiven Dienst war. Wir wissen beide, dass diese schwarze Epoche in Argentiniens Geschichte bis heute nicht aufgearbeitet ist und man erst jetzt unter dem neuen Präsidenten darangeht, die Vergangenheit zu bewältigen. Die Vorgänger Néstor Kirchners haben den uniformierten Tätern großzügig Amnestie gewährt. So könnte Urquía Angehöriger eines Opfers der Militärs sein, der sich jetzt rächen will. Wer sagt uns denn, dass der Commodore nicht in solche Taten verstrickt war? Also! Wo finde ich Urquía?«

»Das ist doch lächerlich. Sie glauben nicht im Ernst, dass ein junger Mensch, der an der altehrwürdigen Kieler Universität studieren will, nur deshalb nach Europa kommt, um einen Angehörigen zu rächen?« In Potthoff-Melchings Stimme schwang Entrüstung mit.

»Was wissen Sie über die Familie Urquías?«, fragte Lüder.

Der Lehrer blieb die Antwort schuldig.

»Sehen Sie? Nichts! Wenn man zusammenwohnt und viel Zeit miteinander verbringt, ist es doch natürlich, auch einmal etwas Persönliches zu erzählen. Oder?«

Lüder erkannte am hilflosen Blick seines Gegenübers, dass er ins Schwarze getroffen hatte.

»Jesus ist am Wochenende oft am Bahnhof, um sich dort Zeitungen zu besorgen«, sagte Potthoff-Melching schließlich. »Er müsste bald zurück sein. Wollen Sie noch warten?«

Lüder schüttelte den Kopf.

»Vielen Dank, aber das Gespräch mit Ihnen war so aufschlussreich, dass ich mir für heute die Unterredung mit Urquía sparen kann. Ich glaube, von dem hätte ich nicht das erfahren, was Sie mir erzählt haben.«

Potthoff-Melching sah ihn ratlos an. Der Mann hatte nicht verstanden, welche Geheimnisse er unwissentlich dem Polizisten anvertraut hatte. Mit verstörtem Blick begleitete ihn Potthoff-Melching zur Tür.

Vor dem Haus atmete Lüder tief durch. Es war nicht auszuschließen, dass persönliche Rache das Motiv für den Mord an Commodore Hernandez war. Das Facón als Tatwaffe wäre ein Hinweis darauf. Warum aber hatten der oder die Täter Staatsanwalt Kremer auf solch niederträchtige Weise ermordet? Waren es die gleichen Leute, die auch auf Berlin Druck ausübten und versuchten, über den offiziellen Weg die Ermittlungen zu stören? Oder war es doch ein Racheakt, und der Mord an Kremer hatte einen ganz anderen Hintergrund, und es war ein unglückliches Zusammentreffen, dass beide Morde in die gleiche Zeit fielen und es aussah, als würden sie im Zusammenhang stehen? Für diesen Zufall könnte auch sprechen, dass unterschiedliche Tatwaffen benutzt wurden.

Lüder sah die Straße hinunter und bemerkte den argentinischen Studenten, der mit mehreren zusammengerollten Zeitungen unterm Arm aus Richtung Vinetaplatz um die Ecke bog. Auch Urquía hatte ihn entdeckt und verzögerte seinen Schritt. Einen Moment sah es aus, als wollte der Student umdrehen. Er überlegte es sich aber anders und kam Lüder entgegen.

»Was interessiert sich die Polizei für mich? Was tue ich, das den deutschen Behörden nicht gefällt? Oder sind Sie Handlanger meiner Heimat? Hat man Sie aufgehetzt? Der Jesus Urquía plant den großen Umsturz? Es ist ja bequem für die Amerikaner und ihre europäischen Helfer, jeden Menschen mit dunklerer Hautfarbe als Terroristen zu verdächtigen«, giftete der Argentinier ungefragt Lüder an.

»Nun mal sachte, junger Mann. Wir wollen nicht in Polemik verfallen. Ihrem Freund da oben«, dabei zeigte Lüder mit dem Daumen über die Schulter in Richtung Potthoff-Melchings Wohnung, »habe ich auch schon klargemacht, dass wir einen Mörder suchen.«

Urquía schlug sich mit den zusammengerollten Zeitungen gegen die Stirn.

»Lachhaft. Sie glauben, ich ziehe durch Kiel und bringe Leute um.« Er schlug mit der Zeitungsrolle mehrfach gegen Lüders Brust. »Armseliger. Haben Sie immer noch nicht begriffen, dass wir von der Friedensbewegung sind? *Friedens*bewegung, Mensch. Das heißt, wir sind *gegen* Gewalt.«

»Was sind Worte? Wir hatten auch einmal eine Deutsche *Demokratische* Republik, die aber alles andere als demokratisch war.«

Urquía holte tief Luft, winkte dann aber ab und brummte: »Ach, Leuten wie Ihnen kann man nichts erklären.«

»Doch. Das können Sie schon. Erzählen Sie mir einfach etwas von Ihrer Familie. Wo kommen Sie her? Wer sind Ihre Eltern? Ich finde solche Geschichten spannend.«

Der Argentinier funkelte Lüder aus seinen dunklen Augen an. »Was soll das?«

Sie wurden von einem Mann unterbrochen, der von der anderen Straßenseite auf sie zukam, mitten auf der Fahrbahn stehen blieb und seine Kamera vors Gesicht hob.

Wütend drehte sich Urquía um und bleckte die Zähne.

»Hijo de puta!«, rief er aufgebracht dem kleinen chilenischen Journalisten da Silva zu, der sich durch die Beschimpfungen aber nicht beeindrucken ließ.

»Auch wenn du mich ›Hurensohn‹ nennst, kannst du mich nicht erschüttern«, entgegnete da Silva, als er zu ihnen trat.

Das breite Grinsen im Gesicht des Journalisten und dessen selbstsicheres Auftreten brachten Urquía noch mehr aus der Fassung. Er beschimpfte da Silva auf Spanisch. Und als dieser immer noch nicht reagierte, ging der Argentinier auf ihn los. Im letzten Moment konnte Lüder verhindern, dass er auf den sich wegduckenden Chilenen einschlug.

»Jetzt reicht's aber«, schimpfte Lüder. »Wir sind hier doch nicht in Patagonien. Sie kommen beide mit aufs Revier.«

Plötzlich schienen sich die Südamerikaner einig. Aus ihren durcheinander auf ihn einprasselnden Wortfetzen entnahm er, dass beide keinen Grund dafür sahen, mit auf das Polizeirevier zu fahren.

»Schluss jetzt«, übertönte Lüders klare und deutliche Stimme die zwei Männer. »Wenn nicht augenblicklich Ruhe herrscht, werde ich Sie mit Handschellen abführen. Ist das klar?«

Diese Drohung machte Eindruck. Ohne Widerstand folgten ihm die Kontrahenten zu seinem BMW. Er konnte zwar nicht verhindern, dass ihm unterwegs spanische Wortfetzen um die Ohren flogen, da die zwei ihren Disput fortsetzten. Erst auf der »Blume« ließen die beiden voneinander ab. Lüder überließ es den Kollegen vom Kriminaldauerdienst, die Personalien der Südamerikaner formell aufzunehmen. Anschließend wurden sie unter Protest erkennungsdienstlich behandelt. Die Frage nach anwaltlichem oder konsularischem Beistand wiesen aber sowohl Urquía wie auch da Silva von sich.

Lüder wollte zuerst Urquía verhören.

»Was hat Sie veranlasst, so vehement gegen den Journalisten vorzugehen?«

Der Argentinier blies die Wangen auf und ließ hörbar die Luft entweichen.

»Paaah! Journalist. Der Typ ist ein chilenischer Spitzel. Sie glauben doch selbst nicht, dass so einer für die Presse arbeitet.«

»Wie kommen Sie zu dieser Vermutung?«

Urquía lehnte sich zurück.

»Das ist so«, behauptete er fest.

»Und was will der ›chilenische Agent‹ hier in Kiel?«

»Der agitiert gegen meine Heimat.«

Lüder spielte einen Moment mit seinem Kugelschreiber und musterte dabei sein Gegenüber. Die Gesichtszüge Urquías hatten einen trotzigen Ausdruck angenommen.

»Das sollten Sie mir erklären«, sagte Lüder. »Sie stemmen sich gegen die Regierung Ihres Vaterlandes und protestieren gegen die militärische Aufrüstung. Gleichzeitig beschimpfen Sie aber einen chilenischen Bürger, weil der sich, Ihrer Meinung nach, gegen Argentinien stellt.«

»Das eine hat mit dem anderen nichts zu tun«, erklärte Urquía und untermalte seine Rede mit lebhaften Handbewegungen. »Ich bin gegen den weltweiten Rüstungswahn. Auch kann ich das, was zu Zeiten der Militärdiktatur geschehen ist, nicht gutheißen. Aber deshalb unterstütze ich noch lange nicht die Leute, die gegen meine Heimat arbeiten.«

»Und das macht da Silva?«

»Natürlich! Jeder Chilene hat etwas gegen Argentinien.« Dann erklärte Urquía langatmig, was Lüder schon wusste. Er berichtete von den Interessenkonflikten um Bodenschätze, Öl- und Gasvorkommen in Patagonien, Feuerland und vor Kap Hoorn.

»Ihre Familie ist seit Generationen in Argentinien ansässig?«

Urquía sah Lüder irritiert an.

»Was wollen Sie damit sagen? Glauben Sie, meine Vorfahren wären nach dem Zweiten Weltkrieg ins Land gekommen, weil sie sich aus Nazi-Europa davonstehlen mussten? Wir sind *echte* Argentinier.«

»Nicht so einer wie Kapitänleutnant Heimberger?«

Urquía stutzte. Er überlegte lange, bevor er antwortete.

»Der ist ganz okay. Für die Taten seiner Vorfahren kann er nichts.«

»Und was wollten Sie von ihm? Warum haben Sie ihn angerufen?«

Jetzt zeigte sich in den Gesichtszügen Urquías offene Verblüffung.

»Woher wissen Sie, dass ich Kontakt zu Fred habe?«

»Zu Fred?«, fragte Lüder.

Urquía nickte. »Ja, Fred von Alfredo.«

»Aber Potthoff-Melching ist auch ›Fred‹?

Der Argentinier antwortete prompt.

»Ja. Das habe ich doch schon erklärt, warum ich ihn Fred nenne.«

»Und Sie bringen die beiden ›Freds‹ nicht durcheinander?«

Urquía verschränkte die Arme vor der Brust.

»Das ist mir hier wirklich zu blöde. Was sollen diese kindischen Fragen?«

Lüder schlug mit der flachen Hand auf die Tischplatte.

»Hier stelle ich die Fragen! Was verbindet Sie mit Heimberger? Haben Sie gemeinsam den Commodore ermordet?«

Ein Hauch Blässe überzog das ebenmäßige Braun von Urquías Gesicht. Er wirkte erschrocken über Lüders Anschuldigung.

»Ich? Das ist doch lächerlich.« Dann lehnte er sich zurück. Mit dem Unterkiefer vollführte er mahlende Bewegungen, als würde er etwas Zähes zwischen den Zähnen zerquetschen wollen. »Gut, ich habe Verbindung zu Fred Heimberger aufgenommen. Er ist ein kluger Mann und hat eine hervorragende Ausbildung genossen. Ich hatte geglaubt, bei ihm Verständnis für den Boykott von Kriegswaffen zu wecken.«

»Waren Sie erfolgreich?«

»Er hat mich ausreden lassen. Von ihm kam kein Widerspruch.«

»Hat er mit Ihnen zusammengearbeitet?«

Urquía schüttelte leicht den Kopf.

»Noch nicht, obwohl ich immer wieder versucht habe, ihm klarzumachen, dass die Zeit drängt. Der Friedensbewegung bleibt nicht mehr viel Raum.«

»Sie engagieren sich sehr für Potthoff-Melchings Organisation?«

Jetzt schüttelte Urquía energisch den Kopf. »Es ist nicht Freds Organisation. Die Ächtung von Waffen ist ein weltumspannendes Thema. Und Fred ...«

»Sie meinen Potthoff-Melching?«, unterbrach Lüder.

Der Argentinier sah ihn irritiert an.

»Ja«, antwortete er gedehnt, »wen sonst? Also, Fred ist zu zahm. Er redet nur. Man muss gegen die internationale Waffenlobby handfester vorgehen.«

Lüder spitzte die Lippen. An dieser kleinen Geste merkte Urquía, dass er sich zu weit aus der Deckung getraut hatte.

»Die Waffenhändler sind skrupellos. Da müssen wir auch manchmal ein kleines Zeichen setzen. Aber Mord gehört bestimmt nicht dazu«, schob er nach.

»Aber kleine Werftarbeiter erschrecken Sie schon, indem Sie Drohbriefe an die Windschutzscheibe heften und Autos zerkratzen. Wie bei Dennis Altrogge geschehen, mit dem Sie auf der Holstenstraße aneinandergeraten sind.«

Urquía erschrak. »Woher wissen Sie das?«

Lüder hatte nur eine Vermutung ausgesprochen, aber der Treffer war angekommen.

»Wir sind die Polizei«, sagte er ausweichend.

Der Argentinier spielte nervös mit seinen Fingern, bevor er aufsah.

»Was hat das für Folgen?«

»Altrogge hat Strafanzeige wegen Sachbeschädigung erstattet. Gehen Sie zu ihm; sprechen Sie mit ihm. Sagen Sie, dass es Ihnen leidtut und Sie den Schaden ersetzen. Vielleicht zieht Herr Altrogge die Anzeige zurück.«

Urquía atmete tief durch.

»Das war dumm von mir. Ich möchte dem Mann gern unsere Idee erklären, aber das Auto zerkratzen oder die Kinder einschüchtern ... Ich fürchte, da bin ich am Ziel vorbeigeschossen.«

Mit mahnenden Worten entließ Lüder den Argentinier.

Anschließend bat er den chilenischen Journalisten zum Gespräch. Er wählte diese höfliche Form, da objektiv nichts gegen da

Silva vorlag. Zu Lüders Überraschung war der Chilene nicht ungehalten.

»Haben Sie Verwertbares erfahren?«, fragte da Silva neugierig. Lüder ließ die Frage unbeantwortet.

»Für welche Zeitung in Chile arbeiten Sie?«

»Ich bin freier Journalist und versuche, meine Artikel breit gestreut zu vermarkten«, wich da Silva aus.

»Können Sie mir Beispiele nennen?«

Da Silva fingerte in seiner Hosentasche und zog eine Zigarettenschachtel hervor.

»Darf ich hier rauchen?«

»Ungern«, erwiderte Lüder. »Also, wo sind Ihre Berichte bereits erschienen?«

»In vielen Zeitungen. Was bringt es, wenn ich Sie jetzt aufführe?«

Lüder sah ein, dass da Silva keine Namen nennen wollte. Unter Berücksichtigung der von Urquía vorgebrachten Beschuldigung, da Silva sei gar kein Journalist, nahm Lüder sich vor, dies eingehender zu prüfen.

»Warum hat Urquía so heftig reagiert, als er Ihnen vorhin auf der Straße begegnet ist?«

Da Silva winkte ab.

»Er ist ein hitziger junger Mann. Der Kopf ist voller Ideale. Das bewerte ich nicht über.«

»Und warum haben Sie ihn verfolgt?«

Der kleine Chilene lachte.

»Mich interessiert die Friedensbewegung, insbesondere da sie gegen Argentinien gerichtet ist. Vergessen Sie nicht, dass dieses Land der Aggressor in unserer Region ist. Nicht Chile.«

Lüder wiegte den Kopf. »Sie sollten nicht zu sehr mit Steinen werfen. Auch in Chile gab es eine Diktatur unter Pinochet.«

Da Silva lachte und zeigte dabei zwei Reihen gelber Zähne. »Das können Sie nicht miteinander vergleichen.«

Lüder war nicht danach zumute, das Für und Wider zweier südamerikanischer Diktaturen zu diskutieren. Da Silva schien es bemerkt zu haben.

»Ich denke, Sie sind über die Situation in Südamerika informiert?«

Nachdem Lüder genickt hatte, fuhr der Chilene fort: »Da ist es meine journalistische Pflicht, die Geschehnisse in Argentinien und die Auswirkungen der Politik des Landes zu beobachten und in einer *freien* Presse, die wir jetzt in Chile haben, darüber zu berichten. Dazu gehören auch die Aktionen der Friedensbewegung.«

Da Silva wischte sich mit dem Handrücken über den Mund.

»Natürlich gab es immer schon kritische Stimmen in Südamerika. Die Familie Urquía hat, soweit mir bekannt ist, eine lange linksliberale Tradition. Kluge Köpfe, darunter Ärzte und Künstler. Der Vater unseres studentischen Hitzkopfs hat an der Universität von Quilmes Literatur gelehrt, bis er eines Tages von Unbekannten abgeholt wurde. Der damals noch sehr kleine Jesus Raúl war Augenzeuge. Er hat seinen Vater nie wiedergesehen. Keiner weiß, was mit ihm geschehen ist, obwohl es sich jeder denken kann. Haben Sie schon einmal von den Müttern der Plaza de Mayo gehört? Das sind Frauen, Mütter, Töchter, die bis heute im Ungewissen über das Schicksal ihrer Angehörigen sind. Eigentlich müsste auch die Familie Urquía darunter sein. Hass und Rache sind überall auf der Welt starke Motive.«

»Wollen Sie damit andeuten, dass Sie Urquía und die Friedensbewegung für das verantwortlich machen, was derzeit hier in Kiel geschieht?«

Da Silva zog die Mundwinkel herab.

»Ich würde diesen Gedanken nicht unbedingt ausschließen wollen. Aber das ist noch nicht alles. Die Friedensbewegung hat keinen Zutritt zum Werftgelände. Das ist zu gut abgeschirmt. Folglich muss es dort Helfer geben.«

»Wen haben Sie im Verdacht?«

Der Chilene zuckte mit den Schultern.

»Das ist schwer zu sagen. Kann ich Ihnen vertrauen?«

Lüder sah da Silva nachdenklich an. Woher hatte der kleine Chilene diese Informationen? »Natürlich können Sie mir Vertrauen schenken«, sagte er.

»Warten Sie einen Moment.«

Da Silva machte sich über die Kamera her, die bisher unbeachtet auf dem Tisch gelegen hatte. Dann zeigte er Lüder das Display auf der Rückseite. Zuerst waren die Bilder zu sehen, die da Silva beim Zusammentreffen mit Urquía aufgenommen hatte. Dann tauchten Bilder auf, die wie fotografierte Aktenseiten aussahen. Auf dem kleinen Display der Kamera war aber nichts zu erkennen.

»Was ist das?«, fragte Lüder.

»Das sind interessante Dokumente aus dem Besitz von Jürgen Forstheim. Der Mann hat sich finanziell übernommen. Haus, Auto und Lebenswandel sind eine Nummer zu groß für sein Einkommen. Nun drückt es an allen Enden. Die Kreditkarte ist gesperrt, die Hypothekenzinsen überfällig, und auch sonst weiß der Mann nicht mehr ein noch aus. Und das, obwohl er vor einer Reihe von Jahren eine gar nicht so üble Erbschaft gemacht hat. Forstheims Fehler ist sicher seine Selbstüberschätzung. Das gilt in beruflicher Hinsicht ebenso wie in seinem Privatleben.«

»Kennen Sie Einzelheiten?«

Da Silva zeigte auf das Display.

»Forstheim hat sich in großem Umfang in argentinischen Staatsanleihen engagiert. Die versprachen nicht nur eine hohe Rendite, sondern er glaubte auch, schlauer als die Mehrheit der Anleger zu sein. Durch seine Arbeit auf der Werft und das U-Boot-Projekt hat er sich nicht vorstellen können, dass Argentinien irgendwann verkünden könnte, seine Schulden gegenüber Privatanlegern nicht mehr zu tilgen. Über Nacht waren die Papiere wertlos. Und sie dienten als Sicherheit für seine Verbindlichkeiten. Forstheim ist, wenn auch mit etwas Verspätung, genauso ein Opfer der Kapitalmarkteuphorie wie viele andere selbsternannte Cleverles.«

»Woher wollen Sie das alles wissen?«, fragte Lüder. Er war erstaunt über das Material, das da Silva zusammengetragen hatte. Zwar hatte Vollmers schon herausgefunden, dass es um Forstheims Finanzen nicht zum Besten stand, aber so fundiert waren die Rechercheergebnisse der Kieler Kripo nicht.

»Ich habe meine Quellen.« Da Silva tat geheimnisvoll.

Lüder legte die Hand auf den Fotoapparat. »Ich beschlagnahme das Material«, erklärte er.

Da Silva zuckte zusammen. »Sie haben mir versichert, dass ich

Ihnen vertrauen kann«, sagte er. »Mit einer Beschlagnahme verstoßen Sie gegen Ihr Wort. Und wenn ich Ihnen jetzt auch noch erkläre, dass die Unterlagen illegal beschafft worden sind, dann haben Sie ein Problem. Nicht ich.«

»Was wollen Sie damit sagen? Illegale Beschaffung?«

Der Journalist lachte herzhaft. »Glauben Sie ernsthaft, dass Forstheim dieses Material freiwillig herausgerückt hat? Der bemüht sich sogar, sein Dilemma vor der eigenen Frau zu verbergen.«

»Und wie sind Sie daran gekommen?«

Da Silva spitzte die Lippen. »Ich glaube, Einzelheiten interessieren Sie nicht. Sagen wir einmal, ich habe die Dokumente gefunden. An einem Platz, wo sie hingehören. Vielleicht ist die Inaugenscheinnahme nicht mit Forstheims Einverständnis erfolgt.«

»Wollen Sie sagen, dass Sie bei ihm eingebrochen sind?«

Erneut lächelte der Chilene.

»Gibt es im deutschen Recht nicht eine Regel, nach der man sich nicht selbst bezichtigen muss?«, fragte er.

Lüder war klar, dass sich da Silva die Informationen auf gesetzwidrige Weise beschafft hatte. Bei Abwägung aller Interessen wollte er aber auf die Verfolgung dieses Diebstahls verzichten. Der Fall war viel zu groß, um mögliche Spuren durch die Ahndung eines Einbruchs zu gefährden.

»Zu guter Letzt habe ich noch etwas«, sagte der Chilene triumphierend. Erneut hantierte er an seiner Kamera, bis er auf das Display wies. »Auch das findet sich bei Forstheim.«

Lüder sah die Abbildung einer Walther P38.

»Dieses Spielzeug hält sich Forstheim in der Nachttischschublade«, erklärte da Silva. Dann stand er auf. »Ich glaube, meine Anwesenheit ist für heute nicht weiter erforderlich.«

Er griff nach seiner Kamera.

»Moment«, unterbrach ihn Lüder. »Wenn Sie mir inoffiziell etwas anvertraut haben, können Sie mir eine Kopie Ihres Speicherchips aus der Kamera geben.«

»Natürlich«, erwiderte da Silva und fingerte den Datenträger aus seiner Kamera.

Während Lüder einen Beamten des Kriminaldauerdienstes um

einen Rechnerarbeitsplatz bat, erklärte da Silva nebenbei: »Sie sollten bei allen Überlegungen auch nicht vergessen, dass von höchster Stelle ein sonderbares Interesse an diesem Fall vorgebracht wird. Ihre Regierung würde sich kaum einschalten, wenn es bei diesem Mord nur um die Rache eines Einzelnen an einem argentinischen Offizier gehen würde.«

»Oder doch«, überlegte Lüder, »weil es nicht in die politische Landschaft passen würde, wenn auf deutschem Boden die Folgen der Militärdiktatur aufgearbeitet werden.«

Da Silva reichte Lüder die Hand.

»Ich beneide Sie nicht«, sagte er zum Abschied.

Den Rest des Sonntags verbrachte Lüder im Krankenhaus. Margit war so weit genesen, dass sie mit Erlaubnis der Ärzte ein paar Schritte durch das Freigelände laufen konnten. Sie hatten auch vergeblich versucht, die Großeltern und die Kinder in Kellinghusen zu erreichen. Dort meldete sich niemand. Wahrscheinlich machten die alten Lüders mit dem Nachwuchs einen Ausflug. Vater Lüders hatte sich bis heute standhaft geweigert, »so'n neumodisch'n Krams« wie ein Handy zu akzeptieren. Und auf dem Mobiltelefon der Kinder meldete sich nur eine synthetische Stimme, die verkündete, dass der Teilnehmer momentan nicht erreichbar sei.

Auf dem Heimweg fiel Lüder ein, dass er den Kühlschrank immer noch nicht aufgefüllt hatte. Ihm war nicht nach einem Restaurantbesuch zumute. Sicher hätten sich noch Vorräte an Konserven oder in der Tiefkühltruhe gefunden. Er wollte sich aus einem Imbiss ein halbes Hähnchen oder ein Schaschlik und ein paar Pommes mitnehmen. Ihm fiel aber nicht ein, wo man diese typisch deutschen Fast-Food-Gerichte bekommen würde. Als er schließlich vor seinem Haus hielt, hatte er eine Tüte mit Döner, Krautsalat und Pommes auf dem Beifahrersitz liegen.

Missmutig zwängte er das mittlerweile nur noch lauwarme Essen hinein, während er am kleinen Essplatz in der Küche saß und Cooky beobachtete. Der Wellensittich hockte auf seiner Stange und bearbeitete lustlos den Spiegel. Ob der Vogel registriert, was mit seinem Kumpan Pucky geschehen ist?, überlegte Lüder.

Nach der kargen Mahlzeit setzte er sich vor den Fernsehapparat und zappte sich durch verschiedene Programme. Er verweilte längere Zeit bei Sabine Christiansen. In der Sendung diskutierten eine Reihe durch die Medien bekannter Politiker über die Bedeutung der inneren Sicherheit der Bundesrepublik. Der bayerische Innenminister verkündete dem Zuschauer gerade, dass Terroristen und Extremisten in Deutschland chancenlos wären. Die Sicherheitsbehörden hätten dank der vorsorgetreffenden weitsichtigen Politik der Regierung alle potenziellen Gefahrenherde fest im Griff.

Wie gut, dass Kremers Frau diesen Beitrag nicht sieht, dachte Lüder bitter und ließ sich anschließend weiter berieseln, ohne wirklich mitzubekommen, was ihm aus dem Apparat entgegendröhnte. Gegen Mitternacht beschloss er, ins Bett zu gehen. Er hatte über zwei Stunden versucht, einzuschlafen, dann aber wieder das Licht eingeschaltet, um ein paar Zeilen zu lesen. Die Buchstaben rauschten an seinen Augen vorbei, ohne sein Gehirn zu erreichen.

Irgendwann musste er doch eingeschlafen sein. Der Fall verfolgte ihn bis in den Traum hinein. Von den diffus auftauchenden, diese ganze Geschichte kreuzenden Protagonisten war es nur ein kleiner Schritt zu verschwommenen anderen Gestalten, die er nicht mehr zuordnen konnte. Die unwirklichen Wesen bewegten sich an unbekannten Orten. Auch der Handlungsablauf war unstrukturiert. Wie durch dichten Nebel spulte ein wirres Drama ab, untermalt von Geräuschen, die so unharmonisch waren wie das Konzert eines modernen Komponisten auf unkonventionellen Instrumenten.

Lüder verfolgte das traumhafte Durcheinander wie ein mitten im Geschehen stehender Zuschauer. Er wollte in der Unruhe des Traums die Augen schließen und sich die Ohren zuhalten, bis er von einem vertrauten Geräusch erlöst wurde. Inmitten der unwirklichen Kakophonie mischte sich das bekannte Knarren von bewegendem Holz ein.

Lüder fuhr im Bett hoch. Das Knarren des Holzes hatte Margit und ihm oft ein Schmunzeln entlockt. Sie hörten diesen Ton, wenn die Kinder an freien Tagen die Treppe ins Erdgeschoß hinabschlichen und den beiden Erwachsenen noch ein paar Minuten Zweisamkeit zugestanden.

In einem älteren Haus gab es immer wiederkehrende Geräusche durch arbeitendes Holz, die anspringende Heizung oder das Aggregat des Kühlschranks. Doch das Knarren der Treppe gehörte nicht dazu.

Jemand bewegte sich vorsichtig im Haus.

Lüder griff zur SIG Sauer, seiner Dienstwaffe, die er seit der Ermordung Kremers und den Drohungen gegen ihn und seine Familie auf dem Nachttisch liegen hatte.

Während er sich aufrichtete, nahm er die Waffe zur Hand.

Automatisch zog er den Verschluss zurück, um die Waffe durchzuladen. Das Ratschen schien ihm so laut, dass es durchs ganze Haus dröhnte.

Lüder vermochte nicht zu sagen, weshalb er beim Zubettgehen die Schlafzimmertür nicht geschlossen hatte. Einen Grund dafür gab es nicht. Nur diesem glücklichen Umstand verdankte er es, dass er in seinem unruhigen Schlaf das Knarren der Treppe wahrgenommen hatte.

Er hielt den Atem an, weil der unbekannte Besucher das Laden der Dienstwaffe gehört haben musste.

Lüder schlich auf nackten Sohlen über den Teppich die wenigen Schritte bis zur Tür. Er war aufs Äußerte angespannt. Vom Eindringling war nichts zu hören.

Durch die Gardinen drang fahles Mondlicht in den Raum und beleuchtete schwach die Szene. Gegen die helle Wand zeichneten sich die Umrisse der Möbel ab. Zum Glück schluckte der dunkle Teppichboden Lüders Schatten, der durch das Licht entstand, das durch das Fenster in seinem Rücken fiel.

Lüder verharrte eine ganze Weile in dieser Position. Mit angespannten Sinnen lauschte er. War er einer Täuschung erlegen? Natürlich waren die Nerven gereizt. Er war sensibilisiert. Deshalb war es durchaus möglich, dass er sich selbst etwas vorgaukelte.

Nichts rührte sich.

Lüder ging in die Knie. Wie ein Paukenschlag klang das Knacken seiner Gelenke durch die Stille. Er schalt sich selbst einen

Narren. Zumindest durfte er niemandem etwas von seinem Verhalten berichten. Er würde sich damit lächerlich machen. Ein Polizist, der mit einem Kribbeln im Nacken am Türrahmen seines Schlafzimmers kauert und einen nicht vorhandenen Gegner belauert. Gottlob war er allein im Hause. Margit hätte möglicherweise belustigt im Bett gesessen und sein Verhalten kommentiert. Und um die Szene besser beobachten zu können, hätte sie auch das Licht eingeschaltet.

Lüder holte tief Luft. Dann schob er vorsichtig seinen Kopf um die Ecke.

In diesem Moment hörte er das »Plopp« einer Waffe. Das Geräusch war zeitgleich mit dem Knall, den das Geschoss verursachte, als es gegen die Schlafzimmerwand knallte, abprallte und mit einem leichten Sirren als Querschläger krachend in das Holz des großen Schranks fuhr.

Sein Gegner hatte sich absolut professionell verhalten und in seiner Position so lange bewegungslos verharrt, bis Lüder sich rührte. In der psychologischen Kampfführung hatte der andere den ersten Punktsieg errungen. Lüder hatte als Erster die Stille durchbrochen.

Bei seinem kurzen Blick hatte er auf der dunklen Treppe nicht einmal einen Schatten erkennen können. Er wog seine Situation ab. Der unbekannte Schütze hatte die bessere Schussposition, weil sich Lüders Silhouette vor dem hellen Türrahmen abzeichnete. Andererseits konnte sich der Gegner nicht rühren, weil die Treppe jede Bewegung verraten würde.

Lüder überlegte einen Moment. Dann hatte er eine Idee. Vorsichtig richtete er sich auf. Diesmal verrieten ihn seine Knie nicht. Lautlos griff er hinter sich und tastete nach einem Bild, das auf einer Anrichte stand. Mit spitzen Fingern nahm er den Rahmen und hielt ihn in der linken Hand hoch über den Kopf, während seine rechte die Pistole umklammerte. Er hielt den Atem an. Dann schob er das Bild millimeterweise am Türrahmen entlang um die Ecke. Gleich darauf erklang wieder das »Plopp«. Im selben Moment spürte Lüder den Schlag in seiner linken Hand, als das Bild mit einem lauten Klirren zersprang und die Scherben zu Boden fielen. Die Kugel hatte das Foto glatt durchschlagen und war ihrer

Vorgängerin gefolgt, gegen die Wand abgeprallt und als Querschläger ebenfalls im Kleiderschrank gelandet.

Im selben Moment, als sich der Eindringling auf das Bild hoch über Lüders Kopf konzentrierte, hatte er die rechte Hand vorgeschoben und zwei Schüsse ins Dunkle abgegeben, dorthin, wo er den Gegner vermutete. Dann zog er sich blitzartig wieder in seine Deckung zurück.

Das alles spielte sich in Bruchteilen von Sekunden ab. In dem verhallenden Geräusch seiner eigenen Schüsse hörte Lüder das Knistern von Kleidung, dann das Aufkommen zweier Füße auf dem Fliesenboden des Erdgeschosses.

Der Gegner hatte die Flucht ergriffen.

Lüder hastete die Treppe hinunter und sah einen Schatten, der durch das Wohnzimmer zur offenen Terrassentür eilte.

Er schnellte hinterher, prallte gegen die Tür, die der Flüchtende hinter sich zugeworfen hatte, und als er endlich auf der Terrasse stand, sah er vor den dunklen Büschen am Ende des Gartens einen fliehenden Schatten. Lüder zielte, aber aus dieser Distanz war ein bewegtes Ziel anders als in einem Western mit John Wayne nur schwer mit einer Pistole zu treffen. Lüder lief hinterher, kam kurz ins Straucheln und knickte über den rechten Zeh ab. Mit Mühe konnte er das Gleichgewicht halten. Dann registrierte er einen stechenden Schmerz in seinem Fuß. Ohne Schuhe hätte es keinen Sinn, dem Schützen zu folgen.

Er kehrte ins Haus zurück, vermied es aber, Licht zu machen. Bei der Kaltblütigkeit der Gegner war nicht auszuschließen, dass der andere im Garten lauerte, weil bis zum Eintreffen der Polizei noch ein paar Minuten vergehen würden.

Doch es blieb ruhig, bis es etwas später in der beschaulichen Wohnstraße von Blaulichtern wimmelte und jede Menge uniformierter und ziviler Kollegen nicht nur das Haus unter die Lupe nahmen, sondern auch die Gegend durchkämmten.

ACHT

Weder das Konzert der vereinigten Vogelchöre noch die Sonne, die auch die Schlafzimmergardine nicht vollends aussperren konnte, hatten Lüder zu wecken vermocht. Erst der unerbittliche Weckruf des Telefons holte ihn aus dem Tiefschlaf. Aus verquollenen Augen blinzelte er auf die Digitalanzeige des Weckers und erschrak. Er war schon nach zehn Uhr. Die Spurensicherung hatte erst gegen sieben Uhr das Haus verlassen. Die freundliche Nachbarin, Frau Mönckhagen, hatte sich angeboten, den Handwerker zu bestellen, damit der – diesmal – die Terrassentür reparieren würde.

»Soll ich den Tischler vorsorglich auch für den nächsten Tag bestellen?«, hatte die rundliche Frau geunkt, aber Lüder war auf diesen Scherz nicht eingegangen.

»Lüders«, meldete er sich.

»Was ist denn mit dir los?«, hörte er Margits vertraute Stimme. »Wieso bist du nicht zum Dienst?«

»Verdammt«, brummte er, »ich habe verschlafen.«

»Bist du unsolide geworden, wenn die Familie nicht im Hause ist?« Ein Hauch Besorgnis schwang in Margits leichthin gesprochenen Worten mit.

»Ich habe nicht daran gedacht, den Wecker zu stellen«, log Lüder. Tatsächlich kümmerte sich Margit um diese Selbstverständlichkeiten. »Du siehst, ohne dich läuft hier nichts. Du fehlst mir an allen Ecken.«

»Dann wird es Zeit, dass ich wieder heimkomme. Ich werde mit dem Arzt sprechen. Vielleicht klappt es noch heute.«

»Das ... das wäre schön«, stammelte Lüder. »Obwohl du nichts überstürzen solltest. Und die Kinder würden sich genauso wie meine Eltern noch über ein paar weitere Ferientage freuen.«

»Das hat doch nichts miteinander zu tun«, warf Margit ein. »Was ist gegen zwei oder drei Tage nur zu zweit einzuwenden?«

Weiblicher Logik war manchmal schwer beizukommen, stellte Lüder fest. Auf keinen Fall wollte er ihr etwas von den Ereignissen außerhalb der Krankenhausmauern erzählen. Er hätte es gern gesehen, wenn sie noch eine Weile im relativen Schutz des Hospitals verweilen würde.

»Ich würde mich riesig darüber freuen«, antwortete er und nahm sich vor, mit dem behandelnden Arzt zu sprechen und auf ihn einzuwirken, dass der stationäre Aufenthalt noch verlängert würde.

Lüder telefonierte mit seiner Dienststelle und gab durch, dass er zur Mordkommission fahren würde. Die Morgentoilette fiel zügiger als sonst aus. Auf ein Frühstück verzichtete er ganz.

Eine halbe Stunde später saß er in Vollmers' Büro und wartete bei einem frisch gebrühten Kaffee, den ihm Kommissarin Scholtz angeboten hatte, auf den Leiter des K1.

Es dauerte noch eine weitere halbe Stunde, bis er Vollmers' Stimme auf dem Flur hörte. Kurz darauf stürmte der Hauptkommissar in den Raum.

»Manche Meetings sind so überflüssig wie ein Kropf«, schimpfte er. »Dafür sind wir an einer anderen Stelle weitergekommen. Wir haben die Smith & Wesson von Taylors Leibwächter, diesem Wartanjan, ballistisch untersuchen lassen. Das Ergebnis müsste mit ein wenig Glück vorliegen.«

Mit flinken Fingern wühlte sich Vollmers durch einen Papierstapel auf seinem Schreibtisch. Er zog ein einzelnes Blatt hervor und überflog kurz den Inhalt. Dann tippte er auf das Dokument.

»Die Waffe ist uns unbekannt. Damit wurde nicht geschossen. Weder auf den Staatsanwalt noch bei anderen Gelegenheiten. In unseren Dateien ist die Pistole nicht als Tatwerkzeug für eine Straftat gespeichert.«

»Und was geschieht jetzt mit Wartanjan?«

»Momentan ist er noch in Gewahrsam. Ein Richter hat es bestätigt. Ich gehe davon aus, dass er in den nächsten vierundzwanzig Stunden als unerwünschte Person abgeschoben wird. Wir haben gegen ihn nur unerlaubten Waffenbesitz und den tätlichen Angriff auf einen Polizeibeamten vorliegen. Beides dürfte so gering eingeschätzt werden, dass Wartanjan nicht mit einer ernsthaften Bestrafung zu rechnen hätte. Ich erwarte weitere Anweisung hierzu von Oberstaatsanwalt Brechmann.«

»Was ist mit Taylor?«

Vollmers sah Lüder überrascht an.

»Taylor? Der wurde sofort wieder freigelassen. Gegen den liegt nichts vor. Auch international nicht«, erklärte der Hauptkommissar.

»Und warum hat er sich so vehement dagegen gewehrt, dass wir seinen Konsul benachrichtigen?«

»Keine Ahnung. Wir vermuten beide, dass Taylor Dreck am Stecken hat. Aber das liegt wohl außerhalb unserer Zugriffsmöglichkeiten. Wir vom K1 interessieren uns nicht für den Mann«, sagte Vollmers. »Interessant ist nur, was er als Erstes unternommen hat, nachdem er wieder frei atmen konnte.«

Lüder sah Vollmers an. Doch der grinste nur.

»Nun machen Sie es nicht zu spannend.«

Jetzt lachte der Hauptkommissar.

»Sie werden es kaum für möglich halten. Der ist direkt zu Hinterbichler ins Bordell gefahren.«

»Merkwürdig ist es schon, dass viele Spuren zu diesem Freudenhaus führen«, sagte Lüder. »Haben Sie inzwischen etwas von Dr. Pagenkämper gehört?«

Vollmers schüttelte den Kopf. »Nein. Der ist wie vom Erdboden verschwunden.«

»Ich habe noch zwei Bitten an Sie«, sagte Lüder. »Können Sie feststellen lassen, ob Potthoff-Melching homosexuell ist? Urquía, der argentinische Student, wohnt bei ihm. Mich würde interessieren, ob der Lehrer über diese Schiene möglicherweise erpressbar ist. Schließlich ist er einer von zwei ›Freds‹, die wir kennen. Und ein ›Fred‹ gilt als mutmaßlicher Mörder Kremers.«

Vollmers machte sich eine kurze Notiz. »Und die zweite Bitte?«

»Für welche Zeitungen schreiben die beiden selbsternannten Journalisten? Da Silva in Chile, Sabine Vanderborg in Südafrika. Könnten Sie das prüfen?«

»Mokt wi«, erwiderte der Hauptkommissar und ergänzte seine Notiz.

Von Vollmers' Büro waren es nur wenige Schritte zum Einbruchsdezernat.

»Die Terrassentür wurde mit einem großen, stabilen Schraubendreher aufgehebelt«, erklärte ihm eine junge Kommissarin. »Das war semiprofessionelle Arbeit.«

»Was kann ich darunter verstehen?«

Sie schenkte ihm ein Lächeln.

»Gelegenheitseinbrecher gehen anders vor. Darunter verstehen wir auch die Beschaffungskriminalität. Bei Ihnen ist jemand eingestiegen, der wusste, wie man es macht. Es fehlte aber der letzte Dreh. Ich würde es so formulieren: Theoretisch war der Einbrecher bestens informiert, es mangelte ihm aber an der umfänglichen Erfahrung in der Praxis. Eine nicht oft anzutreffende Kombination. Spuren haben wir keine gefunden. Und die beiden Geschosse, die aus Ihrem Kleiderschrank gekratzt wurden, sind noch in der Kriminaltechnik. Dazu kann ich nichts sagen«, entschuldigte sie sich mit einem weiteren Lächeln.

Lüder bedankte sich bei der jungen Kollegin. Er hatte nichts anderes erwartet. Die Leute, die es auf ihn abgesehen hatten, waren Profis.

Was sollte er jetzt als Nächstes unternehmen? Die Sonderkommission unter Oberrat Gärtner würde allen bekannten Kieler Spuren nachgehen. Da wäre es naheliegend, unkonventionelle Überlegungen anzustellen.

Wieso fuhr Sabine Vanderborg mit einem Fahrzeug aus dem Landkreis Güstrow herum, das auf einen Golflehrer aus Teterow zugelassen war? Die Frau gab ihm ohnehin Rätsel auf. Sie hatte ein Verhältnis zu Forstheim, kannte Kapitänleutnant Heimberger immerhin so gut, dass sie ihn in seinem Appartement besuchen wollte, und durfte das Auto des Golflehrers benutzen. Eine vielseitige Frau. Forstheim und Heimberger kannte er. Vielleicht sollte er sich Timothy McBain einmal aus der Nähe ansehen.

*

Die Ostseeautobahn zwischen Lübeck und Rostock war, wie oft außerhalb der Ferienstoßzeiten, fast leer, und er kam zügig voran. Trotzdem brauchte er fast drei Stunden, bis er auf den Marktplatz von Teterow rollte und seinen BMW auf dem kopfsteingepflasterten Platz abstellte.

Das Rathaus an der Stirnseite strahlte in frisch renoviertem Glanz. Auch das überwiegend nur eingeschossige Häuserensemble ließ nichts mehr von der bedrückenden Baufälligkeit ahnen, die vor der Maueröffnung in den Zentren der abseitsgelegenen ostdeutschen Kleinstädte herrschte.

Das, überlegte Lüder, vergessen viele Menschen häufig, wenn sie über die angeblichen Nachteile unserer freien und auf mitwirkende Eigenverantwortung beruhenden Gesellschaft schimpfen und das Gestrige hochleben lassen.

Hier, in der Abgeschiedenheit der Mecklenburgischen Schweiz, schien der Tag ruhiger und bedächtiger zu verlaufen. Lüder fiel die Stille auf, als er aus dem Auto stieg. Sogar die wenigen Menschen, die unterwegs waren, zeigten keine Eile bei ihrem gemächlichen Gang durch die gemütliche Altstadt, deren Grenzen durch zwei Tore markiert wurden.

Der Spaziergang durch das Zentrum, der ihn an einen kleinen See führte, tat ihm gut. Er spürte noch immer die Folgen der vergangenen Nacht. Dann setzte er sich wieder ins Auto und fuhr die wenigen Kilometer bis zum Ortsteil Teschow. Schon von der kurvenreichen Landstraße, die an eine Achterbahn erinnerte, sah er das liebevoll renovierte Schloss, das zu einem Hotel ausgebaut war und in dem McBain als Golflehrer arbeitete.

Früher mochten einfache Siedlungshäuser den Ortsteil Teschow geprägt haben. Heute stand hier dicht an dicht jede Menge schmucker Neubauten. Baugebiete dieser Art fanden sich im Westen der Republik in diesen Tagen nur noch selten.

Eine breite, repräsentative Auffahrt führte zum Portal des Schlosses. Lüder fuhr auf den rechts gelegenen großen Parkplatz, der etwa zur Hälfte belegt war, stellte seinen BMW ab und kehrte zu Fuß zum Hoteleingang zurück.

An der Rezeption begrüßte ihn eine adrett gekleidete junge Frau.

»Ich hätte gern Herrn McBain gesprochen«, bat Lüder. »Oder Frau Sabine Vanderborg«, schob er, einer Eingebung folgend, nach.

»Vanderborg?«, fragte die Empfangsdame. »Soll die bei uns Gast sein?«

Sie stellte sich an ihren Computer, dessen Bildschirm Lüder nicht einsehen konnte. Dann schüttelte sie ihren mit einem Pagenschnitt verzierten Kopf.

»Das tut mir leid. Eine Frau Vanderborg wohnt nicht bei uns.«

Gern hätte Lüder gewusst, ob die südafrikanische Journalistin früher einmal Gast auf Schloss Teschow gewesen war. Er verkniff sich diese Frage aber.

Die junge Frau wandte sich nach hinten und fragte in einen Raum, der als Backfront-Office diente, ob jemand wisse, wo Tim sei. Kurz darauf erschien der Kopf einer zweiten Frau, die Lüder mit einem Kopfnicken begrüßte und ihrer Kollegin erklärte: »Tim ist auf der Driving-Range.«

Die Empfangsdame wies Lüder den Weg dorthin. Er verließ das Gebäude, wandte sich nach rechts und sah von der erhöhten Position der Auffahrt das Golf-Übungsgelände, auf dem er mehrere Personen ausmachte, die Abschläge übten.

Als er näher kam, sah er eine wohlbeleibte Frau in zu engen Hosen, die sich mit einem Mützenschirm vor der tiefstehenden Sonne schützte. Sie lauschte andächtig den Erklärungen eines großen, schlanken Mannes, der ihr mit einem Schläger in der Hand die Geheimnisse des Golfschwungs zu vermitteln suchte.

Der Golfpro trug eine helle Hose und ein weißes Poloshirt, auf dem das Logo eines Edelschneiders prangte. Die behaarten muskulösen Arme waren ebenso gebräunt wie das kantig geschnittene Gesicht.

Es war ein Mann, der zweifellos Eindruck beim weiblichen Geschlecht schinden konnte. Als Lüder sich näherte, blickten die zwei auf. Der Golflehrer sah Lüder fragend an.

»Herr McBain?«

»Ja. Was kann ich für Sie tun?«

»Könnte ich Sie in einer privaten Angelegenheit sprechen?«

McBain sah auf seine Uhr. »Ist es in Ordnung, Trudie, wenn wir fünf Minuten früher Schluss machen?«

Nachdem die Frau genickt hatte, gab ihr McBain noch ein paar

Ratschläge und erklärte ihr, welche Übungen sie bis zur nächsten Trainerstunde absolvieren sollte.

Dann wandte er sich an Lüder.

»Um was geht's?«, fragte er. Er sprach fehlerfrei Deutsch, konnte aber seinen englischen Akzent nicht verbergen.

»Sie kennen Sabine Vanderborg?«

Timothy McBain sah Lüder reglos an, ohne zu antworten.

»Ich weiß, dass Sie miteinander bekannt sind. Sie fährt mit Ihrem Audi. Und da Sie das Fahrzeug nicht als gestohlen gemeldet haben, kann dies nur mit Ihrem Einverständnis erfolgen.«

»Woher wissen Sie das? Sind Sie von der Polizei?«

Lüder nickte und machte zwei Ausfallschritte zur Seite, weil er sonst gegen die Sonne hätte blinzeln müssen.

»Was ist mit dem Wagen?«, fragte McBain. »Ist etwas geschehen? Ein Unfall?«

Lüder fiel auf, dass die erste Sorge des Mannes dem Auto galt. Er hatte nicht nach Sabine Vanderborg gefragt.

»Dem Audi ist nichts geschehen. Mich interessiert Ihre Verbindung zu Frau Vanderborg.«

»Was sollte daran interessant sein?«

»Zum Beispiel, wie Sie sich kennengelernt haben.«

McBain atmete tief aus.

»Hier«, sagte er. »Sie kam eines Tages zum Golfspiel her. Da sie angab, eine Weile nicht auf dem Platz gewesen zu sein, nahm sie eine Stunde bei mir. So sind wir ins Gespräch gekommen. Abends trafen wir uns zufällig in der Hotelbar. Wir haben uns noch am selben Abend für den nächsten Tag verabredet. So fing es an. Und daraufhin kam sie öfter.«

»Kam sie allein? Oder in Begleitung?«

Er schüttelte seinen Kopf, dass das Haar flog.

»Das erste Mal waren mehrere Männer dabei, die sich hier zur Golfrunde verabredet hatten. Zwei von denen sind gelegentlich Gast im Hotel. Der eine ist Deutscher, der andere Engländer.«

»Wie heißen die beiden?«

McBain legte den Finger auf die Unterlippe, während er nachdachte.

»Der Deutsche heißt Bernie, vom anderen kenne ich den Namen nicht.«

Bernie! Das könnte Bernhard von Glahn sein. Lüder beschrieb ihn und Brown, den Engländer.

»Schon möglich«, erwiderte McBain. Lüder hatte den Eindruck, der Golflehrer hatte gar nicht richtig zugehört. Die gleiche Antwort hätte er auch bekommen, wenn er eine Personenbeschreibung von Donald Duck und seinen drei Neffen abgegeben hätte.

»Was wollen Sie von Sabine?«, fragte McBain.

»Routine«, wehrte Lüder ab. »Welche Verbindung gibt es zwischen Frau Vanderborg und den beiden Männern?«

Der Golflehrer kniff die Lippen zusammen. »Genau weiß ich es nicht. Ich habe einmal danach gefragt. Sie hätte beruflich mit den beiden zu tun, sagte sie.«

»In Ihrer Eigenschaft als Dolmetscherin?«, fragte Lüder.

McBain sah ihn einen Moment verdutzt an. »Wieso Dolmetscherin? Sie ist Journalistin.«

Das hatte Lüder hören wollen. Sie war also auch hier mit dieser Berufsbezeichnung aufgetreten.

»Sie haben ein Verhältnis mit ihr?«

Der Golflehrer zeigte zwei Reihen strahlend weißer Zähne und ließ ein jungenhaftes Lachen hören.

»Ich habe Verhältnisse zu vielen Frauen. Sabine ist ein intelligentes Mädchen, hat Charme und Esprit. Warum sollte ich mir die Gelegenheit entgehen lassen?«

»Immerhin haben Sie ihr das Auto geliehen.«

»Das war ein glücklicher Umstand. Eine andere Schülerin, eine Zahnärztin, hat mich gebeten, auf ihren Schatz aufzupassen, während sie zum Golfen in Portugal ist.« Er zeigte mit dem ausgestreckten Arm zum Parkplatz. »Das schwarze Mercedes-Cabriolet. So konnte ich Sabine mit meinem Audi behilflich sein.«

»Wo waren Sie am letzten Dienstag?«

»Hier. Ich bin jeden Tag hier.«

»Und abends?«

»Warten Sie. Dienstagabend?« McBain legte die Stirn in Falten, dann lächelte er. »Da war ich in einem Hotel in Bad Doberan.«

»Allein?«

»Nein. Mit einer Schülerin. Die Frau ist schon fast fünfzig, hat aber ein Temperament, das ist sagenhaft.«

»Können Sie mir den Namen nennen?«

»Des Hotels?«

»Vom Hotel und von der Frau.«

»Hmh! Vom Hotel ja. Bei der Dame ist es schwierig. Die ist verheiratet. Und ihr Mann ist nicht nur ein einflussreicher Gast in diesem Haus, sondern gehört auch zu den Spielern, die regelmäßig bei mir Unterricht nehmen.«

Lüder blieb hartnäckig und erfuhr schließlich die Namen. Er war sich sicher, dass McBains Angaben stimmten. Trotzdem würde er das Alibi des Golflehrers prüfen lassen.

»Und am Mittwoch?«

»Ich sagte schon, ich bin täglich hier.«

»Sie haben sicher ein Buch, in dem Sie die Übungsstunden eintragen.«

McBain nickte.

»Darf ich das sehen?«

»Das ist nicht hier, sondern wird im Hotel an der Rezeption geführt.«

»Dann gehe ich dorthin und sehe es mir an.«

Der Golflehrer wippte unruhig von einem Fuß auf den anderen.

»Das wäre mir aber unangenehm. Schließlich muss ja nicht jeder wissen, dass die Polizei mit mir spricht.«

»Dann gehen wir zusammen?«

McBain wiegte den Kopf hin und her.

»Schön«, gab er kleinlaut zu. »Letzten Mittwoch habe ich nur vormittags Unterricht gegeben. Nachmittags hatte ich eine Verabredung.«

»Mit wem?«

»Sabine.«

»In Kiel?«

»Ja.«

Das war eine interessante Wende, dachte Lüder. Das Pärchen hatte sich in Kiel getroffen.

»Was haben Sie in Kiel gemacht?«

McBain grinste breit.

»Drei Mal dürfen Sie raten.« Dabei schlug er mehrfach anzüglich mit der flachen rechten Hand auf die Seite der zur Faust geschlossenen linken.

»Wo haben Sie sich getroffen? In welchem Hotel?«

»Nix Hotel. Im Auto. Und beobachtet hat uns auch keiner dabei.«

Sabine Vanderborg würde dieses Alibi mit Sicherheit bestätigen. Deshalb waren weitere Fragen nicht sinnvoll. Lüder beschloss, im Hotel eine Kleinigkeit zu essen und dann nach Kiel zurückzukehren.

*

Es war nur das leise Klappern der Tastaturen zu hören, das von der jüngeren der beiden Sekretärinnen ausging. Von Zeit zu Zeit schenkte die blasse Frau Jürgen Forstheim einen schnellen Seitenblick. Ihre ältere Kollegin las währenddessen intensiv in einem Papier, schüttelte gelegentlich missbilligend den Kopf und kratzte mit einem roten Kugelschreiber korrigierend über das Blatt.

»Dauert es noch lange?«, fragte Forstheim und rutschte unruhig auf der vorderen Kante des Besucherstuhles hin und her.

Die Ältere sah ihn an. »Dr. Vollquardsen wird Sie zu gegebener Zeit zu sich bitten«, war ihr ganzer Kommentar.

Seit einer dreiviertel Stunde kauerte Forstheim im Vorzimmer des Managers. Die bärbeißige Vorzimmerschlange hatte ihn herzitiert. Er war es gewohnt, auf Kommando bei seinem Vorgesetzten erscheinen zu müssen. Aber heute lag etwas Bedrückendes in der Luft. Ihm war nicht wohl in seiner Haut. Zu viel war schiefgelaufen in der Vergangenheit. Er war Ingenieur. Und dass ein tiefgreifendes Verstehen um wirtschaftliche Zusammenhänge nicht Allgemeinwissen ist, hatte er leidvoll erfahren müssen. Das ererbte Vermögen ausschließlich in argentinische Staatsanleihen zu investieren war ein Fehler gewesen, dabei hatte er bei seinem damaligen Entschluss über vorsichtigere Anleger gespottet. Die Rendite der Südamerikaner war lukrativer gewesen als bei langweiligen Bundesanleihen. Und er verfügte über Insiderwissen. Er wusste um die lukrativen U-Boot-Aufträge an seinen Arbeitgeber. Und ein Land, das seine Marine mit führender Waffentechnik hochrüstete, konnte kein finanzieller Wackelkandidat sein.

Dann kam das einseitig verkündete Moratorium der Argentinier, die Tilgung und Zinszahlung an private Gläubiger einzustellen. Plötzlich waren seine Sicherheiten, mit denen er das zu groß dimensionierte Haus abgesichert hatte, nichts mehr wert. Und in Verbindung mit dem aufwendigen Lebensstil seiner Frau war es in den vergangenen Monaten immer enger geworden. Hinzu kam der Einbruch in sein Haus. Merkwürdigerweise hatten die Diebe fast nichts entwendet.

Ihm stand das Wasser bis zum Hals. Sicher trugen dazu auch die anderen Dinge bei, die sich nach und nach in sein Leben eingeschlichen hatten. Die Beziehung zu Sabine Vanderborg hatte ihn verunsichert. Er hatte Angst davor, dass jemand dahinterkommen könnte und er sich rechtfertigen müsste. Und immer, wenn er glaubte, einen kleinen Entlastungsschritt gemacht zu haben und sich einer unsichtbaren Fessel entziehen zu können, zog sich die Schlinge wieder etwas fester zu.

Das Telefon hatte nicht geläutet, trotzdem hob die brünette Mittfünfzigerin, die das Vorzimmer beherrschte, den Hörer ab.

»Ja«, sagte sie knapp und wandte sich dann an Forstheim. »Dr. Vollquardsen erwartet sie.«

Forstheim stand auf und legte die wenigen Schritte bis zur Zimmertür zurück. Es war mehr eine Reflexbewegung, dass er klopfte, denn die gepolsterte Tür war schalldicht isoliert. Zaghaft öffnete er und trat in das große Büro seines Vorgesetzten.

»Ach, Herr Forstheim«, begrüßte ihn Dr. Vollquardsen jovial. »Kommen Sie doch herein.« Er zeigte auf einen Besucherstuhl am Schreibtisch. »Bitte, nehmen Sie Platz.«

Forstheim setzte sich. Er faltete die Hände zusammen und spürte den Schweiß auf den Innenflächen. Vollquardsen hatte sich früher nie so verhalten.

»Wie geht es Ihnen?«

Der Manager sprach in einem leichten Plauderton.

Forstheim konnte mit dieser Frage nichts anfangen. Er war

sich unschlüssig, was Vollquardsen mit dieser Inszenierung bezweckte.

»Danke, gut«, antwortete er vorsichtig.

»Das ist ja schön. Alles im grünen Bereich? Im Projekt? Und auch privat?«

Forstheim fuhr sich nervös mit der Zungenspitze über die Lippen. Ihn ärgerte es, dass er seine Unruhe nicht verbergen konnte.

»Die Unzulänglichkeiten im Projektfortschritt sind Ihnen ja bekannt.«

Vollquardsen lehnte sich in seinem Ledersessel zurück und nutzte den ganzen Spielraum der Wippautomatik.

»Da sind einige Merkwürdigkeiten vorgekommen«, sagte er gedehnt. »Aber bei Ihnen persönlich ist alles okay?«

»Ja, danke. Bestens.«

Forstheim schien es, als wenn Vollquardsen überheblich in sich hineinlächelte.

»Das ist ja vortrefflich. Es ist immer erfreulich, wenn man hört, dass es einem engen Mitarbeiter gutgeht. Als Personalverantwortlicher kann ich es nur begrüßen, wenn der zuständige Projektmitarbeiter seinen inneren Ausgleich nicht nur im Bordell sucht, sondern auch noch in einer außerehelichen Beziehung findet. Dabei haben Sie in Ihrer Ehe doch alles. Zufriedenheit, angemessenen Wohlstand, sogar über die Grenzen Ihrer Möglichkeiten hinaus.« Obwohl Vollquardsen seine Stimme in der gleichen ruhigen Tonlage gehalten hatte, trafen seine Worte Forstheim wie Peitschenhiebe. »Überhaupt ist diese Welt eine gute«, fuhr er fort. »Lauter aufrichtige Leute. Und wenn etwas verloren geht, kommt ein ehrlicher Finder und bringt das Fundgut zurück. Hier.« Er hielt eine DVD in die Höhe. »Das wurde uns heute Morgen von einem Kurierdienst ins Haus gebracht. Hierauf befinden sich interessante Ablichtungen wichtiger Konstruktionszeichnungen, die den Sicherheitsbereich nie hätten verlassen dürfen.«

Forstheim zuckte zusammen.

»Der Finder, der übrigens anonym bleiben wollte und deshalb keinen Absender angegeben hat, schreibt dazu, dass sich diese Unterlagen in Ihrem privaten Umfeld befanden.« Vollquardsen legte die DVD wieder zurück. »Wollten Sie mit der Publikation dieser vertraulichen Unterlagen möglicherweise Ihr Einkommen aufbessern?«

Forstheim sah den Manager mit flackerndem Blick an. Dann wischte er sich mit dem Handrücken den Schweiß von der Stirn, der ihm bereits in die Augen getropft war und höllisch brannte.

»Ich ... ich kann das erklären«, stammelte er, »das ist alles ganz anders, als Sie denken.«

»Spannend«, höhnte Vollquardsen, »diesen Satz hört man sonst nur bei Rosamunde Pilcher, wenn der Ehemann von seiner Frau in flagranti ertappt wurde. Die Werft freut sich jedenfalls, dass es Ihnen nach eigener Auskunft privat gutgeht. Wir wollen Ihnen in dieser Hinsicht nicht im Wege stehen, sondern Ihnen mehr Freiräume einräumen. Deshalb haben wir uns entschlossen, Ihnen fristlos zu kündigen. Ersatzweise sprechen wir eine ordentliche Kündigung aus. Sie werden mit sofortiger Wirkung freigestellt. Wenn Sie jetzt den Raum verlassen, wird Sie Herr Böttcher direkt zum Ausgang begleiten.«

»Das können Sie nicht machen«, sagte Forstheim. Er war laut geworden. »Ich habe nichts ...« Er brach mitten im Satz ab. »Sie hören von meinem Anwalt«, sagte er stattdessen.

»Das würde ich mir überlegen«, mahnte Vollquardsen. »Wir wollen Sie nicht ganz zerstören. Da wäre noch das Thema Korruption und Bestechlichkeit. Denken Sie an die Bordellbesuche des Commodore und Ihre eigenen. Das hat nie im Einklang mit den Grundsätzen unserer Geschäftspolitik stattgefunden.«

»Aber Sie haben doch selbst ...«

Erneut brach Forstheim ab. Er wusste, dass er verloren hatte. Wer hatte bei ihm eingebrochen und die Informationen an die Werft weitergeleitet? Seine Auftraggeber, denen er kleine Gefälligkeiten erwiesen hatte, konnten kein Interesse an seiner Bloßstellung haben. Warum sollten sie ihn, der durch gezielte Maßnahmen bisher so erfolgreich den U-Boot-Auftrag sabotiert hatte, bloßstellen? Ohne seine geschickt getarnten Aktionen wäre es weder hier in Kiel noch in Argentinien zu den unliebsamen Verzögerungen im Projektfortschritt gekommen. Nie hatte er geglaubt, dass man ihn enttarnen würde, schon gar nicht durch Verrat. Dafür, dass jetzt sein Leben wie ein Kartenhaus zusammenbrach, standen die Gegenleistungen, die er erhalten hatte, in keinem Verhältnis. Nein! Er würde versuchen, Kontakt zu seinen Auftraggebern aufzunehmen, und als Schadenersatz Nachforderungen stellen, obwohl er nicht so recht wusste, wie man die Leute erreichen konnte.

*

Das Schlürfen durchdrang laut und vernehmlich die Stille des Raumes. Vollmers sah Horstmann an.

»Frank! Kannst du nicht pusten, wenn dir der Kaffee zu heiß ist?«

Ein breites Grinsen überzog das Lausbubengesicht des Oberkommissars.

»Doch, aber ich liebe ihn heiß und stark. Und nichts schmeckt besser als ein angesogener Schluck. Hast du noch nie gehört, dass Weinkenner ihren edlen Tropfen auf ähnliche Weise kosten?«

Vollmers lachte. »Du wirst doch ein Rebengewächs nicht mit Bürokaffee, zumal mit Fördewasser gekocht, vergleichen wollen?«

»Warum nicht? Was dem Nabob der Champagner, ist dem norddeutschen Polizisten das Guatemala-Hochlandgewächs.«

»Insbesondere, da der meiste Kaffee heute aus Vietnam kommt.«

»Was ist Wein dagegen?«, fragte Horstmann. »Da wird der Rebensaft in mit Chemie gereinigte Flaschen abgefüllt. Mein Kaffee ist mit Wasser gekocht, das der Reinheit der unberührten nordischen Natur entsprungen ist. Gefiltert durch den Fels an Europas Nordspitze, geklärt durch die Tundra in der Weite Finnlands, hat es über die Ostsee seinen Weg zu mir gefunden ...«

»... und aromatisiert mit dem Altöl levantinischer Schrottfrachter und dem Inhalt der Fährschiffstoiletten«, ergänzte Vollmers und zeigte Horstmann einen Vogel. Sein langjähriger Kollege hatte ihn mit der ihm eigenen Fröhlichkeit angesteckt. »Deine Phantasie und Rothschilds Geld«, lästerte Vollmers, »dann ginge es uns gut. Und was ist? Stattdessen jagen wir so spannenden Fragen hinterher wie, ob Potthoff-Melching schwul ist.«

»Warum will Lüders das wissen?«, fragte Horstmann.

Vollmers erklärte es ihm.

»Wir haben keinen Hinweis auf eine homosexuelle Neigung des Lehrers. Allerdings gibt es auch keine Kontakte zur Weiblichkeit«, schloss er ab.

»Also ein Neutrum.«

Vollmers klopfte mit der Spitze seines Kugelschreibers auf die Schreibtischplatte.

»Mich ärgert dieser Brechmann. Warum torpediert der Oberstaatsanwalt die Arbeit der Polizei? Wir hatten die Entscheidung des Richters, dass Taylors Bodyguard abgeschoben werden sollte. Wie hat Brechmann es geschafft, dass wir Wartanjan freilassen mussten? Die Kaution von fünfhundert Euro ist doch lächerlich.«

»Haben wir etwas über diesen Typen erfahren können? International?«

»Nein«, sagte Vollmers. »Gegen Andranik Wartanjan aus Goris in Armenien liegt nichts bei uns vor. Und auch bei Interpol ist er ein Unbekannter.«

»Und welchem glücklichen Umstand verdankt er es, dass er frei ist?«

»Wenn ich es richtig verstanden haben«, erklärte Vollmers, »hat Taylor beim Werftvorstand Vanderborg Rabatz gemacht. Der hat sich, so vermute ich, mit von Glahn in Verbindung gesetzt, und über den wurde Druck auf Brechmann ausgeübt. Im Unterschied zu Kremer ist der Oberstaatsanwalt aber eingeknickt.«

»Oder er hat Angst und befürchtet, genauso zu enden wie sein Vorgänger«, überlegte Horstmann. »Dafür habe ich eine Neuigkeit. Die Kriminaltechnik hat die Geschosse untersucht, die heute Nacht auf Lüders abgegeben wurden. Es handelt sich um Neun-Millimeter-Geschosse. Die Waffe war wahrscheinlich eine Luger. Auch in diesem Fall gibt es keine Anhaltspunkte dafür, dass mit dieser Pistole schon einmal eine Straftat verübt wurde.«

Vollmers kratzte sich am Hals. Die Stoppeln seines gepflegten Barts hinterließen ein deutlich wahrnehmbares Geräusch.

»Hmmh! Eine der Kuriositäten in diesem Fall. Bisher ist noch keine einzige Waffe zweimal verwendet worden. Was sind das für Leute auf der Gegenseite?«

»Profis«, antwortete Horstmann. »Zumindest scheinen sie über ein schier unerschöpfliches Waffenarsenal zu verfügen. Und mit dieser Verwirrtechnik, ständig andere Waffen zu benutzen, verwischen sie auch die kleinste Spur. Die Logistik ist exzellent. Ich weiß nicht, welche Zeitung unser Gegner liest. Mit Sicherheit steckt ein kluger Kopf dahinter.«

»Da hast du Recht«, stimmte Vollmers zu. »Mal was anderes. Lüders hat mich gebeten, hinter den beiden Journalisten herzurecherchieren.«

»Und?«

»Bei da Silva ist es ein aussichtloses Unterfangen. Offenkundig heißt in Südamerika jeder zweite Zeitungsmensch so. Auf die Schnelle ist da nichts zu machen.«

»Hast du was über diese Tante, diese Vanderborg, herausgefunden?«

»Ich habe mich heute Morgen, gleich nachdem Lüders mich darum gebeten hatte, mit der Botschaft in Pretoria in Verbindung gesetzt. Die haben mich ans Safmarine House verwiesen«, tat Vollmers geheimnisvoll.

»Was ist das schon wieder?«

Der Hauptkommissar genoss es einen kleinen Augenblick, Horstmann zappeln zu lassen.

»Im Safmarine House in der Riebeeck Street in Kapstadt betreibt die Botschaft eine Außenstelle. Dort habe ich mit einem Herrn Köhler gesprochen.«

»Wen du alles kennst! Ist unser Horst dort zum Staatsbesuch?«

Vollmers schaute einen Moment irritiert über Horstmanns Einwand.

»Quatschbeutel! Ich habe keine Ahnung, was der Kapstädter Köhler dort macht, könnte mir aber gut vorstellen, dass er im – sagen wir mal – Sicherheitsbereich tätig ist.«

»Ein Schlapphut?«

»Jedenfalls konnte er mir die Frage nicht sofort beantworten, meinte aber, es wäre kein Problem, das kurzfristig herauszubekommen. Er wollte sich heute noch melden.« Vollmers sah auf die Uhr. »Ich rufe ihn mal an.«

Er tippte eine endlos lange Nummer ein. Überraschend schnell meldete sich am anderen Ende eine sympathische Frauenstimme, die versprach, zu Herrn Köhler durchzustellen. Anscheinend musste sie ihn erst suchen, denn Vollmers verfolgte ungeduldig, wie der Sekundenzeiger seiner Uhr sich rasant drehte.

Schließlich meldete sich der Botschaftsmitarbeiter aus Kapstadt. »Ich hätte mich bestimmt gemeldet«, sagte er. »Ich muss jedoch bedauern, Ihnen nicht weiterhelfen zu können.«

»Was soll das heißen?«, fragte Vollmers. »Heute Vormittag hatten Sie noch gesagt, es wäre kein Problem. War das zu vollmundig?«

Der Hauptkommissar war verärgert. Sonst hätte er Köhler nicht so harsch angefahren. Doch das schien Wirkung zu zeigen. Der Botschaftsmitarbeiter war in seiner Ehre gekränkt.

»Solche Anfragen bedeuten für mich keine Schwierigkeit«, gab er zurück. »Das Problem liegt vielmehr bei Ihnen. Bevor Sie uns hier loshetzen, sollten Sie Ihre Kompetenzen intern miteinander abstimmen. Jedenfalls hat uns Berlin untersagt, in dieser Sache tätig zu werden. Und wir gehören nun einmal zum Auswärtigen Amt. Guten Tag.«

Damit hatte Köhler, ohne eine Antwort abzuwarten, aufgelegt.

»Was soll das nun wieder?«, fragte Horstmann, nachdem ihm Vollmers berichtet hatte. »Das versteht nun keiner mehr. Da werfen uns die eigenen Leute Knüppel zwischen die Beine.«

»Ich werde jetzt Lüders anrufen«, beschloss Vollmers.

*

Nach dem Gespräch mit Timothy McBain spürte Lüder deutlich den Hunger, der sich seiner bemächtigte. Außer dem Kaffee bei Vollmers und einem trockenen Sandwich an einer Autobahntankstelle hatte er den ganzen Tag noch nichts Gescheites zu sich genommen. Es war mittlerweile Spätnachmittag.

Er ging zurück ins Hotel, folgte einem Gang, der zu einem neuen Anbau führte und nahm im Restaurant mit Blick in den großzügigen Park Platz.

Es waren noch ein paar vorwiegend ältere Paare mit dem Nachmittagskaffee beschäftigt, aber die freundliche Bedienung wollte in der Küche nachfragen, ob man etwas Handfesteres als Kuchen für Lüder zaubern könnte.

Während Lüder sich an einer Kanne Kaffee und einem Wasser stärkte, musterte er den Speisesaal. Weiß gedeckte Tische, emsig hin- und herlaufendes Personal, das für den Abend eindeckte, und die müßig miteinander schwatzenden Gäste: Dies war eine andere Welt als Kiel, in dem es seit einigen Tagen für bestimmte Menschen lebensgefährlich war.

Neben dem Restaurant führte ein Gang in den hinteren Teil des Anbaus, in dem sich weitere Hotelzimmer und der Wellnessbereich befanden. Vom Speiseraum aus führten mehrere verglaste Türen zu diesem Korridor.

Hinter einer dieser Türen tauchte ein Gesicht auf, das er kannte. Kurz darauf sah er den Mann erneut, als dieser die nächste Glastür passierte. Lüder war überrascht. Mit allem hatte er gerechnet, aber nicht damit, den vermissten Dr. Pagenkämper hier anzutreffen.

Zuerst war er versucht, dem Repräsentanten des Innenministeriums hinterherzueilen und ihn anzusprechen. Aber was hätte er ihm sagen sollen? Und da Pagenkämper ihn offensichtlich nicht entdeckt hatte, hielt sich Lüder zurück. Vielleicht war es gut, wenn er sich nicht zeigte, da seine Mission ohnehin nur halboffiziell war, obwohl seine Gegner offenbar genauestens über seine Schritte unterrichtet waren.

Die Bedienung brachte ihm das ersehnte Essen. Nachdem er den »auf der Haut gebratenen Müritzzander, in Kalbsjus glaciert mit Puy-Linsengemüse« und die »mit Tonkabohne und Pomeranzenschale gekochte Sahne an Gewürzorangenscheiben« genossen hatte, fühlte er sich wohler. Das Essen war schmackhaft, und auch das Auge hatte seine Freude an der Kochkunst des Küchenchefs.

Nach dem Essen observierte Lüder noch eine Weile unauffällig das Hotel Schloss Teschow, aber Dr. Pagenkämper tauchte nicht wieder auf.

Vor seiner Rückfahrt nach Kiel suchte er noch den weitläufigen Parkplatz ab. Tatsächlich stand dort ein dunkelblauer Mercedes der E-Klasse mit Kieler Kennzeichen.

Auf dem Heimweg startete er zuerst eine Halteranfrage. Der Mercedes gehörte Dr. Pagenkämper.

Lüder war kurz vor Kiel, als sich sein Telefon meldete. Jochen Nathusius fragte, ob es Neuigkeiten gebe.

»Mir wurde berichtet, dass Sie im Osten sind«, erzählte der Kriminaldirektor. »Oberstaatsanwalt Brechmann rief mich eben an und beschwerte sich, dass wir an ihm vorbei Ermittlungen durchführen. Ich vermute, er wurde durch von Glahn aufgeschreckt, nachdem Dr. Pagenkämper außen vor ist. Aber wie ist die Kunde von Ihrem Besuch bei diesem britischen Golflehrer zu von Glahn gelangt?«

»McBain muss gleich nach meinem Besuch zu jemandem Kontakt aufgenommen haben. Naheliegend wäre Sabine Vanderborg. Oder er kennt von Glahn doch besser, als er eingestanden hat. Schließlich hat er mir gegenüber zugegeben, ›Bernie‹, wie er Bernhard von Glahn nannte, zu kennen.«

»Es ist dumm, dass wir in diesem Punkt nur auf Vermutungen angewiesen sind«, sagte Nathusius. »Wenn Sabine Vanderborg seine Kontaktperson war, stellt sich die Frage, mit wem die gesprochen hat. Jedenfalls scheint die Gegenseite sehr bemüht, unsere Arbeit mit allen Mitteln zu unterlaufen.«

»Das kann doch nur bedeuten, dass wir auf dem richtigen Weg sind. Wie sonst erklären sich die Bestrebungen, nach Kremer auch mich auszuschalten? Irgendwo muss ich auf etwas gestoßen sein, das Unruhe ausgelöst hat. Wenn wir nur wüssten, was«, sagte Lüder.

»Dafür gelingt es den Tätern, so viel Einfluss zu nehmen, dass Oberrat Gärtner massiv in seiner Arbeit behindert wird. Sie kennen den Kollegen. Der lässt sich durch nichts erschüttern. Ich habe mit ihm einen hervorragenden Mann an die Spitze der Sonderkommission gesetzt. Aber Brechmann wirft ihm ständig Knüppel zwischen die Beine. Und um Ihre Arbeit nicht zu behindern, kann ich Gärtner nicht in der Weise den Rücken stärken, wie ich es möchte.«

Dem Kriminaldirektor war anzuhören, dass er sich in einer unerfreulichen Situation befand.

»Ich bin mir immer noch nicht schlüssig über die Rolle, die der Vizeadmiral der Heringsflotte spielt«, sagte Lüder.

»Wer verbirgt sich hinter dieser prosaischen Umschreibung?«, lachte Nathusius.

»Kapitänleutnant Heimberger«, gab Lüder zurück. Nach Nathusius' Warnung, auf sich zu achten, beendete Lüder das Telefonat.

Er erreichte sein Haus, konnte aber im Umfeld nichts Verdächtiges entdecken. Es war fast tröstlich, dass, kaum dass er den Motor abgestellt hatte, sich die Tür des Nachbarhauses öffnete und Frau Möckhagen ihm aufgeregt entgegenkam.

»Der Tischler hat die Terrassentür notdürftig repariert«, berichtete die aufmerksame Nachbarin. »Hoffentlich ist jetzt Ruhe. Ausgerechnet bei einem Polizisten wird ständig eingebrochen. Die werden immer rücksichtsloser.«

Im Haus fand Lüder nichts Außergewöhnliches. Ihm fiel ein, dass er es wieder versäumt hatte, sich etwas zum Essen zu besorgen. So kramte er die Telefonnummer eines Pizzaservice hervor und saß eine halbe Stunde später lustlos kauend vor einer ziemlich pappig schmeckenden Salamipizza.

Bevor er ins Bett ging, präparierte er die Treppe ins Obergeschoss mit zwei Nylonfäden, an deren Enden er die Henkel von Kaffeebechern befestigte. Die Trinkgefäße füllte er zu einem guten Drittel mit kleinen Kieselsteinen, die Margit in Blumentöpfen zur Abdeckung der Erde dekoriert hatte. Auf diese Weise hoffte er, vor unliebsamen Überraschungen geschützt zu sein.

Ob es wirklich geholfen hätte, war unklar, da er, kaum dass er im Bett lag, in Tiefschlaf fiel.

*

Ev Forstheim versank fast im tiefen weißen Leder des Sessels. Sie hatte das linke Bein angewinkelt und unter ihren Po geklemmt, während sie die Nägel des rechten Fußes abwechselnd mit einer feinen Feile und einem Pinsel bearbeitete, den sie in Näpfchen tauchte, die sie auf dem kleinen Beistelltisch drapiert hatte. Sie unterbrach ihre Arbeit gelegentlich, um einen Schluck Sekt zu trinken, der nur noch schwach prickelte. Sie war der festen Überzeugung, dass Champagner zur feinen Lebensart gehörte, selbst wenn sie es im heimischen Bereich bei Sekt beließ, da ihr der Unterschied zwischen den beiden Getränken nur schwer die Zunge kitzelte.

Ev, die eigentlich Eveline hieß, aber der Ansicht war, »Ev« würde eleganter klingen, warf einen Blick auf die Georg-Jensen-Uhr an ihrem Handgelenk. Die Gehölze im Garten waren nur noch konturenhaft erkennbar. Es war bereits nach zehn Uhr abends.

Es hatte lange gedauert, Jürgens Ehrgeiz zu wecken. In den ersten Jahren war er stolz darauf, langsam, aber bedächtig die Karriereleiter emporzuklettern. Er war ein tüchtiger Ingenieur, hatte sich aber zu sehr auf die reine Technik konzentriert und vermied es, mit Intrigen und Bosheiten im Gerangel um Posten und Karriere mitzumischen.

Die Wende kam mit dem Erbe, das er klug und geschickt investierte, mit Weitblick und einer Anlagestrategie, die dem Durchschnittsbürger fremd war. So glaubte er. Das Engagement in argentinische Staatspapiere ging einher mit seiner Beförderung zum Projektleiter für den U-Boot-Bau für die Südamerikaner. So hatte Jürgen sein berufliches Erfahrungsspektrum optimal mit privatem Investment verknüpft.

Das gesteigerte berufliche Engagement ihres Mannes verhalf auch Ev zu einem neuen Bekanntenkreis, vornehmlich über die Damennachmittage im Golfclub. Dafür verkümmerten alte Freundschaften, aber um die war es wenig schade, da Ev mit zunehmendem sozialem Aufstieg der Neid ihrer ehemaligen Freunde begegnete. Das große Haus, das Auto – dies alles wurde mit Kommentaren abgetan, aus der purer Neid troff.

Ev akzeptierte als Preis für diese Annehmlichkeiten, dass Jürgen jetzt mehr Zeit für seinen Beruf aufwenden musste. Er kam häufig spät nach Hause. Auch ihr Eheleben hatte in den letzten Wochen darunter gelitten. Aber all das konnte Ev verschmerzen, strahlte doch jetzt eine andere Sonne auf ihr Leben.

Sie blickte erneut auf die Armbanduhr, als sie das Auto hörte. Sie kannte das Geräusch des abbremsenden Audi, bevor ihr Mann auf die Einfahrt vor der Garage einbog. Er reduzierte schon zuvor die Geschwindigkeit, damit das per Fernbedienung betriebene Garagentor sich öffnen konnte. Ob die Autotür zuklappte, konnte sie nicht sagen, da dieser Laut durch den Fernsehapparat verschluckt wurde, der im Hintergrund lief.

Sie nahm einen weiteren Schluck Sekt, tauchte den Pinsel in eines der Fläschchen ein und betupfte vorsichtig den nächsten Fußnagel, als sie es in kurzen Abständen mehrfach knallen hörte. Es war ein eigentümliches Geräusch, das von der stillen Straße herüberkam. Es konnten Schüsse gewesen sein.

Mit Sorgfalt fuhr sie mit dem Pinsel an der Nagelhaut entlang, ohne diese zu berühren. Dann widmete sie sich dem nächsten Streifen. Sie ließ sich Zeit dabei; es drängte sie nichts. Der nächste Morgen brachte keine Verpflichtungen, und wenn sie bis in den späten Vormittag hinein schlief, störte es niemand.

Erst als sie mit dem Fußnagel fertig war, fiel ihr auf, dass Jürgen immer noch nicht ins Haus gekommen war. Mit einem Seufzer legte sie den Pinsel so auf die Tischkante, dass die Haare überstanden. Dann trank sie den Rest aus ihrem Glas auf, stand auf und ging auf den Hacken zur Haustür, wobei sie sorgfältig darauf achtete, dass ihre Fußnägel frei in der Luft schwebten.

Jürgen war immer noch nicht ins Haus gekommen.

Ev öffnete vorsichtig die schwere Holztür und fuhr im selben Moment zusammen, als sie das Bündel wahrnahm, dass auf dem Boden vor der Haustür kauerte. Erst auf den zweiten Blick erkannte sie, dass es Jürgen war.

»Was machst du da? Du hast doch nicht etwa getrunken?«

Es war in der jüngsten Vergangenheit öfter vorgekommen, dass ihr Mann nach Alkohol roch, wenn er heimkam. Er war zwar nie betrunken gewesen, Ev bezweifelte aber, dass er eine Verkehrskontrolle ohne Probleme überstanden hätte.

Jürgen sah seine Frau, die im hell erleuchteten Eingang stand, von unten mit großen Augen an. Er hatte die Arme um seinen Oberkörper geschlungen. Es sah aus, als würde er frieren.

»Man hat auf mich geschossen«, stammelte er.

»Spinnst du?«, fragte Ev belustigt. Aber dann fielen ihr die Geräusche ein, die sie gehört hatte. Sie warf einen raschen Blick über den Vorgarten auf die Straße. Nichts war zu sehen. Alles war friedlich. »Bist du dir sicher?«, fragte sie, immer noch im Zweifel, ob es sich nicht um eine Sinnestäuschung handelte.

Jürgen Forstheim war erbost. »Glaubst du, ich hocke hier zu meinem Vergnügen vor der Tür?«

»Wer sollte auf dich schießen? Hier, in dieser Gegend?«

»Woher soll ich das wissen? Schließlich ist Commodore Hernandez auch ermordet worden. Und dieser Staatsanwalt, der den Fall bearbeitet hat, wurde regelrecht hingerichtet.«

Plötzlich ging ein Ruck durch Ev. Der Schreck stand ihr ins Gesicht geschrieben.

»Komm, steh auf«, sagte sie.

Mühsam raffte sich Forstheim hoch. Halb stolpernd, halb kriechend folgte er seiner Frau ins Haus, die hastig hinter ihm die Haustür ins Schloss fallen ließ.

Dann rief sie die Polizei an.

Ev hatte nicht ein einziges Mal gefragt, ob ihr Mann etwas abbekommen habe oder verletzt sei. Das vertraute Miteinander, der fürsorgliche Umgang zwischen den Eheleuten, war schon lange dem Streben nach anderen Zielen geopfert worden.

NEUN

Über der Förde hatte ein leichter Dunstschleier gelegen und den Morgen in ein milchiges Licht getaucht. Die Rushhour stellte in Kiel üblicherweise kein Problem dar, und Lüder war zügig zum Landeskriminalamt durchgekommen, das westlich des Stadtzentrums lag. Er hatte tief und erholsam geschlafen und fühlte sich trotz der Anspannungen der letzten Tage ausgeruht.

Auf dem Flur begegnete er einem Mitarbeiter der Hausdienste.

»Moin, Friedhof«, begrüßte er den jungen Mann, der einen Wagen mit Drahtgestellen vor sich herschob, in dem stapelweise Akten lagen.

»Moin, Herr Kriminalrat. Ich heiße nicht Todesacker, sondern Friedjof«, entgegnete der Bürobote mit schwerer Zunge und versuchte ein Lächeln, was ihm wegen seiner angeborenen Gesichtslähmung jedoch schwerfiel. Dialoge dieser Art gehörten zum Ritual der beiden, wenn sie sich auf den Fluren des Amtes begegneten. Während Lüder mit einem fröhlichen Abwinken weiterging, hörte er Friedjof hinterherrufen: »Ich spreche vielleicht undeutlich, aber Sie stottern bei ihrem Namen: Lüder Lüders!«

Lüder mochte den mehrfach behinderten jungen Mann, der aufgeweckt und rege war und dem lediglich seine körperlichen Beeinträchtigungen weiterführende berufliche Möglichkeiten verschlossen hatten. Vor allem schätzte er die Offenheit, mit der Friedjof mit seinem Handicap umging und sich oft genug selbst auf die Schippe nahm.

In seinem Büro warf Lüder einen kurzen Blick in die Morgenpresse. Die Kieler Ereignisse der letzten Tage waren von der ersten Seite verschwunden. In den seriösen Blättern beherrschte erneut die desolate wirtschaftliche Situation in Berlin die Schlagzeilen, während sich eine Boulevardzeitung mit übergroßen Lettern um das bei einem Bordellbesuch verloren gegangene Gebiss eines Schlagerstars sorgte.

Freudenhaus! Das war das Stichwort. Lüder rief Hauptkommissar Vollmers an und erkundigte sich, ob es Neuigkeiten bei den Ermittlungen gegen die Schläger gab, die Ivanna Krucowa so übel zugerichtet hatten.

»Leider sind wir noch nicht weitergekommen«, sagte der Leiter der Mordkommission bedauernd. »Dafür gibt es aber andere bewegende Ereignisse.«

Vollmers berichtete von dem Überfall auf Forstheim.

»Donnerwetter«, zischte Lüder. In den Morgenzeitungen hatte er noch nichts davon gelesen. »Da interessieren mich Einzelheiten.«

Ausführlich schilderte ihm Vollmers die Aussagen des Ehepaares Forstheim und die Ergebnisse der Spurensicherung.

»Der Mann hat gesagt, dass er bei Dunkelheit heimgekommen ist. Aus Erfahrungen wusste er, von welcher Stelle aus er die Fernbedienung für das Garagentor bedienen konnte, damit er ohne auszusteigen direkt das Fahrzeug in die Garage fahren konnte. Nachdem er ausgestiegen war und die Autotür hinter sich geschlossen hatte, hörte er drei Schüsse, die auf ihn abgegeben wurden. Er hat sich geduckt und ist hinter seinem Wagen in Deckung gegangen. Der Schütze stand auf der anderen Straßenseite, gegenüber der Garageneinfahrt, und feuerte auf ihn. Dann ist der Täter unerkannt entkommen.«

»Tatortspuren?«, fragte Lüder.

»Ja«, erwiderte Vollmers. »Drei Patronenhülsen. Außerdem haben wir eine Kugel in der hinteren Garagenwand gefunden. Das zweite und das dritte Geschoss haben wir bisher nicht finden können. Die Kollegen von der Spurensicherung sind noch einmal zum Tatort zurückgekehrt und suchen jetzt bei Helligkeit die Umgebung ab.«

»Hmmh«, überlegte Lüder. »Wir können bei diesem Anschlag mit Sicherheit Verbindung zu den anderen beiden Morden sehen. Warum sonst sollten es die unbekannten Täter auf jemanden abgesehen haben, der in unmittelbarem Zusammenhang zu den anderen Taten steht?«

»Das sehe ich auch so«, bestätigte Vollmers. »Deshalb fürchte ich auch, dass uns der Fall sehr schnell wieder entzogen wird.«

»Es sei denn, wir behalten diesen Vorfall erst einmal für uns und lassen es darauf ankommen, ob man von selbst darauf kommt, dass es möglicherweise Verbindungen zu den anderen Fällen gibt.«

»Unterschätzen Sie dabei nicht die Drahtzieher in Berlin?«, warf Vollmers skeptisch ein.

Lüder hatte sich bei den Ausführungen des Hauptkommissars Notizen gemacht. Geistesabwesend las er sich die Stichworte durch und ging deshalb nicht auf die Frage Vollmers' ein. Stattdessen entgegnete er: »Irgendetwas ist merkwürdig an dieser Sache.«

»Ich finde es tröstlich, dass Sie auch ein ungutes Gefühl haben. Mir sind einige Dinge aufgestoßen, die unrund sind.«

»Eben! Unsere bisherigen Täter haben ihr Ziel nie verfehlt. Wann immer sie zugeschlagen haben, waren sie von hoher Professionalität.« Gottlob haben sie einmal Pech gehabt, dachte Lüder bei sich, als er sich an den fehlgeschlagenen Anschlag auf sich selbst erinnerte.

»Das stimmt mich auch nachdenklich«, sagte Vollmers. »Wir haben keinen Zweifel daran, dass wir es mit Profikillern zu tun haben. Ein solcher aber schießt niemals mit einer Pistole von der anderen Straßenseite. Die Wahrscheinlichkeit, aus dieser Entfernung zu treffen, ist eher gering und entspricht der eines Lotteriegewinns. Das klappt nur in Filmen. Außerdem haben die Täter in der Vergangenheit nie Patronenhülsen hinterlassen.«

»Wollten die Forstheim nur einen Denkzettel verpassen? Einen Schrecken einjagen?« Lüder strich sich mit Daumen und Zeigefinger über die Mundwinkel. »Das könnte natürlich sein. Aber weshalb hinterlassen sie dann Spuren wie die Patronenhülsen? Können Sie noch einmal berichten, wie sich das Ganze zugetragen hat?«

Lüder hörte Vollmers tief durchatmen, bevor der Hauptkommissar die bisherigen Ermittlungsergebnisse erneut vortrug.

»Stopp«, unterbrach ihn Lüder. »Da ist etwas, was mich stört. Sie sagten, Forstheim hätte schon weit vor seinem Haus, wie er es immer zu tun pflegt, das Garagentor mittels der Fernbedienung geöffnet. Er fährt dann ohne zu halten direkt in die Garage. Das ist nachvollziehbar. Wo stand der Wagen gestern, als das Attentat auf ihn verübt wurde?«

»Moment«, hörte Lüder den Hauptkommissar. Dann vernahm er das Rascheln von Papier. Eine Weile später antwortete Vollmers.

»Forstheims Audi stand in der Auffahrt, also vor der Garage. Dort haben ihn die Kollegen von der Schutzpolizei gefunden, die zuerst am Tatort eintrafen.«

»Erklären Sie mir bitte, weshalb Forstheim das Garagentor öffnet, um dann doch davor zu halten. Er wird den Wagen nach den Schüssen kaum wieder herausgefahren haben.«

»Stimmt«, bestätigte Vollmers. »Das ist mir auch schon aufgefallen. Irgendetwas ist oberfaul an der Sache. Da wäre noch etwas. Die Ehefrau hat ausgesagt, dass sie mit Körperpflege beschäftigt war. Sie hatte ihren Mann kommen hören, sich dann aber gewundert, dass er nicht ins Haus kam.«

»Kein Wunder, wenn auf ihn geschossen wurde.«

»Nein«, entgegnete Vollmers. »Sie hatte das Auto gehört, aber dann ist eine unbestimmte Zeit verstrichen, in der nichts passierte. Erst dann sind die Schüsse gefallen. Dann dauerte es noch eine Weile, bis Frau Forstheim an der Hautür war und ihren Mann dort kauernd aufgefunden hat. Was ist in der Zwischenzeit geschehen?«

»Das ist eine spannende Frage«, sagte Lüder.

Dann fiel ihm noch etwas ein, was ihm der chilenische Journalist berichtet hatte. Lüder informierte Vollmers über seinen Verdacht. Der Hauptkommissar versprach, dieser Spur nachzugehen.

*

Lüder war sich über sein weiteres Vorgehen unschlüssig. Seine Gedanken kreisten noch immer um die mysteriöse Sabine Vanderborg, die – rein zufällig, wie sie behauptete – den gleichen Namen wie der Vorstandssprecher der Werft trug und über die nichts in Erfahrung zu bringen war. Ihre Papiere waren einwandfrei, aber über ihre angebliche Tätigkeit als Journalistin hatten sie nichts in Erfahrung bringen können. Das Auswärtige Amt hatte alle Bemühungen, in dieser Richtung weitere Erkenntnisse zu sammeln, blockiert.

Lüder hatte sich mit seinem BMW vor dem Hotel »Kieler Kaufmann« positioniert und wartete auf die Frau. Vielleicht führten Beobachtungen über ihren Tagesablauf, ihr Bewegungsbild, zu weiteren Aufschlüssen über ihre Rolle in diesem Fall. Von seinem Platz auf dem unbefestigten Randstreifen im ruhigen Niemannsweg, der das Düsternbrooker Gehölz am oberen Hangende begrenzte, hatte er einen freien Blick auf das von Efeu umrankte Traditionshaus.

Er musste sich fast zwei Stunden in Geduld üben, bis die Südafrikanerin aus dem Hotel kam, gelangweilt einen Blick über den immer noch mit leichten Schleierwolken bedeckten Himmel warf, um dann zielsicher auf Lüders Wagen zuzumarschieren.

Sie trug einen elegant geschnittenen braunen Hosenanzug. Unter dem Blazer trug sie eine blassgelbe Bluse, die ihre weiblichen Reize voll zur Geltung kommen ließ.

Um ihre Lippen spielte ein leicht spöttischer Zug, als sie näher kam.

Lüder stieg aus seinem Wagen. Er ärgerte sich, dass sein Vorhaben, die Frau zu beschatten, kläglich gescheitert war.

»Good morning«, begrüßte sie ihn, als sie noch ein paar Schritte entfernt war. »Ich glaube, nein ich hoffe, dass Sie warten auf mich.«

Lüder musterte sie einen Moment, bevor er ihren Gruß erwiderte.

»Guten Morgen.«

Sie blieb vor ihm stehen und sah zu ihm herauf. Bei seinen fast Ein-Meter-Neunzig war sie gut zwanzig Zentimeter kleiner.

»Eine Dame ist enttäuscht, wenn sie nicht hören tut, dass ein Mann sie wartet«, gab sie in ihrem leicht fehlerhaften Deutsch von sich.

Lüder beschloss, mit offenen Karten zu spielen. »Sie kennen meinen Beruf. Der hat mich veranlasst, auf Sie zu warten.«

»Oh! Das ist ein schlechter Beruf. Warum Sie sind nicht gekommen ins Hotel? Zusammen wir hätten können frühstücken. Das wäre amüsant gewesen.«

»Ich bin nicht zum Vergnügen hier.«

»Nein? Schade. Warum *police* muss immer sein so streng? Kann doch auch Spaß haben bei Beruf. Was kann ich tun für Sie?«

Lüder konnte der Frau schwerlich erklären, dass er eigentlich vorhatte, sie zu beschatten. Deshalb schlug er einen anderen Weg ein.

»Ich würde mich gern noch einmal mit Ihnen unterhalten.«

Sie ließ wieder ihr spöttisches Lächeln sehen und zeigte dabei zwei Reihen makelloser Zähne.

»In Ihre *office*?«

»Nicht unbedingt. Wir können das auch an einem anderen Ort machen.«

»Gut! Ich habe eine Faible für deutsche Gemütlichkeit. Lassen Sie uns gehen in eine – wie sagt man auf Deutsch? – Konditeria?«

Jetzt musste auch Lüder lächeln.

»Konditorei meinen Sie. Schön. In der Innenstadt gibt es ein plüschiges urdeutsches Café.«

Er umrundete seinen BMW und hielt die Beifahrertür auf.

»Charmant«, flötete sie, während sie sich ins Auto zwängte. »Bei uns gibt ein Sprichwort: Wenn ein Mann die Frau die Autotür aufhält, ist entweder das Auto oder die Frau neu.«

Lüder verließ den Parkplatz des Hotels und fuhr langsam die ruhige Wohnstraße bis zur Reventlouallee entlang. Dort bog er links ab, und sie kamen an Hinterbichlers Bordell vorbei. Verstohlen warf Lüder einen Blick auf seine Beifahrerin. Die sah interessiert durch die Scheibe geradeaus auf die sich leicht kräuselnden Wellen des Ostseearms. Am unteren Ende der Straße zeigte die Ampel Rot, und Lüder sah auf den dunklen Backsteinbau des Finanzministeriums. Dann bog er in den Düsternbrooker Weg ein und folgte der Straße Richtung Zentrum. Sie passierten die von außen trist wirkende Kunsthalle und das Kieler Schloss, das von Besuchern nie als solches identifiziert wird und nichts weiter als ein profan wirkender Neuzeitbau ist. Die alte Fischhalle, die kurz darauf auf der linken Seite folgte, diente heute als Schifffahrtsmuseum. Davon zeugten auch die historischen Fördeschiffe des Museums, die sanft im Wasser dümpelten. Der Rotlichtbezirk mit der schreienden Reklame, der wegen seiner leicht schmuddeligen Aufmachung für Hinterbichler keine Konkurrenz bedeutete, lag ebenfalls an der Hauptstraße, die zwischen Neuem Rathaus und Schwedenkai hindurchführte.

Auf der Fahrt wechselte er mit Sabine Vanderborg ein paar belanglose Worte über das norddeutsche Wetter, die Förde und die typischen Eigenschaften einheimischer Verkehrsteilnehmer.

Lüder musterte seine Beifahrerin aus den Augenwinkeln. Sie tat, als würde sie es nicht bemerken, am Aufflackern ihrer Lider erkannte er jedoch, dass sie seine Seitenblicke mit einem Hauch Amüsement zur Kenntnis nahm. Ihm fiel auf, dass von ihr kein noch so zarter Duft ausging. Es überraschte ihn ein wenig, dass sie ohne jedes Parfüm auskam, da sie sonst durchaus ihre weiblichen Reize zu betonen wusste.

Lüder steuerte das ZOB-Parkhaus an, in dessen Erdgeschoss der Kieler Omnibusbahnhof untergebracht war. Von dort waren es nur wenige Schritte bis zum alteingesessenen Café Fiedler in der Holstenstraße, das nur einen Steinwurf von dem Ort entfernt war, an dem Dennis Altrogge mit den Kriegswaffengegnern zusammengestoßen war.

Sie fanden ein ruhiges Plätzchen in der Ecke im Obergeschoss. Zu dieser Stunde war das Café nur mäßig besucht, sodass sie ungestört miteinander plaudern konnten.

Sabine Vanderborg bestellte Tee, Lüder Kaffee.

Sie kramte in ihrer Handtasche, zog eine Packung Zigaretten und ein goldenes Feuerzeug hervor und zündete sich selbst eine an, nachdem Lüder die angebotene Zigarette zurückgewiesen hatte.

»Nichtraucher?«, fragte sie.

Er nickte.

»Und sonst Sie haben keine Laster?« Dabei warf sie ihm aus ihren großen dunkelbraunen Augen einen langen Blick zu.

»Doch, aber die diskutiere ich nicht mit Fremden«, gab er eine Spur zu schroff zurück. Sein Tonfall ließ sie aufhorchen. Er bemerkte es am leichten Zucken ihrer sorgfältig gezupften Augenbrauen.

»Das soll werden ein offizielles Gespräch«, sagte sie mit einem Achselzucken. »Schade. Männer aus Nordeuropa sind sehr interessant. Das sein Vergeudung, wenn man sich ausrichtet nur an berufliche Interessen.«

»Man kann sich schwerlich mit einer zweifellos attraktiven Frau unterhalten, wenn man nicht weiß, mit wem man es zu tun hat.«

»Sie wissen doch meine Name. Sabine Vanderborg von Südafrika.«

»Angebliche Journalistin«, gab Lüder zurück.

Ihm war etwas aufgefallen, was ihn schon bei ihrer ersten Begegnung irritiert hatte. Wenn Sabine Vanderborg auch eine perfekte Legende hatte, so konnte sie ihren Dialekt nicht verhehlen. Sie hatte den Fehler gemacht, Deutsch zu sprechen. Und dabei kam eine Sprachfärbung zuTage, die nicht südafrikanisch klang. Lüder hatte zwar keine große Erfahrung mit Menschen von der Südspitze des schwarzen Kontinents, aber in seinem Ohr klang Holländisch anders. Und wenn die sprachlich den Buren verwandten Niederländer englisch sprachen, hörte es sich anders an als das, was Sabine Vanderborg von sich gab. Und diesen Sprachrhythmus hatte sie nun ins Deutsche übersetzt. Die Frau kam nicht aus Südafrika.

Sie nahm einen tiefen Zug aus ihrer Zigarette, wandte den Kopf zur Seite und entließ durch die gespitzten Lippen blauen Ringe.

»Sie glauben mir nicht? Meine Papiere waren okay, oder?«

»Die waren zu gut gefälscht. Trotzdem! Sie kommen nicht aus Südafrika.«

»Sondern?«, fragte sie. In ihrer Stimme lag etwas Lauerndes. Sie konnte ihre Anspannung nicht verbergen.

»Sie sind Engländerin. Vielleicht Australien oder Neuseeland.« Lüder zögerte eine Weile. »English native speaker. Aber nicht Amerika oder Kanada«, grenzte er ein.

Die Bedienung unterbrach sie. Lüder registrierte, dass sein Gegenüber aufatmete.

Sabine Vanderborg nutzte die Pause, um umständlich den braunen Kandis in ihre Teetasse fallen zu lassen und lange mit dem Löffel zu rühren. Gedankenverloren betrachtete sie den langsamen Zerfall der Zuckerkristalle. Dann nahm sie einen Schluck, stellte die Tasse zurück und sah Lüder an. Sie spitzte die Lippen und hauchte ihm einen Kuss zu.

»Kompliment. In England man glaubt, dass die deutsche Polizei nur stumpfsinnige Prügeljungen sind. Keiner der *police* traut etwas zu. Ich bin überrascht, dass Sie haben gefunden mein kleines Geheimnis.« Sie lächelte, als sie Lüders Erstaunen über das rasche

Erlahmen ihrer Gegenwehr bemerkte. »Wie haben Sie es gefunden?«

Lüder schüttelte ganz leicht den Kopf. »Das ist mein Geheimnis.«

»Well, dann ich muss gestehen, dass ich nicht bin Sabine Vanderborg. Ich heiße Sarah Worthington und bin ein Kollege von Sie.«

Sie musterte Lüder mit einem langen Blick. Erst als dieser schwieg, sprach sie weiter.

»Ich gehe davon aus, dass Sie sind sehr diskret und behalten für sich, was ich Ihnen erzähle jetzt. Das ist alles topsecret. Ich arbeite für den MI 6. Wissen Sie, was das ist?«

Lüder nickte. »Das ist der SIS – der Secret Intelligence Service, wie der britische Auslandsgeheimdienst offiziell heißt. Vergleichbar mit dem BND, dem Bundesnachrichtendienst.«

»Gut«, lobte sie ihn, »Sie sind nicht nur scharfsinnig, sondern haben auch eine Bildung. Der BND ist ein Behörde mit deutsche Beamte. Wir sind auch Beamte, aber Sie nicht können sich bewerben beim MI 6. Nur die Allerbesten werden rekrutiert. Wenn Sie sind ein Prädikatsstudent in Oxford oder Cambridge, Sie werden diskret aufgefordert, in den MI 6 einzutreten. Oder Ihr Professor empfiehlt Sie.«

»Deshalb wird es auch nie einen deutschen James Bond geben«, sagte Lüder lachend.

Sie stimmte ein. »Richtig. Nicht nur wegen die Unterschied zwischen die Filmemacher. Nun aber zurück. Ich arbeite undercover, und meine Aufgabe war zu finden heraus, was es mit die Aufrüstung von Argentinien zu tun hat. Zu unsere große Überraschung mussten wir feststellen, dass die Deutschen hatten viele Probleme mit diese Auftrag, weil dauernd Sabotage gemacht wurden. Ich habe das Vertrauen von eine Werftmitarbeiter gewinnt.«

»Jürgen Forstheim«, unterbrach Lüder sie.

Sarah Worthington alias Sabine Vanderborg nickte.

»Der Hintergrund ist diffizil. Haben Sie gewusst, dass nicht nur Argentinien, sondern auch Chile die gleiche U-Boot-Typ bei der Werft bestellt hat?«

Davon hatte keiner der Werftleute gesprochen.

»Die Deutsche wollen natürlich beide verkaufen, das ist Business. Vorteil hat aber nur der, welche allein die Submarine besitzt.

Können Sie sich nun denken, was die beide Länder von Südamerika für Interesse haben?«

Wenn die britische Agentin Recht hatte, so konnte man sich gut vorstellen, dass sowohl Chile wie auch Argentinien daran interessiert waren, die Lieferung an den jeweiligen Nachbarn im Idealfall zu verhindern, um sich selbst Vorteile mit dem Einsatz der modernen deutschen U-Boot-Waffe zu verschaffen.

Sie ließ Lüder ein wenig Zeit, um die Wirkung ihrer Ausführungen zu unterstreichen.

»Kennen Sie da Silva?«, fragte sie schließlich.

Lüder nickte. »Den chilenischen Journalisten?«

»Paah! Der ist genauso wenig Journalist wie ich. Der setzt alles daran, den Bau von Kriegsschiffe zu verhindern. Auf das alles wir sind vom MI 6 gekommen. Daraufhin hat meine Regierung als europäischer Verbündeter Berlin informiert. Den Rest kennen Sie.«

»Ist Taylor an diesem Waffendeal beteiligt?«, fragte Lüder.

»Ich glaube es nicht«, antwortete sie. »Obwohl der überall ist dabei, wo schmutzige Geschäfte gemacht werden.«

»Warum engagiert sich eine so intelligente wie charmante Frau in diesem Milieu?«, fragte Lüder.

Sie lächelte. »Ich schon habe erklärt, dass die Besten gewählt werden. Außerdem ich habe selbst schlecht Erfahrung mit Krieg gemacht. Ich komme von die Falkland-Inseln und habe als Kind die Okkupation durch Argentinien miterlebt. Wir wurden von den Soldaten, die überfallen haben uns, von unser Schaffarm auf Westfalklands vertrieben. Es war eine schöne Kindheit ohne Beschreibung in der rauen Landschaft, auch wenn es mit Anstrengung verbunden war, über das Falklandsund in die Hauptstadt zu fahren, denn nur dort gab es alle wichtigen Sachen wie Geschäfte, Kirche und Hospital. Port Howard, der nächste Ort, hatte nur einhundertzwanzig Einwohner. Meine Familie musste bleiben während des Krieges in unsere Hauptstadt Port Stanley. Unsere Farm ist ein Opfer von den Krieg geworden. Obwohl meine Eltern haben bekommen Entschädigungen für den materiellen Schaden, war hinterher nichts mehr so wie früher. Unser kleine friedliche Paradies am Ende von die Welt war zerstört. Es ist nie wieder so geworden wie vor der Invasion.«

Sie sah einen Moment versonnen in die Ferne, drehte ihre Handflächen nach außen und machte eine hilflose Geste.

»Doch zurück zu unsere Fall. Plötzlich warum das alles eskaliert ist und Morde geschehen sind, kann ich nicht sagen. Wir waren überrascht über die Entwicklung auch. Leider hat Berlin den BND, der befreundet ist mit uns, eingeschaltet. Doch Ihre Landsleute haben nicht so offen mit uns kooperiert, dass ich nicht kann sagen, wie weit Deutschland bei den Nachforschungen ist. Und dass Sie selbst blockiert wurden von Ihr eigene Leute, wissen Sie am eigenen Leib. Aber das ist innerdeutsches Problem, zu dem ich nichts kann sagen.«

Das war jetzt eine Menge überraschender Informationen, die Lüder erhalten hatte. Jetzt galt es, den Wahrheitsgehalt der Ausführungen der englischen Agentin zu prüfen.

Sarah Worthington sah Lüder lange an.

»Wollen wir zusammenarbeiten?«, schlug sie vor. »Beginnen wir heute mit eine gemeinsame Abendessen?«

Lüder zögerte. »Ich rufe Sie an.«

Sie schüttelte den Kopf. »Geben Sie mir Ihre Nummer. Ich rufe Sie an. Und noch etwas.« Sie beugte sich vor und legte ihre manikürte Hand auf seine. »Seien Sie vorsichtig. In diesem Geschäft wird nicht gespaßt. Irgendwer in Ihre Amt ist ein Maulwurf. Ziemlich hohes Tier. Der hat Sie und Ihre Kollegen verraten. Trauen Sie keinem.«

Diese Warnung stimmte Lüder nachdenklich. Tatsächlich war die Gegenseite jederzeit erstaunlich gut über alle Maßnahmen der Strafverfolgungsbehörden informiert gewesen. Wer auch immer die Geheimnisse verraten hatte, musste einen sehr guten Draht haben und eine herausragende Position einnehmen. Aber wer war der Maulwurf?

Lüder bot Sarah an, sie zurück zum Hotel zu fahren. Doch sie lehnte ab. Sie wollte ein Taxi nehmen.

»Wenn Sie möchten, können Sie mich observieren«, neckte sie ihn, bevor sie sich verabschiedete.

*

Von der Holstenstraße war es nicht weit zum Sitz der Kieler Kriminalpolizei in der Blumenstraße. Lüder hatte Glück und erwischte Vollmers auf der Dienststelle.

»Ich wollte gerade ins Meeting«, knurrte der Hauptkommissar kurz angebunden, ließ sich dann aber doch in seinen Schreibtischsessel zurückfallen. »Ihr Tipp war ein voller Erfolg. Doch zunächst der Reihe nach. Die Spurensicherung hat eine zweite Kugel im Holz eines Baumes gefunden, der neben Forstheims Garage steht. Die dritte Kugel war unauffindbar.«

Vollmers lehnte sich in seinem Stuhl zurück und sah Lüder mit einem breiten Grinsen an.

»Glauben Sie an das perfekte Verbrechen?«

Lüder schüttelte den Kopf. »Nein, das wird es kaum geben. Manches bleibt unentdeckt, sei es durch einen für den Täter glücklichen Umstand, oder einfach deshalb, weil manche Spuren durch Mangel an Ressourcen nicht weiter verfolgt werden können. Wenn eine Tat unaufgeklärt bleibt, dann liegt es in den wenigsten Fällen an der Genialität des Täters. Fehler machen sie alle.«

Lüder hatte überlegt, ob er dem Leiter der Mordkommission von seinem Gespräch mit Sabine Vanderborg berichten sollte, sich dann aber doch entschlossen, die neuen Erkenntnisse für sich zu behalten.

»Und manche sind so dumm, dass sie die Schweine beißen«, sagte Vollmers lachend. »Nachdem Sie uns den Tipp gegeben hatten, dass Forstheim eine Pistole besitzt, haben die Kollegen das Haus durchsucht. Sie sind sehr schnell im Keller fündig geworden. Er hatte die Waffe, eine Smith & Wesson, hinter Weinflaschen versteckt. Die Pistole ist bereits in der Kriminaltechnik. Allein die erste oberflächliche Schnupperprobe zeigte, dass vor nicht langer Zeit aus dieser Waffe geschossen wurde. Das Kaliber stimmt auch mit den gefundenen Patronenhülsen überein. Schmauchspuren an Forstheims Hand nachzuweisen dürfte kein Problem sein. Die Laborergebnisse bleiben aber noch abzuwarten.«

»Das heißt …«

»… Forstheim hat den Anschlag auf sich selbst inszeniert«, sagte Vollmers.

»Und warum?«

Der Hauptkommissar zuckte mit den Schultern. »Keine Ahnung. Wir haben ihn noch nicht verhört. Im Augenblick wird er noch erkennungsdienstlich behandelt. Das volle Programm. Bei Leuten wie ihm macht das Eindruck. Sie kommen dann schon *vorgeschädigt* in das Verhör«, amüsierte sich Vollmers.

»Das war also Dummbeutels Wohltat«, sagte Lüder, was ihm ein fragendes »Ähh?« des Hauptkommissars einbrachte.

»Forstheim hat sich als Dummbeutel gezeigt und uns damit eine Wohltat erwiesen«, erklärte Lüder. »Schade, dass sich nicht alle Fälle so einfach lösen lassen. Bleibt die Frage, warum er uns weismachen wollte, dass auch er ein Opfer der unbekannten Täter ist.«

»Für mich ist das Motiv klar. Er hat geglaubt, wenn auf ihn geschossen wird, so scheidet er für uns aus dem Kreis potenzieller Verdächtiger aus.«

»Und weil wir seiner verqueren Logik sehr schnell auf die Schliche gekommen sind, steht für uns fest, dass er in die ganze Sache verwickelt ist.«

»Er kommt aber kaum als Täter für die Morde in Frage«, gab Vollmers zu bedenken.

»Das nicht. Ich glaube auch nicht, dass er um die Hintergründe weiß, geschweige denn Namen nennen kann. Trotzdem ist es interessant zu erfahren, was er über seine Kontakte aussagt. Irgendwer muss ihn ja animiert haben, auf der Werft Sand ins Getriebe zu werfen, denn an seiner Urheberschaft an den Störungen im Betriebsablauf, über die das Management geklagt hat, besteht wohl kaum noch ein Zweifel. Und Forstheim hatte alle Möglichkeiten dazu. Er kannte alle Interna und war auch fachlich in der Lage, logistische Aktivitäten so fehlzusteuern, dass es Auswirkungen bis auf die Partnerwerft in Argentinien hatte.«

Und wenn die Agentin des britischen Geheimdienstes Recht hat, dann ist Forstheim von den Chilenen bestochen worden, überlegte Lüder. Vielleicht hat er es auch als Rache für den Verlust seines in argentinischen Schuldverschreibungen angelegten Vermögens getan. Dann hätten wir die Situation, dass die Südamerikaner hinter der ganzen Aktion stecken. In diesem Fall wären die Deutschen die Dummen. Ihre vielgepriesene Zuverlässigkeit würde einen Imageschaden erleiden. Das wäre mit Sicherheit nachteilig für die ohnehin angeschlagene deutsche Industrie. Hatte man in Berlin das perfide Spiel durchschaut und versuchte nun durch Intervention auf allerhöchster Ebene eine diplomatische Lösung? Bei dem, was auf dem Spiel stand, nahm man möglicherweise sogar ein paar unschuldige Opfer in Kauf.

In Lüder keimte der Zorn auf. Er wurde durch ein kratzendes Geräusch in seinen Gedanken unterbrochen. Der Hauptkommissar rieb sich mit vier Fingern seiner linken Hand den Bart.

»Damit haben wir der Gegenseite höchstens einen kleinen Stich versetzt. Über die Urheber der Morde und deren Motive wissen wir damit aber immer noch nichts.«

»Zumindest haben wir ein erstes kleines Mosaiksteinchen gefunden. Es ist wie im Puzzle. Jetzt wird es einfacher. Wir müssen nur noch nach den passenden Nachbarstücken suchen«, erklärte Lüder.

»Sie sind lustig. Ich bin zwar nicht in alle Einzelheiten eingeweiht, aber es sieht doch so aus, als hätte uns das Außenministerium unter Einschaltung des ganzen Apparates ein paar Teilchen genommen, sodass wir gar keinen Zugriff auf alle Winzigkeiten haben.«

Lüder ließ ein strahlendes Lachen sehen. »Und weil wir nicht mit am Basteltisch sitzen dürfen, haben wir uns gebückt, und ich sitze unter dem Tisch und versuche, im Dunkeln die fehlenden Teilchen unseres Puzzles zu finden.«

Vollmers stimmte in das Lachen ein, auch wenn es ein wenig gequält klang.

»Eine wunderbare bildhafte Darstellung. Nur leider etwas zu sehr Tizian.«

Lüder zog die Augenbraue hoch, um damit zu verstehen zu geben, dass er dem Hauptkommissar nicht folgen konnte.

»Die ganze bildhafte Darstellung ist mir zu rot. Blutrot!«, erklärte Vollmers.

*

Lüder fuhr zum Steigenberger Conti Hansa, dem Hotel, in dem da Silva wohnte. Er hatte Glück. Der chilenische Journalist war in seinem Zimmer und schloss hastig den Deckel seines Notebooks, nachdem er geöffnet hatte und Lüder eingetreten war.

»Darf man erfahren, was Sie schreiben?«, fragte Lüder.

Da Silva schüttelte den Kopf. »Sie nennen es Pressefreiheit. Mit etwas Glück können Sie es in Kürze in den Zeitungen lesen.«

Lüder setzte sich auf die Bettkante.

»Sie haben mir immer noch nicht verraten, für welche Zeitungen Sie als Korrespondent arbeiten.«

Der Chilene lächelte. »Ist das ein Trick oder sind Sie vergesslich? Ich hatte Ihnen bereits früher erklärt, dass ich als freier Journalist tätig bin und mehrere Zeitungen mit meinen Artikeln bediene.«

»Können Sie nicht einige mit Namen nennen?«

»Dann müsste ich Ihnen die ganze Palette der seriösen chilenischen Presseerzeugnisse aufzählen. Und einiger im benachbarten Ausland …«, sagte da Silva.

»Mir fehlt immer noch der schlüssige Beweis dafür, dass Sie wirklich als Journalist tätig sind.«

Der Chilene sah Lüder nachdenklich an. »Ach, daher weht der Wind. Sie sind misstrauisch. Was sollte mich sonst nach Kiel führen? Tourismus? Dann würde ich vielleicht eine Deutschlandreise machen. Kiel würde bestimmt nicht zu den bevorzugten Zielpunkten gehören.«

Er schwieg einen Moment. »Ich verstehe«, fuhr er schließlich fort. »Sie glauben, ich wäre hier, um irgendwelche fremden Interessen zu vertreten. Geheimagent. Oder als Lobbyist für den großen Unbekannten, der handfeste wirtschaftliche Interessen verfolgt.« Da Silva lachte auf. Es war zu schrill und klang gekünstelt. »Ist es das?«

Lüder schenkte ihm einen langen nachdenklichen Blick.

»Vielleicht«, antwortete er schließlich vage und bemerkte ein kurzes Erschrecken in da Silvas Augen.

Der Chilene ließ die Hände in den Schoß fallen.

»Wer hat Ihnen solchen Blödsinn erzählt?«, wollte er von Lüder wissen.

»Manchmal kommen wir auch von allein auf bestimmte Vermutungen.«

Jetzt hob da Silva die Hände theatralisch in die Höhe.

»Nein«, antwortete er. »So dumm sind Sie nicht. Irgendwer möchte Ihnen weismachen, dass ich eine aktivere Rolle als die des beobachtenden Journalisten spiele.«

Er legte die Finger gegen die Schläfen, als würde diese Geste seinen Denkprozess hilfreich unterstützen. »Ah! Ich hab's. Da haben Ihnen die Argentinier etwas ins Ohr geflüstert. Für die wäre es eine gute Gelegenheit, mit dem ausgestreckten Finger auf Chile zeigen zu können. Unsere Nachbarn arbeiten mit Geheimagenten gegen uns. Sie führen einen kalten Krieg. Und warum?«

»Vielleicht will Chile in den U-Boot-Vertrag einsteigen«, gab Lüder zu bedenken.

»Blödsinn«, antwortete da Silva prompt. »Sie wissen doch bestimmt, dass mein Land eigene U-Boote bestellt hat.«

»Und wenn die Briten einen Verdacht gegen Sie hegen?«

»Das ist ein noch größerer Blödsinn. Haben Sie einmal auf die Weltkarte gesehen? Wissen Sie, wie abseits die Falklands liegen? Nach Argentinien dürfen die Inselbewohner nicht. Und wenn sie ans Land wollen oder zum Beispiel ärztliche Hilfe benötigen, die sie auf ihrem Eiland nicht selbst abdecken können, dann kommen sie nach Chile. Die Verbindung nach Punta Arenas ist der einzige Kontakt zur Außenwelt, von den unregelmäßigen militärischen Versorgungsflügen nach England abgesehen.«

Plötzlich fuhr da Silva mit dem Finger in die Höhe, als säße er in der Schulbank und würde sich melden, weil ihm etwas eingefallen war.

»Wissen Sie eigentlich, dass die Engländer auch nicht unbedingt die Erfinder des Fairplays sind? Fragen Sie einmal die Türken. Der Sultan hatte vor dem Ersten Weltkrieg Schiffe in England bestellt und bezahlt. Doch die sind nie ausgeliefert worden. Stattdessen haben die Briten die vom Osmanischen Reich bezahlten Schiffe genutzt, um damit gegen die Türken Krieg zu führen.«

»Das mag historisch interessant sein«, sagte Lüder, »aber es führt in unserem Fall nicht weiter.«

»Da wäre ich mir nicht sicher«, erwiderte da Silva. »Es bleibt noch der internationale Waffenhandel. Haben Sie schon aufklären können, was Taylor in Kiel wirklich will? Der Mann kommt nicht zu Höflichkeitsbesuchen an die Förde.«

»Sie glauben doch nicht etwa, dass Sie mich als Informationsquelle anzapfen können«, wich Lüder aus.

»Warum nicht«, sagte da Silva etwas versöhnlicher. »Zum einen habe ich Ihnen auch schon wertvolle Hinweise gegeben. Und dass Sie Taylor und seinen Leibwächter verhaftet haben, stimmt mich nachdenklich. Weshalb eigentlich?«

Lüder hatte nicht die Absicht, da Silva über Einzelheiten zu informieren. »Woher wissen Sie davon?«

»Ich war zufällig vor dem Werktor und habe die Aktion beobachtet. Sie glauben nicht, wie viel das Bild des verhafteten Taylor wert ist. Nach solchen Dokumenten lechzt die ganze Branche.«

»Und in welcher Zeitung kann ich das Bild finden?«

»Wenn Sie mir Ihr Ehrenwort geben, nichts im Vorhinein zu verraten, vertraue ich Ihnen an, dass Sie dieses Bild in den führenden amerikanischen und europäischen Zeitungen finden werden. Vielleicht glauben Sie mir dann, dass ich als Journalist hier bin.«

Lüder stand auf.

»Mir würde es schon reichen, wenn Sie mir die Namen einiger Presseorgane nennen würden, in denen Ihre Artikel erschienen sind.«

Da Silva war ebenfalls aufgestanden.

»Kommen Sie doch selbst darauf. Kleine Geheimnisse machen die Sache für alle Beteiligten spannender.«

»Unterschätzen Sie uns nicht«, sagte Lüder und verabschiedete sich.

Vor dem Hotel bemerkte er Sabine Vanderborg alias Sarah Worthington. Sie stand auf der anderen Straßenseite und beobachtete ihn, ohne dabei den Anschein zu erwecken, als würde sie sich tarnen wollen.

Lüder war klar, dass sie wissen wollte, ob er ihren Hinweis auf da Silva aufgreifen würde. Auf dem Weg zu seinem BMW hatte er sein Handy wieder eingeschaltet. Vollmers hatte ihm eine Nachricht hinterlassen. Lüder hatte den Hauptkommissar selten so erregt erlebt.

»Ich glaube, ich verstehe die Welt nicht mehr. In welcher Bananenrepublik sind wir eigentlich? Ich könnte …« Vollmers hatte den Satz nicht vollendet. »So eine Schweinerei ist mir noch nie passiert. Sie glauben es nicht, aber wir haben soeben Forstheim laufen lassen müssen. Auf Anweisung von Oberstaatsanwalt Brechmann. Der trägt seinen Namen zu Recht. Wenigstens in diesem Punkt ist er ehrlich. Das ist ja zum Kotzen«, schimpfte Vollmers. »Alle weiteren Verhöre hat sich der Staatsanwalt in dieser Sache vorbehalten. Und da Forstheim einen festen Wohnsitz hat und keine Verdunkelungsgefahr besteht, gibt es nach Brechmanns Ansicht keine Veranlassung, Forstheim weiter in Gewahrsam zu halten. Ich möchte jetzt am liebsten …«

Was der erboste Hauptkommissar wollte, blieb Lüder verschlossen, da Vollmers mitten im Satz aufgelegt hatte.

*

Die Hoffnung, dass sich der leichte Dunstschleier vom Morgen auflösen würde, hatte sich leider nicht erfüllt. Die Wolken hatten sich verdichtet, und ein leichter Nieselregen setzte ein. Vom Hotel zum Städtischen Krankenhaus war es nicht weit.

Lüder zog die Stirn kraus, als er mit großen Schritten vom Parkplatz zum Eingang des Hospitals hastete. Er strich sich noch einmal mit der Hand durch das feuchte Haar, bevor er das Zweibettzimmer betrat, in dem Margit lag.

Sie hatte das Kopfteil ihres Bettes aufgerichtet und stöberte in einer Illustrierten.

»Hallo«, begrüßte sie ihn.

Lüder hauchte ihr einen Kuss auf die Lippen. »Wie geht's?«

»Danke, die Ärzte sind zufrieden mit mir.« Sie strich mit beiden Händen über den gewölbten Bauch, der sich deutlich unter der Decke abzeichnete. »Unserem Baby scheint es auch gutzugehen.« Ein sanftes Lächeln zeigt sich auf ihrem Gesicht. »Jedenfalls strampelt es kräftig.«

Lüder atmete befreit auf. Er griff nach ihrer Hand und hielt sie zärtlich fest. Sie führte seine Hand vorsichtig auf ihren Bauch.

»Spürst du es? Es bewegt sich.«

Lüder nickte, obwohl er keine Regungen des Ungeborenen wahrnehmen konnte. Vielleicht sind Männer weniger feinfühlig, dachte er.

»Übrigens«, Margit sah ihn an, »ich habe mit dem Oberarzt gesprochen. Morgen werde ich entlassen.«

Ein Schreck durchfuhr Lüder. Die Veränderung war auch Margit nicht verborgen geblieben.

»Freust du dich nicht?«

»Doooch«, stammelte er. »Glaubst du nicht, dass es ratsamer wäre, noch ein wenig unter ärztlicher Beobachtung zu bleiben? Ich meine … Vielleicht ist es besser …«

Margit musterte ihn aufmerksam.

»Was ist los mit dir? Warum willst du mich nicht bei dir haben?« Ein forschender Unterton begleitete ihre Frage.

»Es ist nur … Ich bin der Meinung, man kann nicht vorsichtig genug sein.«

Lüder fehlten die rechten Worte, vor allem die überzeugenden. Er konnte Margit nicht erklären, dass er um ihre Sicherheit besorgt war. Jede weitere Aufregung konnte ihr und dem Baby Schaden zufügen.

»Also«, bestimmte sie resolut, »morgen komme ich nach Hause, ob es dir passt oder nicht.« Ihre Stimme klang fast ein wenig eingeschnappt.

Lüder löste vorsichtig seine Hand aus der ihren und streichelte ihr sanft über den Kopf.

»Natürlich freue ich mich, wenn ihr wieder da seid«, sagte er und zeigte dabei mit der anderen Hand auf Margits Leib.

Margit erkundigte sich nach den Kindern und nahm mit einer stillen Schadenfreude zur Kenntnis, dass der Nachwuchs das beschauliche Leben der alten Lüders kräftig durcheinanderwirbelte.

Nachdem sich Lüder verabschiedet hatte, besuchte er Ivanna Krucowa. Die junge Frau konnte immer noch nicht sprechen, zeigte ihm aber durch Gestik und Augenkontakt, dass sie sich über seinen Besuch freute.

Seine dritte Rückfrage galt der Frau des ermordeten Staatsanwalts Kremer. Sie wurde immer noch abgeschottet, und die behandelnden Ärzte untersagten jedem den Zutritt zu ihr. Lediglich der Stationsarzt war bereit, Lüder eine vage Auskunft zu erteilen. Die Frau litt immer noch unter schweren Schockzuständen. Der junge Arzt machte Lüder keine Hoffnungen. Nach Behandlung der derzeitigen Krankheitssymptome würde sich eine langwierige Psychotherapie anschließen.

Als Lüder das Krankenhaus verließ, begleiteten ihn keine wirklich frohen Gedanken. Wie um seine trübe Stimmung zu bekräftigen, hingen die grauen Wolken immer noch über der Förde, und der leichte Nieselregen wirkte auch nicht als Stimmungsaufheller.

*

Lüder hätte sein weiteres Vorgehen gern mit Kriminaldirektor Nathusius abgestimmt. Er zögerte aber, zum Telefon zu greifen. Sarah Worthington hatte angedeutet, was ihm selbst bereits klar gewesen war. Irgendwo agierte ein Maulwurf in den eigenen Reihen, jemand, der über alle seine Schritte informiert war und auch Zugriff auf die aktuellen Ergebnisse seiner Ermittlungen hatte. Es kamen nicht viele dafür in Frage. War Jochen Nathusius, dem er bisher immer vertraut hatte und dessen scharfen Verstand er schätzte, der Verräter? Lüder mochte es nicht glauben, aber die bisherigen Erfahrungen in diesem komplizierten Fall hatten ihn gelehrt, niemandem mehr zu vertrauen.

Die britische Agentin hatte den Verdacht geäußert, dass der chilenische Journalist da Silva möglicherweise tiefer in die Angelegenheit verstrickt sein könnte, als Lüder bisher geglaubt hatte. Es war nicht so abwegig, dass er im Interesse seines Landes den U-Boot-Deal mit Argentinien nachhaltig stören wollte, zumal Chile auch U-Boote geordert hatte.

Lüder beschloss, dem Werftmanager Dr. Vollquardsen zu diesem Thema noch ein paar Fragen zu stellen, doch zuvor wollte er noch eine andere Spur verfolgen.

Auf dem Flur des Landeskriminalamtes begegnete Lüder dem jungen Büroboten.

»Hallo, Friedhof, alles in Ordnung?«, fragte er und versuchte, seiner Stimme einen fröhlichen Klang zu geben.

»Ich heiße …«, versuchte Friedjof zu erklären, winkte dann aber ab. »Ich fürchte, Herr Oberwachtmeister, Sie werden meinen Namen nie lernen.«

»Natürlich, Friedhof«, antwortete Lüder. »Wer könnte den

schon vergessen? Schließlich klingt er ähnlich wie Friedjof, und auf dem haben wir alle die bürokratischen Leichen vergraben, die jede Behörde im Keller hat. Mal was anderes. Wissen Sie, ob Sven Kayssen in seinem Büro ist?«

»Dem habe ich gerade einen Stapel Zeitungen gebracht«, antwortete der junge Mann, wünschte Lüder einen schönen Tag und trottete mit seinem Aktenwagen weiter.

Lüder fand den Pressesprecher des Landeskriminalamtes in dessen Büro. Kayssen telefonierte. Mit der linken Hand zeigte er auf den Besucherstuhl.

»Was kann ich für dich tun?«, fragte er, nachdem er aufgelegt, die Nase gerümpft und mit einer flapsigen Bemerkung das Gespräch mit dem Reporter eines Boulevardblattes kommentiert hatte.

Lüder erklärte in groben Zügen die Zusammenhänge des Falles, an dem er arbeitete.

»Klar, ist mir alles bekannt«, sagte der Pressesprecher.

»In diesem Zusammenhang tauchen auch zwei Journalisten auf. Angebliche Journalisten. Von der einen, es handelt sich um eine Frau, wissen wir, dass der Name falsch ist und sie gar keine Presseangehörige ist. Ich habe jetzt folgende Idee.«

Lüder erklärte Kayssen, in welchem Punkt er ihn um seine Mithilfe bat.

»Puuh!« Der Pressesprecher fuhr sich mit der Hand durch die Haare. »Das ist eine Herausforderung. Aber ich will mein Bestes versuchen.«

Mit einem festen Händedruck verabschiedete sich Lüder von Kayssen, den alle im Hause als hilfsbereiten Kollegen zu schätzen wussten. Dann fuhr er auf direktem Weg ans Ostufer zur Werft.

Einer der Sicherheitsleute am Tor erkannte Lüder wieder und nahm umgehend telefonischen Kontakt zu Böttcher auf. Der hatte den Mann an der Wache offensichtlich angewiesen, Lüder freien Zugang zu gewähren.

Als Lüder vor dem Gebäude hielt, in dem Dr. Vollquardsen sein Büro hatte, erwartete ihn Böttcher bereits.

»Heute scheinen sich alle einig zu sein, die Werft zu besuchen«, begrüßte ihn der Sicherheitsmanager. »Direktor Vanderborg hat Besuch von diesem hohen Tier aus Berlin, wie heißt er noch gleich …«

»Von Glahn?«, half Lüder aus.

Böttcher nickte. »Genau. Der kam in Begleitung seines englischen Schattens, Mr. Brown.«

»Interessant«, stellte Lüder fest. »Wo sind die Herren jetzt?«

Böttcher zuckte die Schultern. »Ich vermute, sie konferieren mit Herrn Vanderborg und Dr. Vollquardsen. Das ist eine große Runde. Der Mann, den die Polizei vor dem Werfttor verhaftet hat, ist auch dabei.«

»Taylor?«

»Richtig. Er ist in Begleitung seines Bodyguards gekommen. Dem wollten wir zunächst den Zugang zum Werftgelände verweigern, aber dieser Taylor – ein unangenehmer Mensch – hat mit Direktor Vanderborg telefoniert. Daraufhin erhielten wir von Dr. Vollquardsen Weisung, die beiden passieren zu lassen.«

»Ist Dr. Pagenkämper auch hier?«, wollte Lüder wissen.

Böttcher machte ein betretenes Gesicht. »Wer soll das sein?« Dann griff er zum Handy und fragte nach.

»Nein«, antwortete er schließlich. »Der Name sagt uns nichts. Aber Forstheim ist in seinem ehemaligen Büro und holt sich seine privaten Unterlagen ab.«

»Das sagen Sie erst jetzt?« Der Sicherheitsmann zuckte merklich zusammen. »Begleitet ihn jemand vom Werkschutz?«

Böttcher machte ein bedrücktes Gesicht.

»Nein«, antwortete er. »Warum auch? Das ist doch nur rechtens, dass sich ein entlassener Mitarbeiter seine privaten Sachen abholt.«

Lüder wollte Böttcher Vorhaltungen machen, dass man Forstheim, der schließlich im Verdacht stand, an den Sabotageakten wesentlich beteiligt gewesen zu sein, ungehinderten und unkontrollierten Zugang zur Werft gewährte, unterließ es aber. Vielleicht wusste Böttcher noch nichts vom Stand der bisherigen Ermittlungen.

»Ist sonst noch jemand hier?«, fragte er stattdessen.

Böttcher sah ihn irritiert an. »Wen meinen Sie?«

»Jemand von der Polizei? Mein Kollege Nathusius? Hauptkommissar Vollmers oder einer seiner Männer? Oder ein Journalist?«

»Moment.« Böttcher griff erneut zu seinem Handy. »Nein«, antwortete er nach einer Weile. »Lediglich eine Dame war noch in Begleitung der Herren von Glahn und Brown. Eine Journalistin, soweit ich weiß. Sabine Vanderborg. Ich nehme an, es ist eine Verwandte von unserem Vorstand.«

Lüder ließ ihn in dem Glauben und überwand mit Böttchers Hilfe auch die Eingangskontrolle ins Gebäude der Geschäftsleitung.

Mit raschen Schritten strebte Lüder dem Büro von Dr. Vollquardsen entgegen. Einen halben Schritt hinter sich hörte er Böttcher jammern, dass es Ärger geben würde, wenn Lüder in die Heiligtümer des Managements stürmte, ohne sich zuvor angemeldet und Termine vereinbart zu haben.

Lüder beabsichtigte, die harte Gangart einzuschlagen und sich über die Regeln der Höflichkeit hinwegzusetzen. Ohne anzuklopfen riss er die Tür zum Vorzimmer des Managers auf. Erschrocken blickten die beiden Angestellten im Raum auf. Die Brünette fasste sich als Erstes.

»Was erlauben Sie sich!« Sie wollte losschimpfen, aber Lüder war grußlos durch den Raum geeilt und hatte die Verbindungstür zu Dr. Vollquardsens Büro geöffnet.

»Wo ist er?«, bellte er die Assistentin des Managers, wie Sekretärinnen heute genannt werden, an, nachdem er festgestellt hatte, dass der Raum leer war.

Die Brünette schluckte heftig. Es dauerte einen Moment, bis sie ihre Fassung wiedererlangt hatte.

»Wie können Sie hier so flegelhaft hereinstürmen?«, empörte sie sich und erhob sich von ihrem Schreibtischstuhl. »Dürfen Sie das überhaupt?«

Lüder ging auf die Frau zu und baute sich dicht vor ihr auf, sodass sie einen Schritt zurückwich.

»Wenn ich Gesindel verfolge, darf ich vieles«, erwiderte er und sah ihr dabei fest in die Augen.

Sie holte tief Luft. »Wollen Sie Dr. Vollquardsen als Gesindel bezeichnen?«, schnaubte sie.

»Deshalb bin ich hier, um zu eruieren, wer Gesindel ist und welche unschuldigen Mitbürger es zu schützen gilt.«

Die Frau sah Böttcher an, der hilflos und in sich zusammengesunken im Türrahmen stand.

»Böttcher, so tun Sie doch was!«, herrschte sie den Sicherheitsmann an.

Der zuckte nur hilflos die Achseln und stammelte: »Was soll ich denn unternehmen?«

»Wo ist er?«, fragte Lüder und zeigte auf Dr. Vollquardsens Büro.

Mit seinem Auftreten hatte er erreicht, was er wollte. Sein Erscheinen hatte Eindruck gemacht und die Mitarbeiter im Hause verunsichert.

»Ich weiß nicht ...«, sagte die Brünette.

»Natürlich wissen Sie es. Also? Wo steckt er?«

Die Assistentin des Managers war jetzt vollends verunsichert. Hilfesuchend blickte sie die zweite Frau im Büro an, die sie bei Lüders früheren Besuchen stets mit einer Mischung aus Missachtung und Arroganz behandelt hatte.

»Ich ... also ...«, stammelte sie.

»Ist er bei Vanderborg?« Lüder sprach immer noch laut.

Sie nickte stumm.

Abrupt drehte Lüder sich um, fasste den verdutzten Böttcher am Ärmel und sagte nur kurz: »Kommen Sie.«

Beim Erreichen von Vanderborgs Vorzimmer wiederholte Lüder das Spiel und stürmte ohne Vorankündigung in den Raum. Zu seiner großen Verblüffung war die Tür zu Vanderborgs Büro geöffnet. Der Werftdirektor stand im Türdurchgang, breitete seine Hände aus, als würde er einen guten Freund begrüßen, und machte dann zwei Schritte auf Lüder zu.

»Mein lieber Herr Lüders«, sagte er jovial und streckte die Hand aus. »Schön, Sie zu sehen. Die Assistentin von Dr. Vollquardsen hat mich unterrichtet, dass Sie im Hause sind. Ich gratuliere unserer tüchtigen Polizei, dass es Ihnen gelungen ist, dem Spuk in unserem Betrieb ein Ende zu setzen. Wie ich höre, haben Sie Forstheim verhaftet, der für die Störungen im Betriebsablauf verantwortlich scheint.« Vanderborg zog Lüder am Ärmel in Richtung seines Büros. »Kommen Sie. Ich habe gerade Besuch.«

Lüder folgte Vanderborg. In dem schweren Ledersessel in der Besucherecke saß Douglas Taylor. Der australische Waffenhändler machte keine Anstalten, Lüder zu begrüßen. Er nickte ihm nicht einmal zu.

Mit einem Blick registrierte Lüder, dass auf dem niedrigen Tisch fünf benutzte Kaffeetassen standen.

»Wo sind die anderen?«, fragte er.

»Wir haben unsere kleine Besprechung kurz unterbrochen«, erklärte Vanderborg. »Herr von Glahn wollte mit Berlin telefonieren. Er hat das Angebot, mein Telefon zu nutzen, abgelehnt und sich in eine Ecke zurückgezogen. Herr Dr. Vollquardsen war der eigentliche Grund für unsere Unterbrechung. Ich glaube, er litt unter einem temporären Unwohlsein. Natürlich würde er es nie zugeben.«

»Da fehlt noch einer«, sagte Lüder und zeigte auf die fünfte Tasse.

Vanderborg lächelte versonnen.

»Gut«, sagte er mit gespitzten Lippen. »Sie lassen sich nicht hinters Licht führen. Die Tasse gehört Herrn Brown. Der hat die Gelegenheit genutzt, um sich kurz zu erfrischen.«

Lüder wandte sich an Taylor.

»Wo ist Wartanjan?«

Der Australier sah Lüder schweigend an, ohne mit einem Muskel im Gesicht zu zucken.

»Ich werde sofort das MEK verständigen, und wir werden das Gelände so lange absuchen, bis wir Ihren Schießknaben gefunden haben«, drohte Lüder.

Jetzt mischte sich Vanderborg ein, dem die Situation unbehaglich wurde.

»Aber Herr Lüders«, sagte er mit besänftigender Stimme. »Ich glaube, hier liegt ein Irrtum vor. Der Mitarbeiter von Mr. Taylor hat das Land verlassen.«

Lüder hob eine Augenbraue. Vanderborg verstand diese Reaktion zutreffend als Drohung.

»Ich lasse mich nicht für dumm verkaufen. Wartanjan befindet sich auf dem Werftgelände, obwohl es für ihn das Beste gewesen wäre, sich schnellstmöglich nach Armenien zurückzuziehen. Also, wo steckt er?«

Taylor zeigte sich immer noch unbeeindruckt von Lüders Drohungen. Nur Vanderborg wurde es sichtlich unbehaglich.

»Darf ich Ihnen erst einmal einen Kaffee kommen lassen?«, versuchte er auszuweichen. Als Lüder ablehnte, fuhr der Werftvorstand fort: »Vielleicht liegt ein Missverständnis vor. Möglicherweise ist der Personenschützer von Mr. Taylor der deutschen Sprache nicht so mächtig, dass er den Gesprächen mit der Polizei in vollem Umfang folgen konnte. Ich bin mir sicher, wir finden eine gemeinsame Lösung. Herr Taylor ist ein bedeutender Geschäftspartner vieler deutscher Industrieunternehmen, und falls es Probleme mit der Aufenthaltsgenehmigung für einen seiner Mitarbeiter geben sollte, bin ich mir sicher, dass Herr von Glahn vom Außenministerium das zufriedenstellend regeln wird.«

Lüder war die versteckte Drohung nicht verborgen geblieben. Vanderborg glaubte, mit seinen Beziehungen nach Berlin Druck auf ihn ausüben zu können.

»Warum haben Sie uns eigentlich nichts von den chilenischen U-Booten erzählt?«, wechselte Lüder das Thema.

Vanderborg tauschte mit Taylor einen raschen Blick. Mit Genugtuung registrierte Lüder, dass der Werftvorstand einen kleinen Moment lang die Fassung verlor, als er bemerkte, dass Lüder den Blickkontakt wahrgenommen hatte.

»Tja.« Vanderborg strich sich mit der Hand übers Kinn. »Wie soll ich es Ihnen erklären? Das chilenische Projekt ist noch nicht abgeschlossen. Wir stecken mitten in den Gesprächen. Deshalb ist Mr. Taylor in Kiel.« Der Manager sah Lüder einen Moment versonnen an. »Ich darf doch auf Ihre Vertraulichkeit hoffen? Schließlich sprechen wir über Dinge, die nicht nur für diesen Betrieb, sondern für die deutsche Wirtschaft von eminenter Bedeutung sind. Mr. Taylor ist uns ein wertvoller Berater, der sich um die Gesamtfinanzierung des Projekts kümmert. Dazu nutzt er seine hervorragenden internationalen Verbindungen. Natürlich hat die Bundesregierung ein fundamentales Interesse am Zustandekommen dieses Geschäfts. Deshalb ist Herr von Glahn involviert.«

»Und welche Rolle spielt Mr. Brown, der von Glahn wie ein Schatten folgt?«

Vanderborg wiegte den Kopf, als müsse er überlegen, ob er Lüder ins Vertrauen ziehen konnte.

»Berlin trägt die Verantwortung für die wirtschaftliche Entwicklung unseres Landes und unternimmt alles zur Förderung der einheimischen Industrie. Gleichzeitig gilt es aber auch, außenpolitische Erfordernisse zu berücksichtigen. Dazu gehört, dass die Bundesrepublik keine Waffen in Spannungsgebiete liefert«, erklärte Vanderborg. »Haben Sie die Zusammenhänge verstanden?«

Lüder lachte auf. »Halten Sie mich für einen Deppen, nur weil ich nicht im internationalen Waffenhandel mitmische?«

Vanderborg schrak auf. »Nein, um Himmels willen«, beschwichtigte er ihn, »aber den Menschen im Lande sind die Mechanismen des politischen Gleichgewichts, des Abwägens aller zu berücksichtigenden Umstände, nicht verständlich. In Südamerika herrscht ein labiler Friede. Es ist wie bei einem Vulkan. Es ist nichts zu sehen, aber politische Seismologen schließen ein Brodeln unter der Oberfläche nicht aus. Keiner weiß aber, ob und wann es zur Eruption kommt. Und da die Briten in der Region eigene sicherheitspolitische Interessen hegen und uns zudem nicht nur in der NATO partnerschaftlich verbunden sind, stehen sie Berlin mit klugem Rat zur Seite.«

Lüder nickte. Ähnliches hatte er schon vermutet, nur hatte ihm noch niemand die Hintergründe der ganzen Geheimniskrämerei offen eingestanden. Doch mit der Offenbarung eines perfiden politischen Ränkespiels fand sich immer noch nicht die Erklärung dafür, wer hinter den Morden und Gewalttaten steckte. Noch war der Fall nicht abgeschlossen, auch wenn Berlin aus politischen Gründen die Ermittlungen in andere Bahnen zu lenken suchte. Und dass BND und das Bundeskriminalamt wirklich intensiv mit der Klärung des Falls beschäftigt waren, hatte Lüder auch nicht feststellen können. Bisher war ihm kein Ermittler der beiden Behörden begegnet.

»Hat Chile Interesse daran bekundet, dass es die geplanten U-Boote vor Argentinien erhält?«, fragte Lüder.

Vanderborg zeigte sich irritiert.

»Wie kommen Sie darauf?«

Lüder hatte überlegt, ob Sarah Worthington vielleicht doch Recht hatte mit der Vermutung, dass da Silva kein Journalist war, sondern im Interesse seines Landes den Bau der U-Boote für Argentinien verzögern oder gar verhindern wollte. Forstheim, so viel schien sicher, hatte die Sabotageakte ausgeführt, aber irgendwer musste ihn dazu angestiftet haben.

»Ich denke nur an das von Ihnen geschilderte sensible machtpolitische Gleichgewicht rund um Kap Hoorn. Wie unterstreicht ein Land seine Ansprüche am wirkungsvollsten? Durch Säbelrasseln«, beantwortete Lüder seine Frage selbst.

Vanderborg sah ihn eine Weile versonnen an.

»U-Boote baut man nicht über Nacht. Das ist ein langwieriger Prozess, dem viele komplizierte Verhandlungen vorausgehen. Wir, als Werft, freuen uns zwar über die Auslastung unserer Kapazitäten. Das gibt unseren Mitarbeitern Arbeit und ihren Familien erfreuliche Zukunftsperspektiven. Dennoch können auch wir nicht mehr als arbeiten. Jetzt gilt es erst einmal, den argentinischen Auftrag abzuwickeln. Dann sehen wir zuversichtlich in die Zukunft.«

»Und wenn, aus welchem Grund auch immer, Argentinien vom Kauf zurücktritt, dann könnte doch Chile in die Verträge einsteigen, oder?« Lüder beharrte auf einer Antwort.

Vanderborg lächelte leise.

»So einfach ist das nicht. Jeder Auftraggeber hat seine eigenen Vorstellungen davon, was er gern hätte. Und es ist sicher nicht in unserem Interesse, wenn wir statt zweier Aufträge einen Kunden durch einen anderen ersetzen.«

»Aber es ist immer noch besser, als U-Boote zu bauen und dafür überhaupt keinen Abnehmer zu haben«, sagte Lüder.

Vanderborg ließ den Einwand unbeantwortet.

Lüder hatte in diesem Gespräch mehr erfahren, als er erhofft hatte. Langsam lichtete sich der Hintergrund, auch wenn sich immer noch keine konkrete Spur in den Mordfällen abzeichnete.

Böttcher hatte im Vorzimmer auf ihn gewartet. Lüder musste lachen, als er den Sicherheitsmann sah, der in einer mehr als unglücklichen Haltung auf der vorderen Kante eines Stuhles hockte und die ineinandergefalteten Hände zwischen seinen Oberschenkeln verbarg.

»Kommen Sie«, sprach Lüder ihn an. »Ich möchte jetzt mit Forstheim sprechen.«

Böttcher sprang auf. »Selbstverständlich«, sagte er. »Darf ich vorangehen?«

Als sie das Gebäude verließen, hatte sich der leichte Nieselregen zu einem soliden Dauerregen entwickelt. Wenn heute zufällig Touristen in der Stadt sein sollten, überlegte Lüder, würde das Wetter wieder das leidige Vorurteil nähren, dass die beiden Begriffe »Norden« und »Regen« untrennbar miteinander verbunden waren.

Mit zusammengekniffenen Augen marschierte er neben Böttcher über das Gelände. Unterwegs begegneten ihnen immer wieder Gruppen von fröhlich in vielerlei Sprachen parlierenden Arbeitern, denen die Witterung nichts auszumachen schien.

Als sie sich dem Haus näherten, in dem der ehemalige Arbeitsplatz von Forstheim lag, sahen sie von weitem, dass der aus der Tür trat und sich umsah.

Böttcher blieb abrupt stehen, streckte seinen Arm aus und zeigte auf Forstheim.

»Da kommt er«, stieß er aufgeregt hervor.

Auch Forstheim hatte die beiden wahrgenommen. Er verharrte einen Moment, drehte sich dann ruckartig in die entgegengesetzte Richtung und lief davon.

Lüder setzte ebenso wie der Sicherheitsmann zum Spurt an.

Rasch verringerte sich die Distanz zwischen Lüder und Forstheim. Unversehens bog dieser von der stark frequentierten Werkstraße in eine Lücke zwischen mannshohen, am Rande gelagerten Stahlplatten ab. Lüder waren diese verrostet aussehenden Metalle schon bei seinen ersten Besuchen aufgefallen.

Jetzt war Forstheim in diesem Gewirr aus Stahlplatten verschwunden.

»Ich laufe zur anderen Seite«, hatte ihm Böttcher zugerufen und war beim Erreichen der aufgetürmten Bauteile abgebogen. Der Sicherheitsmann hatte offensichtlich eine gute Kondition, denn er hatte beim Sprechen kein bisschen nach Atemnot geklungen.

Lüder zwängte sich in die schmale Gasse, in der Forstheim verschwunden war.

»Wenn du dringend pinkeln musst ... Da hinten ist ein Pissoir!«, rief ihm ein Arbeiter aus einer Gruppe auf der Straße nach. Seine Begleiter stimmten laut lachend in den Kommentar ihres Kollegen ein.

Die Platten hatten unterschiedliche Größen und lagen nicht plan übereinander, sodass immer wieder scharfe Kanten in den schmalen Weg hineinragten. Der Gang war zum Teil so eng, dass Lüder sich nur seitwärts fortbewegen konnte.

Von Forstheim war in diesem Gewirr nichts zu sehen.

»Forstheim«, rief Lüder, aber im Lärm der Werft ging seine Stimme unter.

Der Boden war mit Matsch und Regenpfützen bedeckt. Mehr als einmal rutschte Lüder aus und taumelte gegen die scharfkantigen Stahlplatten. An einer Stelle war er hängen geblieben, und seine Kleidung war eingerissen.

Lüder wusste nicht, wie lange er schon zwischen dem Plattengewirr suchte. Es kam ihm wie eine Ewigkeit vor, aber weder von Forstheim noch von Böttcher war etwas zu sehen.

Lüder überlegte, ob es ihm helfen würde, wenn er auf die Platten klettern würde, um von oben mehr sehen zu können.

Warum läuft Forstheim davon?, fragte er sich. Der Mann konnte sich ausrechnen, dass Böttcher die Werfttore abriegeln und ihm jede Fluchtmöglichkeit verbauen würde.

Unter diesen Umständen hatte es wenig Sinn, die Verfolgung fortzusetzen. In dem Durcheinander von Stahl würde er Forstheim kaum finden können. Lüder blieb stehen und atmete tief durch.

Plötzlich hörte er einen Schuss. Der Knall hob sich deutlich von der Geräuschkulisse der Werft ab.

»Forstheim«, brüllte Lüder aus Leibeskräften und setzte sich wieder in Bewegung.

Gleich darauf knallte es erneut.

Während Lüder durch die enge Gasse stürmte, zog er seine Dienstpistole. Es war lange her, dass er im Einsatz eine Waffe getragen, geschweige benutzt hatte.

Nach einigen Metern erreichte er einen kleinen Platz, an dessen Stirnseite ein paar arg ramponierte offene Container standen, in denen Altmetall gesammelt wurde.

Zur rechten Seite sah er die Förde, von deren gegenüberliegender Seite die Silhouette Kiels durch den Regenschleier grüßte.

Lüder wandte sich zur Wasserseite. Menschen waren keine zu sehen. Gottlob, dachte Lüder. Es wäre schlimm, würden unbeteiligte Arbeiter in eine gefährliche Auseinandersetzung verwickelt werden.

Dann erreichte er die Kaimauer. Einige Meter unter ihm schwappte das brackige Wasser der Binnenförde schmatzend gegen den Beton. Auf der Oberfläche schwamm Schmutz. Ein Ölfleck schimmerte in allen Farben des Regenbogens.

Zwischen dem Plattenlager und der Kaimauer lagen ein paar Meter. Das ganze Areal war verlassen, so, als hätten sich die Beschäftigten der Werft abgestimmt, diese Gegend zu meiden.

Lüder ahnte den Schatten, mehr als er ihn sah. Es war jenes unbestimmte Gefühl, das einen beschleicht, wenn man sich hinter seinem Rücken beobachtet fühlt. Er kauerte sich hinter die Stahlplatten, obwohl sie ihm keine wirkliche Deckung boten, und hielt seine Pistole im Anschlag.

Millimeterweise schob sich jemand aus einer der Gassen auf die Freifläche am Kai. Zuerst sah Lüder die ausgestreckte Hand mit der Pistole. Dann tauchte vorsichtig der ganze Mann auf.

»Böttcher!«, rief Lüder, als der Sicherheitsmann ganz aus dem Schatten der Stahlplatten herausgetreten war. »Lassen Sie Ihre Waffe fallen.«

Böttcher zuckte zusammen, senkte die Pistole, die er in den ausgestreckten Armen hielt, Richtung Boden und suchte Lüder.

»Sie sind es«, sagte Böttcher mit Erleichterung in der Stimme, griff die Waffe am Lauf und kam, Griff und Abzug von sich weisend, auf Lüder zu.

»Geben Sie her«, sagte Lüder und nahm Böttcher die Waffe ab, dabei behielt er den Mann im Auge.

Lüder schnupperte am Lauf. Aus der Pistole war geschossen worden.

»Auf wen haben Sie gezielt?«, fragte er.

»Ich ... ich habe einen Schuss gehört und dann meine Waffe gezogen«, stammelte Böttcher.

»Wie oft haben Sie geschossen? Zwei Mal?«

Böttcher sah Lüder aus weit aufgerissenen Augen an.

»Ein Mal.«

»Auf wen?«

»Ich hatte den Eindruck, man hätte es auf mich abgesehen. Da habe ich zurückgeschossen.«

»Auf wen?«, wiederholte Lüder seine Frage eindringlich.

»Genau habe ich die Person nicht erkannt. Es war eher ein Schatten.«

Lüder schüttelte den Kopf.

»Sind Sie wahnsinnig? Auf bloßen Verdacht hin auf einen Schatten zu zielen? Sie hätten mich treffen können.«

»Ich habe einen Waffenschein und bin berechtigt, zum Schutz des Werkes eine Waffe zu tragen«, versuchte sich Böttcher zu rechtfertigen.

Lüder hielt immer noch Böttchers Waffe in der Hand.

»Kann ich die wiederhaben?«

»Nein«, entschied Lüder. »Die Waffe ist vorläufig eingezogen. Woher kam der zweite Schuss?«

Böttcher machte ein bedrücktes Gesicht.

»Das kann ich auch nicht sagen. Irgendwo zwischen den Platten hat es geknallt.«

»Veranlassen Sie, dass niemand das Werksgelände verlässt«, ordnete Lüder an, während er sich erneut in das Labyrinth begab.

Nach kurzem Suchen fand er Forstheim. Der lag mit leicht angewinkelten Beinen auf dem Bauch, den Kopf zur Seite gedreht. Sein Gesicht war blutig verschrammt. Offensichtlich war Forstheim beim Sturz gegen die scharfen Metallkanten der Platten geschlagen und hatte sich verletzt.

Der Kopf lag am Rande einer Pfütze, in der sich ein leichter Ölschimmer mit dem Blut des Mannes vermischte.

Man hatte Forstheim aus nächster Nähe in den Hinterkopf geschossen. Es war kein schöner Anblick, der sich Lüder zeigte.

Er griff zum Handy und wählte Vollmers' Nummer. Aber der Hauptkommissar war nicht erreichbar. So verständigte er den

Kriminaldauerdienst, gab eine kurze Schilderung der Situation durch und bat darum, dass die Kollegen alles Weitere veranlassen würden.

Das Motiv für diesen weiteren Mord lag auf der Hand. Die Hintermänner befürchteten, dass Forstheim etwas über sie aussagen könnte. Zweifellos war er in ihrem Auftrag tätig geworden. Und der unglückliche Werftmitarbeiter war nicht der Mann, der sich lange den Verhören der Polizei zu widersetzen vermochte. Es hätte nicht lange gedauert, dann hätte er das Wenige ausgeplaudert, was er wusste.

Das war jetzt der dritte Tote in diesem verzwickten Fall, abgesehen von den Übergriffen auf Ivanna Krucowa und ihn selbst und seine Familie.

Es dauerte nicht lange, bis die Beamten der Kieler Kripo eintrafen. Oberkommissar Horstmann von der Mordkommission führte das Kommando an.

»Ist Vollmers nicht da?«, fragte Lüder.

Horstmann schüttelte den Kopf. »Keine Ahnung, wo der Chef steckt«, sagte er knapp.

Lüder übergab ihm Böttchers Waffe.

»Aus der ist geschossen worden. Wir müssen prüfen, ob es eventuell die Tatwaffe ist. Außerdem ist der Mann erkennungsdienstlich zu behandeln. Das ganze Programm.«

»Wird erledigt«, erwiderte Horstmann und wandte sich dann wieder den anderen Beamten zu.

*

Auf dem Weg zurück zum Gebäude, in dem der Vorstand residierte, begegnete Lüder wiederum vielen Mitarbeitern der Werft. Sie warfen dem großen Mann, der vom Regen völlig durchnässt war und dessen Kleidung nicht nur Schmutzspuren aufwies, sondern auch zerrissen war, neugierige Blicke zu. Lüder strahlte eine grimmige Entschlossenheit aus, sodass die auf dem Werftgelände sonst üblichen Kommentare unterblieben.

Die beiden Frauen in Vanderborgs Vorzimmer zuckten erschrocken zusammen, als Lüder das zweite Mal am heutigen Tag in den Raum hineinstürmte. Die Brünette fuhr sich mit der Hand an den Mund und brachte ein ersticktes »Oh!« zustande, unternahm aber nicht einmal den Versuch, Lüder davon abzuhalten, den direkten Weg in das Büro des Vorstandes zu nehmen. Die Verbindungstür stand ohnehin offen.

In seiner nicht gerade repräsentativen Aufmachung erregte Lüder das Aufsehen der Anwesenden.

»Es sieht aus, als wären Sie mit jemandem aneinandergeraten«, ergriff Vanderborg das Wort.

Lüder ließ sich nicht auf lange Erklärungen ein.

»Es hat ein weiteres Gewaltverbrechen gegeben. Diesmal in Ihrem Betrieb.«

Zum ersten Mal registrierte Lüder ein Erschrecken in Vanderborgs Zügen. Der Manager öffnete den Mund, schloss ihn aber nach einem Augenblick wieder, ohne etwas zu sagen.

Die anderen schauten Lüder mit großen Augen an. Taylor, Brown, von Glahn und Dr. Vollquardsen.

»Wo waren Sie in der letzten Stunde?«, fragte Lüder in die Runde.

Dr. Vollquardsen ergriff als Erster das Wort.

»Sie wollen doch nicht etwa unter den hier Anwesenden einen Täter suchen?«, fragte er Lüder mit leicht spöttischem Unterton. Aber auch er konnte seine Nervosität nicht verbergen.

»Ich habe meine Frage deutlich und allgemeinverständlich formuliert«, sagte Lüder und sah die Männer der Reihe nach an.

»Natürlich waren wir alle hier im Gespräch«, entrüstete sich Dr. Vollquardsen.

»Und das können selbstverständlich alle gegenseitig bezeugen?«, antwortete Lüder.

Vollquardsen nickte sofort.

Zu Lüders Überraschung mischte sich aber Vanderborg ein.

»Moment, Herr Vollquardsen«, wies er seinen engsten Mitarbeiter zurecht. »So lange sitzen wir noch nicht wieder in dieser Runde zusammen. Mr. Taylor und ich waren die ganze Zeit über im Büro und haben es auch nicht verlassen.« Er sah Lüder an. »Das könnten im Zweifelsfall auch die Damen im Vorzimmer bestätigen. Alle anderen waren mehr oder weniger lange abwesend.

Sie«, dabei zeigte er auf Dr. Vollquardsen, »sind als Letzter wieder zu unserer Runde gestoßen.«

Dem Angesprochenen zog ein Rotschimmer übers Gesicht.

»Na, wo waren Sie denn?«, fragte Lüder.

»Ich …« Dr. Vollquardsen brach seinen Satz ab, als er bemerkte, dass ihn alle interessiert ansahen.

»Ich habe die kurze Pause genutzt, um mit Frau Vanderborg zu sprechen«, erklärte er im zweiten Anlauf.

»Sabine Vanderborg? Die Journalistin?«

»Ja, genau die«, bestätigte Dr. Vollquardsen.

»Wo ist die Dame jetzt?«

»Ich weiß es nicht. Ich vermute, sie versucht, weitere Gesprächspartner für ihre Story über die deutsche Werftindustrie zu finden.«

Lüder sah von Glahn an. »Und was haben Sie gemacht?«

Der Berliner Beamte schien von der Frage unbeeindruckt zu sein.

»Ich glaube kaum, dass ich Ihnen diese Frage beantworten muss«, antwortete er spitz.

»Schön, dann werde ich Sie zur Dienststelle bringen lassen, bis wir Ihr Alibi überprüft haben.«

»Wissen Sie nicht, mit wem Sie es zu tun haben?«, rief von Glahn.

»Doch«, entgegnete Lüder. »Mit einem Verdächtigen, den die Polizei im Rahmen ihrer Ermittlungen zu verhören hat, und zwar so lange, bis seine Schuld oder Unschuld erwiesen ist.«

Jetzt bekam auch von Glahn vor Entrüstung einen roten Kopf. So war ihm offenbar seit langem keiner mehr entgegengetreten. Man merkte seiner Mimik an, wie es in ihm arbeitete, wie er einem Schachspieler gleich die nächsten Züge und Möglichkeiten kalkulierte. Er musste zu der Einsicht gekommen sein, dass Lüder im Augenblick die besseren Argumente auf seiner Seite hatte. »Ich habe mit Berlin telefoniert. Nun glauben Sie aber nicht, dass ich Ihnen etwas über den Inhalt des Gesprächs offenbare. Sie werden auch keine Informationen über den Netzprovider bekommen, da ich ein Telefon habe, dessen Verbindungsdaten nicht gespeichert werden.«

»Sie können mir aber sicher Ihren Gesprächspartner in Berlin nennen, der das Telefonat bestätigen kann.«

Von Glahn mahlte mit seinem Kiefer, dass keinem das knirschende Geräusch verborgen blieb.

»Ich möchte diese Angaben weder in dieser Runde noch Ihnen gegenüber machen«, erklärte er schließlich. »Ich bin bereit, diese Auskunft unter dem Siegel der Vertraulichkeit Ihrem Vorgesetzten gegenüber zu erteilen. Schließlich berührt es fundamentale Interessen der Bundesrepublik.«

»Und Sie? Wo waren Sie?«, wandte sich Lüder an von Glahns ständigen Begleiter Brown.

Der Brite hatte dem bisherigen Gespräch nahezu teilnahmslos gelauscht. Jetzt zeigte er mit einem Finger auf seine Brust.

»Meinen Sie mich?«

»Ja, schiele ich denn?«

Mr. Brown reagierte wie fast alle Engländer. Im persönlichen Gespräch sind die Briten es nicht gewohnt, direkt angegangen oder gar mit Vorwürfen konfrontiert zu werden.

»Ich war mich ein wenig erfrischen«, antwortete er pikiert. Er sprach ein nahezu fehlerfreies Deutsch, konnte aber die Färbung nicht verbergen, die das deutsche Fernsehpublikum seit Chris Howland so schätzte und mit einem dienstbeflissenen Butler in alten englischen Komödien assoziierte.

»Wie lange dauert eine solche Erfrischung?«

»Hmmh!«

Statt einer Antwort zog Brown Lüder am Ärmel etwas abseits. Lüder war überrascht über diese absolut nicht den englischen Gepflogenheiten entsprechende Geste. »Verzeihung«, raunte ihm Brown ins Ohr, »aber ich muss gestern etwas Falsches gegessen haben. Es ist mir ein wenig peinlich, aber ich habe ernsthafte Probleme mit meinem Darm. Sie verstehen hoffentlich, dass ich das nicht vor den Ohren der anderen erzählen kann.«

»Ist okay«, sagte Lüder laut und kehrte in die Runde der Männer zurück.

Lüder sah Taylor an.

»Wo steckt Wartanjan, Ihr Prügelknabe?«

Taylor erwiderte ungerührt Lüders Blick, ohne zu antworten.

»Gut, Sie wollen nicht anders«, sagte Lüder. »Ihr armenischer Kettenhund steht genau wie Sie im dringenden Tatverdacht, einen Menschen erschossen zu haben!«

Erschrocken wich Vanderborg zurück.

»Erschossen? Sie sprachen vorhin von einem Gewaltverbrechen, ohne zu erwähnen, dass es ein Mord war. Erschossen? Auf unserem Betriebsgelände? Sagen Sie, wen hat man ermordet?«

Lüder ließ seinen Blick in die Runde schweifen, bevor er antwortete. Fünf Augenpaare waren auf ihn geheftet.

»Forstheim«, sagte er schließlich.

»Mein Gott!« Vanderborg zeigte tiefe Betroffenheit.

Die anderen nahmen diese Nachricht fast gleichgültig auf. Für von Glahn war es nur ein Name, Taylor konnte wahrscheinlich nicht einmal damit etwas anfangen, und Brown blieb ohne Mienenspiel.

»Mich wundert das Ende dieses Mannes überhaupt nicht«, fasste Dr. Vollquardsen seine Gedanken zusammen. Er wurde für diese Äußerung von Vanderborg mit einem bösen Blick abgestraft.

Lüder zeigte auf von Glahn.

»Ich erwarte von Ihnen umgehend, dass Sie gegenüber Kriminaldirektor Nathusius die erforderlichen Angaben machen, damit er Ihr Alibi verifizieren kann.«

Der Mann antwortete nicht.

Lüder drehte sich um und verließ kommentarlos den Raum. Auf dem Flur griff er zu seinem Handy und rief Oberkommissar Horstmann an.

»Muss das jetzt sein?«, fragte der unwirsch. »Wir sind mitten im ersten Angriff.«

»Es steht im unmittelbaren Zusammenhang mit der Tat«, entgegnete Lüder. »Fordern Sie noch weitere Leute an und lassen Sie das Gelände absuchen. Wir fahnden nach Andranik Wartanjan. Benötigen Sie eine Personenbeschreibung?«

»Nicht nötig«, knurrte Horstmann. »Den Typen kenne ich. Ich habe ihn schließlich schon einmal festgesetzt, damals am Werktor.«

»Außerdem suche ich eine Frau. Sie hat wahrscheinlich einen

südafrikanischen Pass auf den Namen Sabine Vanderborg, vielleicht nennt sie sich auch Sarah Worthington. Vorsicht bei Wartanjan. Ich gehe davon aus, dass der Mann bewaffnet ist.«

»Ich kümmere mich drum«, gab Horstmann zurück. »Sonst noch was?«

»Hat sich Hauptkommissar Vollmers inzwischen gemeldet?«

»Nee, der ist immer noch abgetaucht.«

Damit beendete der Oberkommissar das Gespräch.

Keine fünf Minuten später meldete er sich wieder bei Lüder.

»Wir haben die Frau. Sie wollte das Werftgelände ganz regulär am Tor verlassen und war erstaunt, dass sie aufgehalten wurde.«

»Wo ist sie jetzt?«

»Immer noch bei den Kollegen, die den Werkschutz am Eingang unterstützen.«

Lüder legte die Distanz zum Werkschutz mit dem Auto zurück.

Sarah Worthington hatte sich vor dem Regen in einen Streifenwagen geflüchtet. Lüder setzte sich zu ihr auf die Rückbank.

»Warum halten Sie mich hier auf?«, fragte sie.

»Es hat einen weiteren Mord gegeben.«

»Wer ist geschossen worden?«

Lüder stutzte.

»Wie kommen Sie darauf, dass der Mord mit einer Schusswaffe durchgeführt wurde?«

Sie lächelte ihn an. »Ich kann mir nicht glauben, dass eine Giftmörder herumschleicht.«

»Es gibt noch andere brutale Tötungsarten. Der erste Mord erfolgte zum Beispiel mit einem Messer.«

Sie nickte ihm versonnen zu. »Da haben Sie Recht. Wollen Sie mir sagen, wer ermordet worden ist?«

Lüder überlegte einen kurzen Augenblick, ob er es ihr sagen sollte. Es bestand keine Veranlassung, diese Information für sich zu behalten.

»Forstheim.«

Sie sah Lüder überrascht an. Ihr rot geschminkter Mund formte ein »My god«.

»Sie hatten ein Verhältnis miteinander?«

Sie sah gedankenverloren durch die regenbenetzte Scheibe nach draußen.

»Ja«, kam es leise über ihre Lippen. »Auch wenn es kein persönliches Liebe war.«

»Auch wenn Sie sich als Kollegin offenbart haben, muss ich Ihnen ein paar Fragen stellen. Was wollten Sie auf der Werft?«

»Ist okay«, sagte sie, öffnete die Handtasche, holte ein Stofftaschentuch hervor und schnäuzte sich die Nase. »Ich habe gesagt, ich sein eine Journalistin. Mit diese Vorwand habe ich mich umgehört.«

»Mit wem haben Sie gesprochen?«

»Mit viele.«

»Auch mit Dr. Vollquardsen?«

»Auch ein wenig.«

Lüder fiel auf, dass es im Inneren des Streifenwagens, in dem sie saßen, intensiv nach Parfüm roch. Er erinnerte sich, dass ihm das Fehlen jeglicher Duftnote bei einer Frau wie ihr irritiert hatte, als er sie vor dem Hotel abgeholt und mit ihr in das Café gefahren war. Er schnupperte. Lüder versuchte, die Quelle des Wohlgeruchs zu orten. Er hatte den Eindruck, es wären ihre Hände.

»Darf ich?«, fragte er, ergriff ihr Handgelenk und führte es an die Nase. Tatsächlich. Sie hatte sowohl die Innenfläche der Hand wie die Außenseite des Gelenks mit dem Parfüm eingesprüht.

»Das riecht sehr exotisch«, meinte Lüder, weil sie ihn irritiert ansah. »Heute Morgen habe ich allerdings noch nichts von diesem Geruch wahrnehmen können.«

Sie hatte die Hände zusammengefaltet und in ihren Schoß gelegt. Es sah fast so aus, als wollte sie sie vor Lüder verbergen.

»So? Vielleicht haben Sie es gemerkt nicht«, antwortete sie.

Lüder ergriff nochmals ihre beiden Hände und führte sie an die Nase. Er schnupperte auch an den Ärmeln, ob er möglicherweise Schmauchspuren feststellen konnte. Doch das strenge Parfüm überdeckte alles.

»Wir müssen Sie mitnehmen und einer Routinekontrolle unterziehen«, sagte er. Der Erkennungsdienst würde an der Kleidung auch feinste Partikelspuren feststellen können. Der gleichen Prozedur mussten sich auch noch die anderen unterziehen: Böttcher, Brown, von Glahn und Dr. Vollquardsen.

»Sie glauben nicht, dass ich habe geschossen?«, fragte sie mit hochgezogener Augenbraue.

»Es gehört zu unserem Ermittlungsstandard, dass wir diese Untersuchungen ohne Ansehung der Person vornehmen. Ich darf Sie bitten, mit mir zur Dienststelle zu kommen.«

»Nun, kann ich mich wehren dagegen?«, fragte sie kokett.

»Kaum«, sagte Lüder, stieg aus und öffnete ihr die Tür.

Sie folgte ihm zu seinem BMW. Die Fahrt durch den Feierabendverkehr Kiels verlief schweigend.

Lüder hatte überlegt, ob er sie in der »Blume« abliefern sollte, sich dann aber doch entschlossen, sie mit zum Landeskriminalamt an den Stadtrand zu nehmen. Dort übergab er sie zur erkennungsdienstlichen Behandlung den zuständigen Kollegen, während er selbst Sven Kayssen von der Pressestelle aufsuchte.

Der stöhnte auf, als Lüder sein Büro betrat.

»Das war 'ne verflixte Friemelarbeit.« Dann strahlte er und wedelte mit einem Computerausdruck. »Aber ich bin fündig geworden.«

Lüder warf einen Blick auf das Papier.

»Toll! Wenn wir etwas mehr Ruhe haben, müssen Sie mir mal zeigen, wie man solche Informationen an die Oberfläche zaubert.« Anerkennend klopfte er Kayssen auf die Schulter. »Dafür schulde ich Ihnen was.«

Es war ein unkonventionelles Zusammenarbeiten mit dem Leiter der Pressestelle. Mal duzte man sich, dann war wieder das »Sie« die Anrede.

»Da fällt mir schon was ein«, hörte er den Pressesprecher hinter sich herrufen, als er dessen Büro wieder verließ.

Auf dem Weg in sein eigenes Reich vermisste er die Begegnung mit Friedjof, der womöglich schon Feierabend gemacht hatte.

Mehrfach las er sich den Presseartikel durch, den Kayssen für ihn ausgegraben hatte. Er war in englischer Sprache abgefasst. Lüder wurde unterbrochen durch ein schwungvolles Pro-forma-Klopfen an seiner Tür, die förmlich aufgerissen wurde. Kriminaldirektor Nathusius trat ein und setzte sich Lüder gegenüber an den Schreibtisch.

»Erzählen Sie«, forderte Nathusius ihn auf. Irgendetwas in seinem Verhalten war anders. Überschwengliche Jovialität war nie die Art des Kriminaldirektors gewesen, aber so reserviert wie jetzt hatte Lüder ihn noch nie erlebt.

Er berichtete von den Ereignissen auf der Werft und vom Stand der ersten Ermittlungen.

»Gibt es einen Grund, weshalb Sie mir Informationen vorenthalten?«, fragte Nathusius scharf.

»Wie kommen Sie darauf?«, erwiderte Lüder.

»Warum haben Sie nicht erzählt, dass Sie eine der Verdächtigen mit hierher gebracht haben?«

»Ich wollte Sie nicht mit unausgegorenen Details belasten.«

Nathusius war die Verärgerung deutlich anzumerken. In diesem Moment klopfte es erneut an der Tür, und ein Beamter brachte Sarah Worthington in den Raum.

»Kann ich Sie kurz sprechen?« Der Kollege bat Lüder auf den Flur, während Sarah Worthington neben Nathusius Platz nahm.

Lüder schloss die Tür hinter sich, damit die beiden im Zimmer die vertraulichen Informationen nicht mitbekamen, die der Beamte vom Erkennungsdienst weitergeben wollte.

»Wir glauben, an den Ärmeln der Kleidung Rußpartikel festgestellt zu haben. An den Händen hingegen war nichts zu finden. Das sind noch Vermutungen. Genaueres werden erst die ausführlicheren Analysen ergeben. Noch etwas. Unter den wohlgepflegten Fingernägeln der rechten Hand haben wir winzige Spuren von Talkum gefunden. Wir vermuten es zumindest. Auch hierzu bedarf es einer weitergehenden Laboruntersuchung.«

»Und? Was bedeutet das?«

»Hmh«, sagte der Beamte vom Erkennungsdienst, »Frau Dr. Braun von der naturwissenschaftlichen Kriminaltechnik meint, dass Talkum als hauchdünner Film in das Innere von Latexhandschuhen geblasen wird, damit diese beim Anziehen gleitfähiger sind. Mit viel Phantasie könnte man sich vorstellen, dass die Dame an der rechten Hand einen Latexhandschuh getragen hat. Wenn man der Phantasie noch mehr Raum gibt, könnte das der Grund dafür gewesen sein, dass wir an der Hand keine Schmauchspuren gefunden haben, sollte sie eine Waffe benutzt haben.«

Das war eine wichtige Information. Lüder staunte wieder einmal über die Findigkeit der Kriminaltechniker, ohne deren Gespür und Wissen mit Sicherheit wesentlich weniger Kriminalfälle aufgeklärt würden.

»Die Handtasche haben wir gegen den Protest der Dame behalten. Wir möchten sie auch gründlich untersuchen, aber das dauert noch ein wenig. Übrigens«, der Beamte griff in die Gesäßtasche, »haben wir zwei Pässe in der Tasche gefunden.«

»Ich weiß«, warf Lüder ein. »Der eine lautet auf Sabine Vanderborg und ist von der Republik Südafrika. Der andere ist ein britischer Pass.«

»Stimmt«, sagte der Beamte vom Erkennungsdienst. »Aber das Bemerkenswerte daran ist, dass beide echt sind. Wer ist die Frau denn nun wirklich?«

»Das würde ich auch gern wissen«, erwiderte Lüder und bedankte sich für die gründliche Arbeit. Dann kehrte er in sein Büro zurück und nahm hinter dem Schreibtisch Platz. Demonstrativ legte er beide Pässe vor sich hin. Dann musterte er schweigend die elegante Frau, die ihm gegenübersaß. Zum ersten Mal hatte er den Eindruck, dass sie an Selbstsicherheit einbüßte. Sie spitzte die Lippen, als würde sie ihm einen Kuss zuhauchen wollen, schwieg aber.

Jochen Nathusius rückte mit seinem Stuhl demonstrativ in eine Ecke des Raumes. Er wollte damit deutlich machen, dass er sich am folgenden Verhör nicht beteiligen wollte.

Eine Weile herrschte Totenstille im Raum.

»Darf ich rauchen?«, unterbrach die Frau schließlich das Schweigen.

»Ungern«, antwortete Lüder.

Sie tastete mit ihren schlanken Händen die Seitentaschen ihres Kostüms ab.

»Die haben meine Handtasche und die Zigaretten mir weggenommen«, klagte sie. »Was soll das Ganze?«

Lüder zeigte auf die beiden Pässe.

»Kompliment an den MI 6. Zwei echte Pässe. Über solche Möglichkeiten staunen wir einfachen Polizisten nur.«

Sie sagte nichts.

»Wie soll ich Sie nun anreden? Miss Vanderborg? Oder ist Ihnen Miss Worthington lieber?«

Urplötzlich wechselte die Frau ins Englische.

»Das ist Ihnen freigestellt. Ich glaube, es ist besser, wenn ich mich nur noch in meiner Muttersprache äußere.«

»Damit haben wir kein Problem«, sagte Lüder und nahm den englischen Pass zur Hand. »Gut, dann sprechen wir also mit Miss Worthington.« Er schlug ihn auf und blätterte darin. Dann stutzte er.

»So'n Schiet«, sagte er auf Plattdeutsch und schlug sich mit der flachen Hand gegen die Stirn. »Dat heff ick mi all dacht. Dat steiht ock inne annern Papier vun Pressefutzi.«

Nathusius sah ihn fragend an, weil er zwar die Worte gehört und auch des Plattdeutschen mächtig war, aber die Bedeutung dieses Ausrufs nicht verstand. Sarah Worthington hatte Lüders Aussage, die auch mehr für den Kriminaldirektor bestimmt war, nicht nachvollziehen können. Wie gut, dass die Frau doch keine Südafrikanerin ist, dachte Lüder. Vielleicht hätte sie mit dem ihr dann geläufigen Afrikaans meine Aussage interpretieren können, da das Holländische zum Niederdeutschen eine bestimmte Nähe aufweist.

Lüders Gesichtszüge entspannten sich. Sie zeigten fast den Anflug von Heiterkeit.

»Miss Worthington, ich verhafte Sie wegen des Verdachts auf dreifachen Mord, den Mordanschlag auf einen Polizeibeamten und weitere Straftaten.« Es folgte die Rechtsbelehrung.

Noch während seiner folgenschweren Anschuldigung hatte Lüder abwechselnd Sarah Worthington und Nathusius angesehen. Ihm fiel auf, dass beide wiederum ihre Blicke auf Lüder richteten und nicht untereinander Sichtkontakt aufnahmen.

Nathusius war genauso erstaunt, wie die Frau erschrocken war. Es herrschte tiefe Stille im Raum. Niemand unterbrach das Schweigen.

Schließlich hielt es Sarah Worthington nicht mehr aus.

»Wie kommen Sie auf diese dumme Idee?«, fragte sie schließlich. »Ich hatte mich Ihnen anvertraut und offenbart, dass ich Agentin des MI 6 bin und meine Regierung der Bundesrepublik wichtige Hilfe zukommen ließ. Ich habe Ihnen sogar so weit vertraut, dass ich Ihnen von den geheimen Erkenntnissen meiner Behörde berichtet habe.«

Lüder lehnte sich in seinem Bürostuhl mit der Wippautomatik bis zum Anschlag zurück.

»Das haben Sie alles sehr geschickt eingefädelt«, sagte er und holte den Computerausdruck hervor, den er von Kayssen erhalten hatte. Lüder legte ihn der Frau vor und tippte mit dem Zeigefinger darauf.

»Hier. Das ist ein Artikel aus dem Jahre 1982, erschienen im ›Guardian‹. Er schildert das, was Sie mir auch schon berichtet haben. Und noch mehr. Ihre Eltern haben durch die argentinische Okkupation die Farm verloren, die Heimat und Lebensmittelpunkt für Sie darstellte. Aber nicht nur das. In Ihrem Fall ist es auch zu Übergriffen gekommen. Ihre Mutter, die Schwester und auch Sie wurden von betrunkenen argentinischen Soldaten sexuell belästigt.«

Sarah Worthington lachte auch. »Paah! Das hört sich wie ein Kavaliersdelikt an. Nennen Sie es doch beim richtigen Namen. Wir wurden vergewaltigt. Wissen Sie, wie alt ich war? Dreizehn Jahre!«

Nathusius saß in seiner Ecke. Bis auf die Bewegung seiner Augen, die bei dieser Anklage der Frau schnell zwischen der Verdächtigen und Lüder hin- und zurückblickten, blieb er teilnahmslos.

»Dafür gibt es keine Entschuldigung. Aber selbst die englische Presse berichtete, dass dieser üble Vorgang eine Ausnahme und nicht typisch für das Verhalten der Soldaten war. Die Täter waren betrunken. Nach argentinischen Meldungen sind die Betroffen für diese Tat von der Justiz ihres Landes zur Rechenschaft gezogen worden.«

»Das macht es nicht ungeschehen.«

»Daraus leitet sich eine sehr persönliche Abneigung gegen das südamerikanische Land ab«, erklärte Lüder. »Vielleicht kann man es menschlich nachvollziehen, aber dafür Jahrzehnte später einen Rachefeldzug zu starten, und das in Kiel, kann nicht hingenommen werden. Warum musste Commodore Hernandez sterben?

War er einer der Täter? Und warum das Facón? Das sah ja wie ein Ritualmord aus.«

Sarah Worthington sah Lüder lange an. »Hernandez war nicht unter den Tätern, aber er war aktiv an der Okkupation der Falkland-Inseln beteiligt.«

»Das ist aber ein sehr weit hergeholtes Motiv«, sagte Lüder.

Sie schüttelte den Kopf.

»Wieso Motiv? Wie kommen Sie darauf, dass ich die Morde vollbracht haben soll?«

»Hier«, Lüder zeigte erneut auf den Zeitungsartikel. »Da steht Ihr Name. Frederike Sarah Worthington.«

Jetzt ging das erste Mal eine erkennbare Reaktion von Nathusius aus. Der Kriminaldirektor räusperte sich und nickte Lüder zu.

»Und? Was soll das bedeuten?«, fragte sie.

Lüder erklärte ihr, dass die Polizei nach der Ermordung des Staatsanwalts am Tatort ein Handy gefunden hat. Auf dem kam ein Anruf an. Und der unbekannte Anrufer erkündigte sich nach »Fred«.

»›Fred‹ von Frederike«, erklärte Lüder. »Der Anrufer kannte Ihren vollen Namen und wollte sich bei Ihnen erkundigen, ob alles gut gelaufen sei.«

»Das sind nur sehr vage Vermutungen, auf die Sie Ihre These stützen«, erwiderte Sarah Worthington mit fester Stimme.

Lüder lehnte sich erneut zurück.

»Das ist aber nicht alles. Die Kriminaltechnik wird die Schmauchspuren an Ihrer Kleidung einwandfrei identifizieren. Sie wird auch nachweisen, dass die Zusammensetzung der Rußpartikel identisch ist mit denen, die wir an Forstheims Leiche finden werden. Sie haben nicht viele Fehler gemacht, aber Forstheim haben Sie aus zu geringer Distanz erschossen. Bei etwas mehr Abstand wäre es ungleich schwieriger, diesen Nachweis zu führen.«

»Und mit welcher Waffe soll ich ihn erschossen haben?«

»Die werden wir finden. Ebenso wie den Latexhandschuh, den Sie getragen haben. Wir haben bereits Taucher eingesetzt, die an der Kaimauer hinter den Stahlplatten den Grund der Förde absuchen.«

»Ist das alles?«

»Nein. Zweifellos haben Sie sich sehr professionell verhalten.

Ich nehme an, Sie haben eine erstklassige Ausbildung beim MI 6 genossen. Davon sind wir bei der Polizei weit entfernt. Gott sei Dank«, schob Lüder mehr für sich selbst nach. »Aber niemand ist ohne Fehler. Mir ist aufgefallen, dass eine elegante Frau wie Sie kaum ohne Parfüm ausgeht. Und als wir uns heute Morgen trafen, haben Sie nach nichts, absolut nichts, gerochen. Das ist außergewöhnlich. Das Gleiche ist mir schon bei unserer ersten Begegnung aufgefallen, damals vor der Wohnung von Kapitänleutnant Heimberger in Schilksee. Erst viel später kam mir der Grund dafür in den Sinn. Ein intensiver Duft hätte Sie an den Tatorten verraten, zum Beispiel bei mir im Haus, als Sie mich ermorden wollten. Wir hätten sofort geahnt, dass sich eine Frau hinter den Morden und Attentaten verbirgt. Es ist fast eine Ironie des Schicksals, dass ausgerechnet diese intelligente Maßnahme von Ihnen einer der Stolpersteine war, die zu Ihrer Entlarvung führten.«

Lüder registrierte, wie sich eine leichte Unsicherheit in Sarah Worthingtons Blick einschlich. »Außerdem haben wir an den Tatorten minimale Spuren von Hautschuppen und Haaren gefunden. Über diesen Weg können wir Ihre Täterschaft einwandfrei nachweisen«, log er.

Die Frau wurde sichtlich blass. Gegen diese Indizien, dass wusste sie, konnte man schwerlich argumentieren.

»Ich bin gespannt auf Ihre gesamte Beweiskette«, sagte sie trotzig. »Wollen Sie mir nicht das Motiv nennen?«

»Sie haben doch selbst eine Vermutung ausgesprochen. Persönliche Rache an den Argentiniern, die mir und meiner Familie unendlich viel Leid gebracht und das Leben meiner Eltern zerstört haben.«

»Das klingt nicht plausibel genug. Nur um diese Rache zu vollstrecken, versuchen Sie nicht, durch Drohungen und Morde gegen die ermittelnden Beamten das Verfahren zu beeinflussen. Auch macht der Mord an Forstheim in diesem Zusammenhang keinen Sinn.«

»Ich sage jetzt nichts mehr«, antwortete sie.

Doch Lüder blieb hartnäckig. »Warum der Angriff auf Ivanna Krucowa?«

Sie lachte zynisch auf. »Sie meinen die Nutte? Wir wollten sie einschüchtern, damit sie ihre ohnehin unglaubwürdige Aussage in Richtung einer Tat aus dem Rotlichtmilieu lenkt.«

»Und deshalb haben Sie sie brutal zusammengeschlagen?«

»Nicht ich.«

»Wer sonst?«

»Können Sie sich das nicht denken?«

»Doch. Timothy McBain.«

»Genau. Ich habe ihm erzählt, dass die kleine Nutte ihren Zuhälter angestachelt hat, der mich mit Drohungen auch für sein Gewerbe gefügig machen wollte. Darüber war Timothy so erbost, dass er nach Kiel gekommen ist und der Tschechin einen Denkzettel verpasst hat. Dass es so heftig war, lag daran, dass dieser Depp, der nur seine Golfschläger und Frauen im Kopf hat, überreagierte.«

»War das der einzige Grund, weshalb er sofort bereit war, für Sie diese Tat zu begehen? Oder haben Sie ihn durch sexuelle Handlungen gefügig gemacht?«

Sie lachte hell auf. »Hört sich komisch an. Es muss nicht immer zweckgerichtet sein, wenn ich mit einem Mann schlafe.«

Damit war auch dieser Fall geklärt. Lüder würde nach dem Verhör die Verhaftung des Engländers aus Teterow in die Wege leiten.

»Und warum musste Forstheim sterben? Hätte er Sie verraten können, weil Sie ihn angestachelt haben, die Sabotageakte auf der Werft auszuführen?«

Sie zog sich zurück, als sie merkte, dass die Polizei über das Motiv zu diesem Mord noch im Dunkeln tappte.

»Dazu sage ich nichts.«

»Warum haben Sie sich Sarah genannt und nicht mehr Frederike? Das ist doch ein schöner Name.«

Sie gab ein gequältes Lächeln von sich.

»Den Namen mag ich eigentlich nicht. In meiner Kindheit auf den Falklands hat man sich als Mädchen bis zum Teenageralter wie ein Junge bewegt. Nur so konnte man sich in der rauen Landschaft durchsetzen. Und wie die Landschaft waren auch die Menschen. So ergab es sich zwangsläufig, dass ich nicht die kleine Frederike war, sondern von den Eltern und den Freunden nur Fred gerufen wurde. Als ich meine Weiblichkeit entdeckte, habe ich den Namen Frederike abgelegt und nenne mich jetzt Sarah.«

Lüder wechselte schnell das Thema.

»Wo ist die Waffe, mit der Staatsanwalt Kremer erschossen wurde?«

Sie war durch das Verhör so entnervt, dass sie prompt darauf hereinfiel.

»Die finden Sie nie. Die hat jemand mit auf die Norwegenfähre genommen. Sie ruht irgendwo zwischen Kiel und Oslo auf dem Grund der Ostsee.«

»Wieso?«

»Wer professionell arbeitet, nutzt eine Waffe nur einmal.«

»Sie werden mir kaum erzählen, wer die Waffe mitgenommen hat?«

»Richtig.«

»Und wo haben Sie das Facón her?«

Erneut lachte sie auf. Diesmal klang es sehr gekünstelt.

»Sie müssen zugeben – der Mord hatte Stil, oder? Das Facón zu besorgen war keine Schwierigkeit. Wir haben in unserer Ausbildung gelernt, Möglichkeiten zu nutzen, von denen die Deutschen nur träumen.«

»Ein Tötungsdelikt hat nie Stil. Und wenn *unsere* Ausbildung weniger weit geht als die, die Sie genossen haben, dann bin ich froh darüber«, sagte Lüder. »Eine letzte Frage. Hätten Sie sich wirklich an Frauen und Kindern vergriffen?«

Sie schüttelte energisch den Kopf.

»Wo denken Sie hin. Wir Briten sind schließlich zivilisiert.«

Lüder schaltete das Aufnahmegerät ab, das zwischen ihnen auf dem Schreibtisch gestanden hatte, nachdem Frederike Sarah Worthington vom Bereitschaftsdienst abgeführt worden war.

»Gut gemacht«, lobte ihn Nathusius. »Versuchen Sie, Ihren Bericht möglichst schnell zu erstellen. Übrigens – von Glahn hat mich angerufen und mir gesagt, dass er vorhin mit dem Staatssekretär telefoniert hat. Über den Inhalt des Gesprächs wollte er nichts verlauten lassen.«

Dann verließ der Kriminaldirektor ohne weitere Worte Lüders Büro. Wie auf Kommando meldete sich kurz darauf Oberkommissar Horstmann.

»Wir sind noch nicht viel weiter gekommen«, erklärte er am

Telefon. »Aber Dr. Vollquardsen ist eingeknickt und hat gestanden, gar nicht mit der südafrikanischen Journalistin gesprochen zu haben. Ihm war einfach schlecht, sodass er zuerst auf ‘m Klo war und sich dann in einen leeren Besprechungsraum zurückgezogen hat. Er meint, so etwas darf einem Manager nicht passieren. Der muss permanent Stärke zeigen und kann sich ein Unwohlsein nicht erlauben. Deshalb hat er in Gegenwart seines Chefs gelogen. Und noch was …«

»Was denn?«

»Kollege Vollmers ist wieder aufgetaucht.«

»Haben Sie mit ihm gesprochen?«

»Das geht nicht. Ich habe mit seiner Frau gesprochen. Der war beim Zahnarzt und sitzt mit einer dicken Backe zu Hause.«

»Sie meinen ›Wange‹«, lachte Lüder.

»Vielleicht hat er auch ‘ne dicke Wange«, knurrte Horstmann. »Und den Leibwächter von Taylor haben wir auch nicht gefunden. Ich glaube, er wurde mit Unterstützung der Werft auf dem Wasserweg in Sicherheit gebracht. Aber das wird man wohl nie erfahren.«

Lüder machte sich auf den Weg ins Städtische Krankenhaus, um Margit persönlich zu erzählen, wie sehr er sich auf ihre Heimkehr am kommenden Tag freuen würde.

Doch zuvor besuchte er noch einmal Ivanna Krucowa und berichtete ihr, dass man die Täter identifiziert hatte. Als Dank erntete er einen langen Blick der jungen Frau.

Außerdem erklärte er ihr, was er noch weiterhin vorhatte. Es dauerte eine Weile, bis sie verstand und mit dem Kopf auf ihre Nachttischschublade wies. Lüder entnahm dort das Bund mit den Haustürschlüsseln ihrer Wohnung.

Als Lüder das Krankenhaus verließ, hatte es aufgehört zu regnen. Die Wolken hatten sich verzogen, und ein blassblauer Abendhimmel gaukelte vor, dass sich ein wunderschöner Tag dem Ende zuneigte.

Doch Lüder stand noch ein langer Abend bevor, den er daheim vor seinem Computer mit umfangreichen Recherchen im Internet verbringen wollte.

ZEHN

Es war eine ruhige Nacht gewesen. Lüder hatte tief und fest geschlafen. Traumlos. Als das elektronisch erzeugte Schnarren seines Weckers ihn Morpheus' Armen entriss, fühlte er sich wie neugeboren.

Er nahm sich viel Zeit im Badezimmer und verfluchte anschließend beim Blick in den Kühlschrank seine eigene Nachlässigkeit. Er hatte sich auf ein ergiebiges Frühstück gefreut, musste aber feststellen, dass er immer noch nichts gegen die gähnende Leere in den Vorratsschränken unternommen hatte. Den Kaffee braute er stark und trank ihn schwarz und ungesüßt. Das half, seine Lebensgeister vollends zu wecken.

»Guten Morgen, Herr Lüders«, überfiel ihn die Nachbarin, die trotz ihrer Geschwätzigkeit eine liebenswerte und vor allem hilfsbereite Person war.

»Moin, Frau Möckhagen.«

»Ist ja wie abgerissen«, sagte die rundliche Frau.

Lüder sah sie verständnislos an.

»Was meinen Sie damit?«

»Na, bei Ihnen hat ja lange keiner mehr eingebrochen«, stichelte Frau Möckhagen.

»Das wird in Zukunft auch nicht mehr geschehen«, gab Lüder zurück. »In der Kieler Unterwelt hat sich herumgesprochen, dass Sie ein besonders wachsames Auge auf unser Anwesen haben.«

Mit einem Strahlen im rundlichen Gesicht wandte sich die Frau wieder der Pflege ihres Vorgartenbeets zu.

Lüder fuhr zunächst in die Wohnung Ivanna Krucowas. Er fand schnell, was er suchte, und stellte nebenbei fest, dass offensichtlich niemand in der Abwesenheit der jungen Frau die Räume betreten hatte. Danach suchte er Horst Schönberg auf, der in Wik eine kleine Werbeagentur betrieb, und schilderte ihm sein Anliegen.

Zuerst lehnte der Freund ab, aber nachdem Lüder ihm ein paar vage Hintergrundinformationen gegeben, viele Grüße von Margit ausgerichtet hatte und dabei nicht unerwähnt ließ, dass sie aufgrund der Übergriffe Dritter ins Krankenhaus eingewiesen worden war und zwischendurch auch Gefahr für das Baby bestand, willigte Horst ein.

»Wenn du gegen Mittag vorbeikommst, werde ich fertig sein«, versprach er.

Als Lüder im Städtischen Krankenhaus erschien, saß Margit schon ungeduldig auf dem Besucherstuhl ihres Zimmers, während fleißige Hände damit beschäftigt waren, ihr Bett zu schrubben und für den nächsten Patienten herzurichten.

Lüder hatte eine einzelne Rose, eine langstielige rote, mitgebracht und erntete dafür ebenso wie für sein Erscheinen eine stürmische Umarmung, sodass er Margit vorsichtig abwehren und ermahnen musste. »Nicht so wild, mein Mädchen. Denk an unser Baby.«

Auf dem Heimweg hielt er beim Bäcker und vor dem Supermarkt, nötigte Margit, im Auto zu verweilen, und kam mit einer großen Tüte voll Leckereien für ein ausführliches Frühstück zu zweit wieder zurück.

Gegen Mittag verabschiedete er sich von Margit und fuhr erneut nach Wik. Horst war noch nicht fertig, sodass Lüder eine volle Stunde dem Werbefachmann bei der Arbeit zusehen musste. Dann lag ein mehr als zufrieden stellendes Ergebnis vor.

»Ich gebe dir einen Umschlag«, sagte der gut meinende Freund, aber Lüder steckte das Ergebnis der Arbeit in ein neutrales Kuvert, das er unterwegs besorgt hatte.

Von seinem Büro aus rief Lüder das Innenministerium an. Obwohl man sich dort sehr wortkarg gab, erfuhr er, dass Dr. Pagenkämper nicht im Hause sei. Das traf auch auf Herrn von Glahn zu. Man wollte ihm aber nicht sagen, wo sich der Vertreter des Auswärtigen Amtes aufhielt.

Lüder suchte das Büro des Kriminaldirektors auf. Aber auch Nathusius war abwesend. Immerhin konnte er von dessen Sekretärin in Erfahrung bringen, dass sein Vorgesetzter mit ein paar hohen Herren im »Jakob« zum Essen verabredet war. Lüder kannte das Restaurant im Steigenberger Conti Hansa.

Um die Mittagszeit war es in diesem Teil der Stadt schwierig, einen Parkplatz zu bekommen. Deshalb fuhr Lüder in die Tiefgarage des Hotels. Von dort gelangte er durch das großzügige Foyer und das Bistro in das Restaurant »Jakob«, das den linken Gebäudeteil parallel zur Straße einnahm. Der elegant eingerichtete Raum mit den großen Fenstern, die einen Blick auf den Schlossgarten und natürlich wieder auf die Förde freigaben, war auch um diese Stunde gut besucht.

Um einen großen Tisch versammelt saßen dort fast alle Beteiligten dieses Falles, die an führender Stelle ihres Verantwortungsbereichs die Fäden zogen. Darunter auch der Mann, von dem Lüder annahm, dass er nicht nur der Maulwurf war, sondern auch die Gesamtverantwortung für die Morde trug. An einer Stelle hatte der Drahtzieher sich verraten. Es war keine Blöße, sondern eher eine sich aus der Situation ergebende Unachtsamkeit, die Lüder auf seine Spur gebracht hatte. Es war schwierig, dem Mann seine Beteiligung im Hintergrund zu beweisen, ihn strafrechtlich zur Verantwortung zu ziehen. Das würde kaum gelingen, trotz des Bluts, das an seinen Händen klebte, und der Skrupellosigkeit, mit der er die ganze Aktion geplant und gesteuert hatte.

Mit dem Rücken zum Eingang saßen die beiden Werftmanager Vanderborg und Dr. Vollquardsen, ihnen gegenüber von Glahn und sein Schatten Brown. Die Stirnseiten besetzten der Waffenlobbyist Taylor, und auf der anderen Seite saß Kriminaldirektor Nathusius, der gerade scherzend sein Glas erhob und seinem Nachbarn Brown zuprostete.

Von Glahn entdeckte Lüder zuerst, machte eine entsprechende Bemerkung zu Vanderborg und lenkte damit die Aufmerksamkeit aller auf den Eintretenden.

Nathusius stellte sein Glas auf den Tisch zurück, tupfte sich mit der Serviette die Lippen ab und wollte aufstehen, wurde aber von Vanderborg daran gehindert, indem der Werftvorstand dem Kriminaldirektor die Hand auf den Oberarm legte.

»Lüders, was treibt Sie hierher?«, fragte Nathusius. Gespannt musterten die anderen Lüder.

»Wie ich sehe, gibt es einen Grund zum Feiern«, sagte Lüder bissig.

Bevor der Kriminaldirektor antworten konnte, mischte sich von Glahn ein.

»Ich sehe nicht, dass wir uns vor Ihnen für dieses Beisammensein rechtfertigen müssten. Aber es gibt in der Tat einen erfreulichen Anlass.«

Vanderborg war aufgestanden.

»Wollen Sie sich nicht zu uns setzen?«, fragte er in seiner jovialen Art. »Wir sind alle hocherfreut, dass es den Anschein hat, als hätten wir die Probleme der Vergangenheit gemeistert. Der Störenfried auf der Werft ist ausgeschaltet, wir – als Unternehmen – sind in schwierigen Verhandlungen ein gutes Stück vorangekommen«, dabei sah er Taylor an, »und wie uns Ihr Vorgesetzter berichtete, scheinen sich die entsetzlichen Verbrechen durch das vielleicht menschlich verständliche, aber dennoch unfassbare Rachebedürfnis einer einzelnen Frau zu erklären.«

Zustimmend nickten einige Teilnehmer der kleinen Runde, am heftigsten der Kriminalrat, während Taylor und Brown keine Miene verzogen.

»Danke für die Einladung«, sagte Lüder zu Vanderborg gewandt, »aber ich bin sicher keine Bereicherung Ihrer illustren Gesellschaft.« Dann ließ er seinen Blick in die Runde schweifen, musterte jeden lange und ausführlich.

»Vielleicht ahnt dieser oder jener von Ihnen, dass die wahren Motive für das ganze grauenvolle Geschehen andere sind, als Herr Vanderborg es eben dargestellt hat. Sie finden ihre Wurzeln im Alten Testament bei Kain und Abel.«

Es machte sich in der kleinen Runde Betroffenheit breit.

»Das sollten Sie näher erläutern«, sagte von Glahn. »Das sind infame Anschuldigungen, die Sie in den Raum stellen.«

»Es gibt Unschuldige unter Ihnen, aber auch Mitschuldige, die durch Egoismus und Dummheit die Verbrechen erst ermöglicht haben. Aber das ist ja nicht strafbar. Das müssen die Betroffenen mit ihrem eigenen Gewissen ausmachen, sofern sie eines haben.«

Man sah einigen der Gesichter in der Tischrunde an, dass ihnen Lüders Ausführungen unbehaglich waren.

»Im strafrechtlichen Sinn ist nur einer verantwortlich. Der Betroffene weiß es auch. Natürlich ist er nicht nur ein strategischer

Kopf, sondern ist sich auch ziemlich sicher, dass er nicht zur Rechenschaft gezogen werden kann. Doch hierin liegen die Beweise.«

Lüder hielt den Umschlag in die Höhe.

Vanderborg sah Lüder mit offenem Mund an, Dr. Vollquardsens Blick wechselte ständig zwischen seinem Vorstand und dem Fenster zum Garten.

Lüder trat auf den Mann zu, den er für den Drahtzieher hielt, und drückte ihm den weißen Umschlag in die Hand.

Ungläubiges Erstaunen der anderen am Tisch begleitete seine Aktion, während sich auf dem Gesicht des Betroffenen ein Schweißfilm bildete. Apathisch nahm der Mann das Kuvert entgegen, ohne gegen Lüders Anschuldigungen zu protestieren. Dann wankte er leicht, stützte sich an der Tischkante ab und sackte auf seinem Stuhl zusammen. Alle anderen starrten ihn an.

»Im Umschlag finden Sie auch eine Notiz. Darauf steht, wie Sie mich heute Nachmittag erreichen können«, sagte Lüder und drehte sich ohne ein weiteres Wort um.

Er hinterließ eine völlig konsternierte Gruppe von Männern, denen jeglicher Appetit vergangen war. Doch auch Lüder verspürte keinen Triumph. In ihm war nur eine unendliche Leere.

*

Lüder hatte sein Auto in der Tiefgarage des Hotels stehen lassen und war zur Kiellinie hinuntergeschlendert. Er war am Wasser entlanggebummelt und hatte kurz am Außenbecken des Aquariums des Instituts für Meereskunde den putzigen Seehunden zugeschaut, die dort ihre Kreise zogen. Dann war er an der Rückseite des Landeshauses vorbeigegangen. Wie einen Glaswürfel hatte man den von drei Seiten verglasten Plenarsaal, der auf einer Art Sockel thronte, an den Ziegelbau angefügt. Eine architektonische Meisterleistung, die alt und neu miteinander verknüpfte, dabei einen würdigen und dem Ort angemessenen Eindruck hinterließ, ohne wuchtig zu wirken. Wie vieles in Schleswig-Holstein war auch das Forum des Parlaments von einer unpathetischen Leichtigkeit geprägt.

An den Duckdalben vor der benachbarten Wache der Wasserschutzpolizei dümpelte neben einem seegängigen Kreuzer mit der

Aufschrift »Küstenschutz« ein kleines Boot, das eher für den Einsatz in der Binnenförde bestimmt war.

Ein Stück weiter fand Lüder, durch Buschwerk von dem dahinter liegenden Gebäudekomplex des Innenministeriums abgeschirmt, einen Platz auf einer verwitterten Holzliege und beobachtete den regen Schiffsverkehr auf der Förde. Am gegenüberliegenden Ufer ragten der hohe Schornstein und die Anlagen des Kraftwerks in den Himmel. Im Ostuferhafen wurde ein Ro-Ro-Schiff beladen, und aus der Schwentine-Mündung tuckerte ein Fahrgastschiff der Kieler Schlepp- und Fährgesellschaft, die den Personenverkehr auf der Förde betrieb.

Lüder war erstaunt über die vielen Menschen, die vorbeigingen. Woher nahmen die Leute an einem ganz gewöhnlichen Werktag die Zeit für diesen Müßiggang?

Seine Geduld wurde auf eine harte Probe gestellt. Er musste mehr als drei Stunden ausharren, bis sich sein Telefon meldete.

Der Anrufer hustete, bevor er mit belegter Stimme sprach.

»Sie haben mich vor den anderen Herren bloßgestellt. Dabei haben Sie nicht einen einzigen Beweis für Ihre aberwitzige Vermutung in der Hand. Es ist empörend. Noch verwerflicher ist der Inhalt des Umschlags.«

»Haben Sie die anderen Herren davon in Kenntnis gesetzt?«, unterbrach ihn Lüder.

»Noch nicht«, drohte der Mann, »aber Ihnen ist klar, welche Konsequenzen diese niederträchtigen Fälschungen für Sie haben werden.«

»Wieso? Ich werde bezeugen, etwas ganz anderes in den Umschlag hineingetan zu haben als das, was Sie vorgefunden haben. Und nun behaupten Sie, *ich* hätte die Fälschungen in den Umschlag getan«, log Lüder.

»Das haben Sie doch auch.«

Der Mann hatte Recht. Das, was Lüder in den Umschlag gesteckt hatte, waren Fälschungen, aber das konnte der andere nicht beweisen. Auch würde er sich davor hüten, die Bilder aus dem Umschlag einem Dritten zugänglich zu machen.

»Die Fotos sind manipuliert«, sagte der Teilnehmer am anderen Ende der Leitung.

»Sicher«, gab Lüder zu. Sein Freund Horst von der Werbeagentur hatte in mühevoller Kleinarbeit eine Collage gebastelt, die Ivanna Krucowa und seinen Gesprächspartner in eindeutigen Situationen zeigte. Die Bilder waren so heftig in ihrer Gestaltung, dass sie selbst den Menschen, die glaubten, schon vieles gesehen zu haben, die Schamesröte ins Gesicht treiben würden.

»Was sollen diese Bilder? Damit können Sie nie etwas anfangen. Sie wissen, dass die manipulierten Fotos keiner Analyse standhalten würden.«

»Richtig«, antwortete Lüder ungerührt. »Aber die Presse freut sich über so etwas. Können Sie sich vorstellen, mit welcher Begeisterung die Boulevardjournalisten darüber herfallen? Sie können nirgendwo mehr auftreten, ohne sich der Lächerlichkeit preiszugeben. Natürlich steht es Ihnen frei, Ihren eigenen nackten Körper als Vergleichsfoto den Medien zur Verfügung zu stellen, um zu beweisen, dass der auf den Bildern gezeigte nicht Ihr Originalbody ist. Aber auch das dürfte Sie erledigen. Wie Sie es drehen und wenden: Das war's für Sie.«

Es folgte ein längeres Schweigen.

»Okay! Was ist Ihr Preis dafür, dass Sie die Bilder nicht weitergeben?«

Eine solche Reaktion hatte Lüder erwartet, dennoch legte er eine Kunstpause ein, bevor er seine Forderung formulierte.

»Treten Sie öffentlich zurück.«

Erneut war es still in der Leitung.

»Habe ich eine Alternative?«

»Nein«, antwortete Lüder mit Bestimmtheit.

»Gut. Ich werde noch heute meinen Rücktritt einreichen. Sichern Sie mir zu, dass die Sache damit erledigt ist und Sie die manipulierten Bilder nicht weitergeben?«

»Ja«, sagte Lüder und legte auf.

Damit war auch diese Mission beendet.

Dann rief er im Landeskriminalamt an und nahm sich eine Woche Urlaub, um seine Kinder von den Großeltern zurückzuholen und sich um Margit zu kümmern. Es gab vieles zu erledigen. Dafür konnte er die freien Tage gut gebrauchen.

Zwei Tage später rief ihn Sven Kayssen von der Pressestelle zu Hause an und teilte ihm mit, dass soeben eine kleine, von vielen sicherlich nicht beachtete Meldung durch die Medien ging. Der Mann, der als Drahtzieher hinter den Morden stand, war »aus persönlichen Gründen« zurückgetreten.

Daraufhin führte Lüder ein kurzes Telefonat mit Santiago de Chile, um dem chilenischen Journalisten da Silva diese Nachricht zu übermitteln.

Es vergingen drei weitere Tage, bis es in den Abendstunden an Lüders Haustür klingelte. Noch bevor Margit, der das Gehen zunehmend schwerfiel, öffnen konnte, war Jonas hingeeilt.

»Mama«, scholl seine Kinderstimme laut durch das Haus, »da steht ein Mann mit einem großen Blumenstrauß vor der Tür. Ist das ein Geliebter?«

Als Margit im Hausflur erschien, sah sie wirklich nur ein großes Blumengebinde auf zwei Beinen. Langsam senkte sich das Blütenmeer, und hinter der leuchtenden Pracht tauchte das strahlende Gesicht von Kriminaldirektor Nathusius auf.

»Ich glaube, den haben Sie sich verdient«, sagte er und überreichte der verblüfften Margit die Blumen.

»Kommen Sie herein«, stammelte Margit, »Lüder sitzt auf der Terrasse. Wollen Sie zu ihm? Ich koche schnell einen Kaffee.«

Sie begleitete den Kriminaldirektor in den Garten.

»Da haben Sie aber ordentlich was aufgewirbelt«, erklärte Nathusius. »Den normalen Weg können Sie wohl nicht beschreiten?«

Lüder reckte sich in seinem Gartenstuhl.

»Nein, der hätte in diesem Fall nichts bewirkt. Ich wusste, dass der Verantwortliche auf herkömmliche Weise nicht zur Rechenschaft zu ziehen war.«

»Und dann haben Sie mich verdächtigt?«

Lüder sah in den Garten, musterte die in den Beeten blühenden Herbststauden.

»Jeder war verdächtig. Ich konnte schließlich niemandem mehr trauen. Die Person im Hintergrund verfügte über alle Informationen. Obwohl ich im vertraulichen Einsatz unterwegs war, wusste die Gegenseite jederzeit über alle meine Schritte Bescheid.«

»Über fast alle«, korrigierte Nathusius.

»Ja. Und als Sie und ich in meinem Büro saßen und Sarah Worthington verhörten, da hatte ich Gewissheit.«

Nathusius lachte.

»Da erkannten Sie, dass ich nicht der Maulwurf war.«

»Genau. Sie wussten von dem Handy, dass die Mörderin am Tatort verloren hatte, als sie Kremer erschoss, und davon, dass jemand anrief und ›Fred‹ verlangte. Und genau dieses Detail hat die Gegenseite nicht erfahren. Die waren so clever, dass sie sich sofort zusammengereimt hätten, dass wir eine Verbindung zwischen ›Fred‹ und ›Frederike‹ herstellen würden.«

»Und weil dieses letztlich wichtige Detail bei der Polizei geblieben ist, hatten Sie die Bestätigung, dass ich nicht der Maulwurf war. Es musste also jemand anderer sein, der ebenfalls über alle Einzelheiten des Ermittlungsstandes informiert war.«

Lüder nickte.

»Ich habe zwei Neuigkeiten für Sie«, begann Nathusius zu berichten. »Dr. Pagenkämper ist aus dem Urlaub zurückgekehrt. Von Glahn hatte Druck auf Pagenkämper ausgeübt, weil der zu unbeweglich war und den Berlinern im Weg stand. Deshalb hat man ihn, so könnte man sagen, aus dem Verkehr gezogen. Er hat dann auf Empfehlung von Glahns irgendwo im Osten Urlaub gemacht. Und zweitens …«

Der Kriminaldirektor legte eine bedeutungsvolle Pause ein.

»Ja?«, fragte Lüder gespannt.

»Morgen wird es in den Zeitungen stehen. Ich habe eine Vorabinformation von Kayssen erhalten. In Berlin hat sich der britische Diplomat Brown erschossen. Die Polizei geht in einer ersten Stellungnahme von Selbstmord aus, nachdem zuerst in Südamerika, dann aber auch in Europa Bilder und Berichte von ausschweifenden sexuellen Orgien des Diplomaten die Runde machten. Damit war die Karriere Browns beendet, und er war gesellschaftlich erledigt.«

Lüder sah an Nathusius vorbei.

»Ich nehme an, Sie werden mir nicht sagen wollen, was in dem Umschlag steckte, den Sie im Restaurant an Brown übergeben haben?«

»Ich kann mich nicht erinnern, etwas Derartiges getan zu haben«, erwiderte Lüder.

»Und? Sie kennen auch keinen chilenischen Journalisten, der angeblich als Erster diese Ausschweifungen aufgedeckt haben soll?«

Lüder schüttelte den Kopf. »Ich glaube, ich habe den Namen schon einmal gehört.«

»Gibt es da sonst noch etwas zu berichten?«

Noch einmal schüttelte Lüder seinen Kopf.

»Eigentlich nichts. Ich bin ein aufrichtiger Beamter, aber außerhalb des Dienstes lüge ich auch manchmal. Und ich halte auch nicht immer alle Versprechungen ein.«

Lüder wusste, dass Nathusius sich die Hintergründe zusammenreimen konnte. Er empfand auch keinerlei Mitleid mit Brown, der sich in die Enge getrieben sah und keinen anderen Ausweg als den Selbstmord mehr fand. Dafür hatte dieser brillante Kopf zu viele Menschenleben gewissenlos geopfert.

»Wussten Sie, dass Brown für einen wichtigen Posten an der britischen Botschaft in Südafrika vorgesehen war? Er wollte sich mit seiner Mission in Kiel für die heikle Aufgabe an dem anderen Brennpunkt empfehlen. Das hat mir von Glahn zugetragen«, berichtete Nathusius.

»Von Glahn war der unbedachte Helfer des Maulwurfs«, sagte Lüder. »In falsch verstandener Kollegialität hat er den Briten überall mit hingeschleppt, nachdem dieser sich in Berlin eingeschleimt hatte. Brown hat die Hilfe der Engländer angeboten und vor großen Gefahren für die Bundesrepublik gewarnt. Von Glahn war derjenige, der daraufhin aus Ehrgeiz in seiner Dünkelhaftigkeit und ohne weiteres Nachdenken unsere Ermittlungsarbeiten behindert hat, indem er der Staatsministerin die vorgebliche Brisanz der ganzen Sache vorgaukelte und sich selbst an die Spitze der ›überragenden‹ diplomatischen Mission setzte.«

»Die es ja auch war, allerdings in ganz anderer Weise, als die Berliner es geglaubt haben.«

»Ja«, antwortete Lüder und gab Margit einen zarten Klaps auf den Po, als sie den Kaffee in den Garten brachte und die Tassen einschenkte. Dann zog sie sich wieder diskret zurück. »Da sind wir in Europa in der NATO miteinander verbunden, haben die Europäische Union und glauben immer, wir würden brüderlich zusammenstehen und hätten die Gegensätze zwischen den Völkern längst begraben.«

»Das trifft ja auch zu«, stimmte Nathusius ein, »die Menschen in Europa sind ja auch aufeinander zugegangen.«

»Die Menschen – ja. Aber dieser Fall zeigt, wie schmutzig es manchmal hinter den Kulissen zugeht. In Abwandlung eines Ausspruchs von Bismarck kann man feststellen, dass es gut ist, wenn die Bevölkerung nicht weiß, wie Leberwurst und Politik gemacht werden.«

Der Kriminaldirektor lachte.

»Der erste Gedanke zum Motiv kam mir, als Brown sagte, dass es gegen Englands Interesse ist, wenn Argentinien U-Boote bekommt und aufrüstet. Zu tief sitzt noch der Schock über die schmählichen Verluste englischer Kriegsschiffe durch die argentinische Marine während des Falklandkrieges. Das hat das stolze England bis heute nicht verwunden. Dann gab es weitere Überlegungen der Briten. Sie wollten nicht nur das militärische Potenzial der Südamerikaner klein halten, sondern damit auch deren Machtgelüste in Anbetracht der vermuteten Bodenschätze rund um Feuerland dämpfen. Außerdem verdienen die Briten prächtig an ihrem Nordseeöl und profitieren von einer Verknappung des Angebots auf dem Weltmarkt.«

»Und das halten Sie für so bedeutsame politische Überlegungen der Krone, dass man sich solche Aktionen wir hier in Kiel erlaubt?«

»Mittlerweile traue ich keinem Freund mehr«, gab Lüder zu bedenken. »Der französische Geheimdienst hat in Neuseeland Schiffe und unliebsame Leute in die Luft gesprengt, die Amerikaner entführen deutsche Staatsbürger nach Afghanistan und unterziehen sie dort zweifelhaften Verhören. Und dann gab es noch einen weiteren Grund für die Briten, hier aktiv zu werden. Ihr Rüstungskonzern BAE ist der größte der Welt. Er baut in Barrow-in-Furness selbst U-Boote, die die Engländer gern verkaufen würden. Da war es eine willkommene Zugabe, dass man es der interessierten Weltöffentlichkeit zeigen konnte, dass Made-in-Germany nicht mehr so zuverlässig und die hochgelobte deutsche Waffentechnologie schon in der Produktionsphase mängelbehaftet ist. Gegen die innovative Technik der Kieler Werft steht die neue Astute-Klasse der Briten, die in diesen Tagen erstmalig vom Stapel läuft. Bei den hohen Entwicklungskosten hätten sich die Engländer gefreut, wenn sie weltweit weitere Kunden hätten. Da hat keiner Hemmungen, sich direkt gegen den NATO-Partner, den deutschen Nachbarn, zu stellen.«

»Es ist kaum vorstellbar, dass dafür skrupellos Menschenleben geopfert werden.«

»Glauben Sie wirklich, dass in den Zentren der Macht über solche Lappalien nachgedacht wird? Wenn sich Premierminister und Kanzlerin das nächste Mal begegnen, wird über diese Affäre mit Sicherheit kein Wort gewechselt.«

»Da mögen Sie wohl Recht haben«, stimmte Nathusius zu.

Dann blickten beide schweigend in den Garten und nippten versonnen an ihren Kaffeetassen.

Eine Hummel verursachte mit ihrem Brummen für einen kurzen Moment das einzige wahrnehmbare Geräusch.

»Wie friedlich es doch sein kann«, sagte Lüder nach einer ganzen Weile.

Der Kriminaldirektor nickte.

»Ja, wenn sich alle Menschen darauf beschränken würden, in ihren Gärten zu sitzen.«

Dichtung und Wahrheit

Zunächst möchte ich ausdrücklich erklären, dass Inhalt und Personen dieses Romans reine Fiktion sind. Bei der Darstellung der Handlung lässt es sich aufgrund der Gegebenheiten nicht vermeiden, dass an einem Ort wie Kiel Verbindungen zu tatsächlich bestehenden Betrieben und Einrichtungen entstehen. Es gibt jedoch keinerlei Bezug zwischen Romanhandlung und Wirklichkeit. Insbesondere sind die Korruptionsvorwürfe ausschließlich meiner Phantasie entsprungen. Lediglich geschichtliche Abläufe und weltpolitische Ereignisse sowie bekannte technologische Standards habe ich in meinem Roman den Tatsachen entsprechend erwähnt.

Dank

Auch wenn Carl Spitzweg in seinem Gemälde eindrucksvoll ein anderes Bild gibt, kann der »arme Poet« der Neuzeit seine Krimis nicht völlig ohne Unterstützung hilfreicher Köpfe schreiben.

So danke ich insbesondere Dr. Robert T. Alemann vom »Argentinischen Tageblatt« in Buenos Aires für seine Recherche und hilfreichen Erläuterungen zur Geschichte des Facóns.

Mein Sohn Malte hat mich erneut mit viel Begeisterung bei der Ausschmückung unnatürlicher Todesumstände beraten. Dr. Christiane Bigalke hat mich unterstützt, indem sie meine Beschreibung der Folgen eines Mordes aus medizinischer Sicht dahingehend richtiggestellt hat, dass die literarischen Opfer »unwiderruflich tot« waren.

Markus und seine Kollegen von der Kripo in NRW haben mir wertvolle Hinweise zu Schusswaffen und Waffentechnik gegeben, und die Husumer Polizei, insbesondere der Leiter der dortigen Kripo, hat meinen Wissensdurst sachkundig und geduldig gestillt. Mein Dank gilt auch dem LKA Kiel.

Kein Buch kann ohne ein tüchtiges Verlagsteam entstehen. Stellvertretend für alle danke ich Dr. Christel Steinmetz und Stefanie Rahnfeld, insbesondere aber meiner Lektorin Dr. Marion Heister, die mit Erfahrung und Fingerspitzengefühl alle meine Bücher begleitet hat.

Bleibt noch Birthe. Tak for alt.

Hannes Nygaard
TOD IN DER MARSCH
Broschur, 240 Seiten
ISBN 978-3-89705-353-3

Hannes Nygaard
VOM HIMMEL HOCH
Broschur, 240 Seiten
ISBN 978-3-89705-379-3

Hannes Nygaard
MORDLICHT
Broschur, 240 Seiten
ISBN 978-3-89705-418-9

Hannes Nygaard
TOD AN DER FÖRDE
Broschur, 256 Seiten
ISBN 978-3-89705-468-4

Charles Brauer liest
TOD AN DER FÖRDE
4 CDs
ISBN 978-3-89705-645-9

Hannes Nygaard
TODESHAUS AM DEICH
Broschur, 240 Seiten
ISBN 978-3-89705-485-1

Hannes Nygaard
KÜSTENFILZ
Broschur, 272 Seiten
ISBN 978-3-89705-509-4

Hannes Nygaard
TODESKÜSTE
Broschur, 288 Seiten
ISBN 978-3-89705-560-5

Hannes Nygaard
TOD AM KANAL
Broschur, 256 Seiten
ISBN 978-3-89705-585-8

Hannes Nygaard
DER TOTE VOM KLIFF
Broschur, 272 Seiten
ISBN 978-3-89705-623-7

Hannes Nygaard
DER INSELKÖNIG
Broschur, 256 Seiten
ISBN 978-3-89705-672-5

Hannes Nygaard
STURMTIEF
Broschur, 256 Seiten
ISBN 978-3-89705-720-3

Hannes Nygaard
SCHWELBRAND
Broschur, 272 Seiten
ISBN 978-3-89705-795-1

Hannes Nygaard
TOD IM KOOG
Broschur, 240 Seiten
ISBN 978-3-89705-855-2

Hannes Nygaard
SCHWERE WETTER
Broschur, 256 Seiten
ISBN 978-3-89705-920-7

Hannes Nygaard
NEBELFRONT
Broschur, 256 Seiten
ISBN 978-3-95451-026-9

Hannes Nygaard
FAHRT ZUR HÖLLE
Broschur, 272 Seiten
ISBN 978-3-95451-096-2

Hannes Nygaard
MORD AN DER LEINE
Broschur, 256 Seiten
ISBN 978-3-89705-625-1

Hannes Nygaard
NIEDERSACHSEN MAFIA
Broschur, 256 Seiten
ISBN 978-3-89705-751-7

Hannes Nygaard
DAS FINALE
Broschur, 240 Seiten
ISBN 978-3-89705-860-6

Hannes Nygaard
EINE PRISE ANGST
Broschur, 240 Seiten
ISBN 978-3-89705-921-4